謎とき『風と共に去りぬ』

矛盾と葛藤にみちた世界文学

鴻巣友季子

新潮選書

はじめに

本書には『謎とき『風と共に去りぬ』』というタイトルがつけられている。映画も大ヒットし、〝大衆文学〟として親しまれてきたこのロマンス小説に、解くべき謎などあるのだろうか？　そう思われるかもしれない。

実際、「謎とき」とタイトルについた研究書にはこの新潮選書だけでも、江川卓の『謎とき『罪と罰』』をはじめとするドストエフスキー論、河合祥一郎の『謎ときシェイクスピア』、亀山郁夫の『謎とき『悪霊』』、木村榮一の『謎ときガルシア＝マルケス』、竹内康浩の『謎とき『ハックルベリー・フィンの冒険』』、芳川泰久の『謎とき『失われた時を求めて』』など、世界文学を代表する錚々たる巨匠とその名作が並んでいる。

わたし自身、*Gone with the Wind* を自分で翻訳する前であれば、右記の文豪や名作群とマーガレット・ミッチェル（一九〇〇～四九）の『風と共に去りぬ』が並んでいたら、いささか違和感をおぼえたことだろう。しかし、いまから十年近く前、この大長編の新訳にとりかかったとたん、同作の文体の巧緻なたくらみ、大胆な話法の切り替え、微妙な心裏の表出方法、「声」の複雑な多重性などに気がつき、驚いた。

無類のページターナーである『風と共に去りぬ』は一般に、若い作家が勢いにまかせて書きあげたように思われがちだが、実際には十年の歳月をかけて、何度もリライトを繰り返しながら仕上げられている。ところが、本作には、その歴史的背景や社会的意義を掘りさげる研究は豊富にあるものの、それに比すれば、テクストそのものを分析するテクスト批評は圧倒的に少ない。

要は、「なにが書かれているか」はぞんぶんに説かれてきたが、「どのように描かれているか」はあまり論じられてこなかったのではないか。

それは本作が読み解かれるべき〝文学作品〟とみなされてこなかったせいもあるだろう。しかし、高尚な〝文学作品〟と思わせないこと、読者をテクスト分析などに向かわせないこと、それらも作者ミッチェルの戦略のうちだったのである。

では、『風と共に去りぬ』には、作者によるどんな仕掛けや戦略がどのように潜んでいるのか？　あるいは、作者自身も意識していないどんな〝技法〟がどのような効果をときに発揮しているのか？

『謎とき『風と共に去りぬ』』の試みのひとつは、『風と共に去りぬ』のテクスト分析である。しかし純然たるテクスト論だけでは、この矛盾のかたまりとも言える巨編を解きほぐすことは難しい。よってミッチェル自身の書簡や発言、作品発表当時の書評、作者とその一族のたどってきた道のりなども参照しながら、答えを探っていきたい。つまり、テクスト批評と作家研究の双方をとりいれた融和型の評論になるだろう。文学批評がこうした形をとるのは、テクスト分析が幅を効かせた二十世紀に対し今世紀に入ってからの世界的な潮流でもあると思う。

本書では、以下のような「謎」に挑んでいきたい。
たとえば、大きな謎では、
・本作はなぜ歴史的ベストセラーとなり得たのか？
・この一大長編を一気に読ませる原動力と駆動力はどこにあるのか？
・本作の〝萌え感〟はどこから生まれるのか？
・魅力的なキャラクターたちはどのように作られたのか？
・性悪なヒロインが嫌われないのはなぜなのか？
・作者が人種差別組織のクー・クラックス・クランを登場させたのはなぜなのか？
・作者が人種差別主義者だという誤解は、この小説のどこから来るのか？

もっと具体的な謎としては、
・なぜスカーレット・オハラはまずハミルトン青年と結婚するのか？
・なぜアシュリ・ウィルクスはメラニー・ハミルトンを妻に選んだのか？
・レット・バトラーが初対面のメラニーの瞳に見たものはなんだったのか？
・アシュリはなぜ自分の妻を〝恋人〟のスカーレットを〝捨てて〟入隊するのはなぜなのか？
・メラニーは夫とスカーレットの関係を知っていたのか？

本書では、このような謎を解く過程で、『風と共に去りぬ』の旧来のイメージをことごとく覆すことになるかもしれない。

わたしにとって、*Gone with the Wind* を新訳することは、自ら抱いていた数々の偏見や先入観を払拭し、この古典名作にまったく新たな世界観をもつことに他ならなかった。それは衝撃的な読書体験だった。

本書を読んでくださる方々にとっても、従来の作品イメージが心地よく転換され、新たな『風と共に去りぬ』像が誕生することを願っている。

『風と共に去りぬ』あらすじ

本作は、南北戦争前夜から戦中、戦後を通してたくましく生き抜いたひとりの女性の物語である。並外れたサバイバル能力と未来への慧眼をもちながら周囲と調和できずに苦しむ、ひとりの人間の果てしない孤独な魂の旅路でもある。

一八六一年四月、アメリカ南部ジョージア州内陸にある綿花プランテーション〈タラ〉農園では、オハラ家の三人姉妹の長女で十六歳になるスカーレットが幼なじみのタールトン家の兄弟をはべらせている。裕福な家に生まれつき、なに不自由なく育ってきたスカーレットには目下、なんの憂いもなく、この暮らしが永遠につづくと思っていた。

アイルランド移民でたたき上げの父ジェラルド・オハラと、フランス貴族の血をひく完璧な貴婦人の母エレン・ロビヤール。この組み合わせは少々奇異だが、エレンは愛し抜いた従兄を酒場の争いで亡くした後、ジェラルドの求婚を受けて生まれ変わる選択をしたのだった。彼女は乳母のマミーを連れ、洗練された旧都サヴァナから、まだ開拓の進まぬ田舎じみたジョージア州内陸に嫁いできた。

スカーレットはいわゆる美人ではないが、男性を虜にするすべを心得ており、これと狙いを定めた相手はすべて手に入れてきた。ところが、その日、ショッキングな報せがもたらされる。いつか結婚する気でいた最愛のアシュリ・ウィルクスとその従妹メラニー・ハミルトンの婚約が、明日のパーティで発表されるというのだ！

翌日、ウィルクス家の屋敷〈トウェルヴ・オークス〉に着いたスカーレットは、いつにもまして魅力をふりまき、周りの男性をすべて籠絡し、アシュリにやきもちを焼かせ、振り向かせようとする。気をひいた男性のなかには、友人の婚約者や妹の想い人も混じっていた。そうしたのち、アシュリに愛の告白をするが、驚いたことに思いは通じない。アシュリは、結婚は似た者同士でないとうまくいかない、スカーレットと自分ほど「かけ離れた」者同士では無理だと静かに告げる。スカーレットに平手打ちをされたアシュリはその場を去る。

スカーレットが怒りに任せて陶器を暖炉に投げつけると、ソファに寝ていたレット・バトラーが起きあがり、二人はそこで初めて言葉を交わす。自分を偽らない激情家のスカーレットにレットは惚れこむ。この日、南北戦争が勃発した。

スカーレットはアシュリへの当てつけで、メラニーの兄のチャールズ・ハミルトンと結婚、その翌日、アシュリとメラニーも結婚する。チャールズ、アシュリは出征。チャールズはまもなく戦地で亡くなるが、スカーレットは彼の子を身ごもっており、生まれた息子は名将にちなんでウェイド・ハンプトンと名づけられた。

しばしのち、スカーレットはアトランタの街に二人きりで暮らすメラニーとその叔母のピティパットの元へ、ウェイドと召使のプリシーを連れて身を寄せることになる。アシュリの妻メラニーと同居するのは厭わしいが、思い出のつまった〈タラ〉での生活に耐えられなくなったのだ。

ある日、病院の寄付金集めのバザーの手伝いに駆りだされたスカーレットは、女性のダンスパートナーを競り落とすという大胆な〝競売〟で、レット・バトラーから破格の入札を受け、黒い喪服姿のまま彼とダンスをする。レットは船を何隻も所有し、封鎖破りの密輸業で巨万の富を築いていた。

久しぶりの華やかな社交とレットの大人の魅力にスカーレットは胸をときめかせるが、やはりアシュリのことが忘れられない。賜暇《しか》で一時帰宅したアシュリは、自分になにかあったら妻のメラニーの面倒を頼むとスカーレットに言い残して、再び戦地へ向かう。しばらく後、彼が行方不明になったという報せが飛びこんでくる。のちに捕虜になったことが判明した。

ジョンストン将軍率いる南部連合軍は、シャーマン将軍率いるヤンキー（北部）軍につぎつぎと退却を強いられ、ジョンストンがフッドに交替しても、敵軍の進撃を止めることはできない。アシュリの子を授かったメラニーは臨月を迎えており、しかし医者は負傷兵の手当てがやっとでお産には人手が割けない。しかも最愛の母が病に伏しているとの報せが届く。なぜ自分はアシュリの妻を捨てて〈タラ〉へ逃げないのか、スカーレットのなかには葛藤があるが、アシュリとの約束が勝つ。敵軍が迫るなか、彼女は頼りないプリシーとふたりで、メラニーの難しいお産を乗り切る。生まれた息子はボーと名づけられた。

難攻不落のはずだったアトランタ市は四十日の包囲戦の後、陥落。スカーレットたちはレットに助けられて、大火に包まれる街を辛くも脱出し〈タラ〉へ向かうが、途中でレットは急に入隊すると言いだし、スカーレットに愛の告白をしたのち去っていく。庇護者を失ったスカーレットは死にもの狂いで〈タラ〉にたどりつくが、出迎えたのは魂の抜け殻のようになった父ジェラルドだった。母エレンが前日に、腸チフスで亡くなったという。

〈タラ〉はまとめ役のエレンを失い、当主ジェラルドは廃人同様になり、この農園と家族を支える重責がいっきにスカーレットの肩にかかってくる。元奴隷のちっぽけな畑で野菜をあさり、貪り食べるスカーレット。往時の彼女からはとうてい想像しえない姿だ。しかしこの日、彼女は神に誓う。「わたしはもう決してひもじい思いはしない。家族にもさせない」と。そのためには、なんでもやる覚悟だった。

ヤンキー軍の兵士たちの略奪と襲撃にあい、一度は兵士をひとり銃殺した。このとき、重いサーベルを手に駆けつけてきたメラニーに、スカーレットは畏怖の念を抱く。射殺した兵士の財布や貴重品を奪うというしたたかな提案をしてきたのもメラニーだった。ようやく穫れた綿花の小屋を焼かれたこともあるが、メラニーと力を合わせて飛び火を消し止めた。こうして共に闘ってくれるメラニーに信頼を寄せはじめている自分にスカーレットは気づく。

やがて南部連合軍は投降し、戦争は終わりを告げた。再建時代《リコンストラクション》が幕を開け、混乱のなかで政治汚職や不正選挙が横行し、新たな脅威の数々が迫る。スカーレットは慣れない畑仕事で身を粉にする。

あるとき、片足に義足をつけたひとりの帰還兵が〈タラ〉に迷いこんできて倒れた。看病するうちに意識をとりもどし、順調に回復する。彼はウィル・ベンティーンといい、奴隷わずか二人の貧農だったが、いまはその農家も失い、天涯孤独の身だという。ウィルは救ってくれたスカーレットとメラニーに恩義を感じ、〈タラ〉で働くようになるが、これがとてつもなく優能な男。欲がなく、いつも醒めた目で世の中を眺めて的確な判断をくだし行動する。彼がスカーレットの右腕となり、〈タラ〉は再生していく。そうするうちに、アシュリがついに帰還した！

ところが、再建時代の南部は政治汚職に染まっており、〈タラ〉は法外な税金を追徴される。スカーレットは金の調達に困ってアシュリに相談するが、彼は戦後の現実にまったく適応できておらず頼りにならない。ふたりきりで果樹園で話しているうちに気持ちが高まり、ふたりは熱い口づけを交わし結ばれそうになるが、名誉を重んじるアシュリが踏み止まり、二度とこんなことはしないと互いに誓いあう。

税金の件で思い余ったスカーレットは色仕掛けでレット・バトラーに金を工面してもらおうと、アトランタへ舞いもどる。

レットは北部の人々とのコネクションで相変わらず稼いでいた。獄中のレットに面会し、うまうまと金を巻きあげかけたところでスカーレットの嘘が発覚し、計画は頓挫。ふてくされて歩いていた街中で、妹の婚約者フランク・ケネディとばったり出会う。彼は戦後、開業した小さな雑貨店がなかなか繁盛しており、近く製材所も買い取るつもりだと聞き、スカーレットはフランクの略奪を決意。あっさりと彼を手に入れて再婚する。

スカーレットはフランクの店の財政面にてこ入れをし、製材所を買い取らせ、みずから陣頭指揮をとるようになる。もともと数字に強かった彼女は三桁の掛け算などもお手のもの、みるみるうちにビジネスパーソンとして頭角を現し、〈タラ〉にも送金できるようになる。レットの資金援助で製材所をもう一軒買い、いよいよ商売が軌道に乗ったところで妊娠が発覚。自分が〝産休〟の間、仕事を任せる男性の人材を探すが見つからない。

そのころ、父ジェラルドの訃報が入り、スカーレットは〈タラ〉に帰る。ジェラルドは次女のスエレンによって、ヤンキー側に「寝返る」誓約書にサインをさせられそうになり、乱心のまま馬を駆って落馬したのだった。

さらに、スカーレットはウィルから、アシュリがニューヨークの銀行に就職する予定だと聞き、動揺する。アシュリをそばに置きたいと考え、アトランタで製材所を手伝ってほしい、支配人の職に就けると申しでる。アシュリはそれを受けてしまったら自分はおしまいだと、かたくなに拒むが、困っているスカーレットを助けないのは恩知らずだと言うメラニーの大変な権幕にあい、アトランタに行くことになる。

製材所でのアシュリは無能ぶりを露呈してしまう。一方、人望のあるメラニーは持ち前の外交手腕を発揮し、あらゆる婦人会の重職におさまり、アトランタの社交界の新たなリーダーとなっていく。彼女は周りをすべて敵に回しても論陣を張れる強い意志をもっており、最終的にはいつも自分の思いどおりに人々を動かせる人物だった。

スカーレットは娘を産み、その子はエラ・ロレーナと名づけられた。産後、三週間もすると職場にもどろうとする妻をフランクは止め、馬車や馬をとりあげてしまう。一八六七年、ジョージア州はフロリダ、アラバマの両州とともに、一将軍が治める「第三軍管区」となり、街は狂乱の渦に巻きこまれて危険な状態だった。南部の白人女性に暴行を働いた黒人が逮捕され、裁判が行われる前にクー・クラックス・クランがこの男を縛り首にするという事件があったのだ。

スカーレットはメラニーが居候させている山岳民で殺しの前科者であるアーチーを用心棒につけることで夫を説得し、また製材所に通うようになる。しかし囚人の労働力を使う是非をめぐって、アーチーと対立し、彼はスカーレットのエスコートを放棄。そうしてやむなく単独で製材所を行き来するうちに、スカーレットはスラム街の白人と黒人の二人組に襲われ、レイプされそうになる。間一髪、〈タラ〉の元使用人サムが救ってくれ、大事には至らないが、この一件を知ったクランのメンバーが報復に出る。クランには、アシュリ、フランクを始め、多くの白人紳士たちが所属していた。

しかし予め情報をつかんでいたヤンキー軍の憲兵隊が、クランを一掃すべく、この討ち入りの一団を待ち伏せしていた。そのことをレットから知らされ、クランのメンバーのほとんどは辛くも命拾いをするが、二人の犠牲者が出た。そのうちの一人はフランク・ケネディだった。他のメンバーは売春宿の女将でレットの愛人でもあるベル・ワトリングの協力によって、逮捕を免れる。

フランクの葬儀の日、弔問にきたレットはスカーレットにプロポーズをする。あまりの不謹慎さに怒るスカーレットだが、レットに押し切られ、気がつくと「イエス」と答えていた。

ついにレットは最愛のスカーレットと結婚する。豪華なハネムーンに出かけ、アトランタ市の中心地に、スカーレット好みの豪邸を建て、ヤンキーの有力者やいかがわしいことをして儲けた成金たちと派手に交遊して、いまや食うや食わずとなった南部の元上流階級から爪弾きにされる。

そんなときでも、ふたりを温かく受け入れてくれるのは、メラニーとアシュリだけだった。

スカーレットはレットの子を身ごもり、中絶しようと考えるが、レットが断固として許さず、渋々ながら産むことにする。生まれた娘はユージニー・ヴィクトリアと名づけられたが、メラニーがふと呟いたボニーという綽名で呼ばれることになる。レットは目の中に入れても痛くない可愛がりようで、あこぎな商売からは足を洗い、銀行に転職して定時で帰宅しては、娘の世話をするというイクメンぶりを見せる。みずから南部社会の嫌われ者になっていたレットは娘の将来を案じて、お堅い保守派に変身し、スカーレットとの溝が深まっていく。スカーレットの要望により、ふたりの夫婦生活は途絶える。

ボニーはすくすくと、そしてわがままに成長していく。アシュリの誕生日に、メラニーがサプライズパーティを企画し、スカーレットはアシュリが予定より早く帰宅しないよう製材所に引き留めておく役を任された。久しぶりにふたりきりで向かいあったスカーレットとアシュリは自分たちが遠い道のりを歩いてきたことを振り返る。ふたりの関係は紆余曲折を経て、〝同志〟のような質を帯びていた。昔話にひたるうち、屈託のない幸福な時代を思いだし、スカーレットは堪えきれずに涙し、アシュリは彼女をそっと腕に抱く。そこには、長い歳月を共にした友だち同士だけが共有できる理解と愛情があった。しかしこの抱擁場面を、迎えにきたアシュリの妹や近所のご婦人らに見られてしまい、一大スキャンダルが巻き起こる。

レットは有無を言わせず、スカーレットをその晩のアシュリの誕生パーティに引き立てていく。そうしなければ、やはり後ろ暗いことがあったのだと後々まで言われるだろう。トレードカラーの鮮やかな翡翠色のドレスを着たスカーレットが玄関に現れると、真っ先に飛んできたのはメラニーだった。断固とした態度でスカーレットを出迎え、「身内」として遇する。

その夜更け、レットは深酒をしてスカーレットを責める。出会ってからレットが初めて見せた激情でもあり、その夜、レットはスカーレットを強引に寝室に抱き去る。翌朝、ベッドにいるのは幸福感に包まれたスカーレットだけで、レットは姿を消していた。

ふたりの間には離婚の話がもちあがり、レットはボニーを連れてしばらくニューオリンズに旅立つ。一方、メラニーはスカーレットから言い訳のひとつも聞こうとしなかった。これを機に、アトランタの社交界は、スカーレット&メラニー軍とその敵軍に真っ二つに分かれることになる。

そんななか、スカーレットの妊娠が発覚する。レットがボニーを連れてなんの前触れもなく帰ってくる。妊娠のことでスカーレットとレットは諍《いさか》いを起こし、スカーレットは階段の最上段から転落し流産してしまう。自分を責め部屋にこもるレットの元をメラニーが訪れ、彼から数々の罪の告解を辛抱強く聴く。

流産後、スカーレットが〈タラ〉に里帰りをしている最中に、レットはメラニーの元を訪れ、ある〝契約〟をする。その結果、アシュリがスカーレットから製材所を買い上げることになる。その十月、政治汚職にまみれていた共和党のジョージア州知事ブロックが失脚、民主党が議席の大多数をとりもどし、州知事の椅子は再び民主党に奪回された。

スカーレットとレットの仲は鎮静しており、表面上は穏やかな家庭生活がもどっている。ところが、ボニーはますます強情になり、馬で無理な高さの柵を跳び越えようとして落馬し、命を落としてしまう。レットの精神はついに潰え、狂気じみた言動をとるようになり、再びメラニーが話を聞きにいき、その日は夜通しレットのそばに付き添うことにする。

レットは浴びるほど酒を飲むようになり、どこかに外泊する日も増えて、生活は荒んでいく。気晴らしにマリエッタに出かけたスカーレットの元に、レットから、メラニーの重態を知らせる電報が届く。命取りになると医者から固く止められていたのに、メラニーは二人目の子どもを妊娠していたのだ。容態が急変し、スカーレットが駆けつけたときには、すでに虫の息だった。メラニーはスカーレットに、息子のボーの面倒をみてくれと頼み、スカーレットは我が子同然に育てると約束する。アシュリのことも託したメラニーは、静かに天に召されていった。

その間際、アシュリと向かい合ったスカーレットは、アシュリがメラニーの真価を理解していないこと、本当はメラニーを愛していながら、長いこと自分に気をもたせてきたことを詰る。それに対する彼の答えを聞き、スカーレットはようやく夢から覚め、自分のアシュリへの思いはただの幼い想像の産物だったと気づく。本当に愛する人はレットだと思い知り、家に駆けもどる。

しかしスカーレットの謝罪と愛の言葉を聞いても、疲れ切ったレットはそれに応えることができない。素っ気ない言葉だけを残して、去っていく。スカーレットは叩きのめされるが、なにもかも失ったいま、故郷の〈タラ〉へ帰ろうと思う。そこには、父が遺してくれた、決して彼女を裏切らない赭土《あかつち》の大地がある。きっとやり直せる。明日は今日とはべつの日だから。

目次

凡例

・『風と共に去りぬ』からの引用については、著者訳の新潮文庫版（全五巻）を底本とし、巻数および頁数を記したが、ルビを一部省略するとともに、本書の文意に添って訳文を一部変更した箇所がある。
・英文書籍からの引用は、すべて著者訳。
・英文書籍の書名のうち、未邦訳で著者訳のものは「　」とした。
・引用したミッチェルの書簡は、Richard Harwell (ed.), *Margaret Mitchell's "Gone with the Wind" Letters, 1936-1949* を出典とする。
・引用文中の〔　〕は、訳者による註記。
・引用文には現在の観点から見て、差別的とされる表現が含まれるが、原作執筆当時の時代状況と文学的価値に鑑み、原文通りとした。

謎とき『風と共に去りぬ』

矛盾と葛藤にみちた世界文学

第一章　映画と翻訳——世界的成功の内実

1　原作と映画の奇跡的な関係

原作と映画が同時期にヒットした稀有な例

文学の傑作、名作が映画化されると、多くの場合、原作の愛読者を幻滅させることになる。

「原作はもっと深みや重みがあった」
「まったく別物の娯楽作品になってしまった」
「大事なエピソードや登場人物が抜け落ちている」

といった苦情が寄せられるのが常だ。では、*Gone with the Wind*（以下、『風と共に去りぬ』の原作を指す際にはGWTWと略記）の場合はどうだろう？

原作の小説と映画が同時期に桁外れの大ヒットを果たす例は、意外と多くない。ちなみに、全米映画興行収入ランキング（インフレ調整版）(1)などを見ると、第一位が「風と共に去りぬ」、第八位に旧ソ連の作家パステルナークの「ドクトル・ジバゴ」が入っている。もちろん小説の『ドクトル・ジバゴ』は膨大な出版累計数を誇る。出版当初、ソ連で発禁になり、のちにイタリアで出版されて国際的な認知を得た書物で、今にまでつづくロングセラー作品ではあるものの、世界中で爆発的に売れたベストセラー期がない。十四位に入っているルー・ウォーレス原作の「ベン・

ハー」は、これまで五回映画化されているうちの三回目の作品（一九五九年）で、出版後すぐに米国でベストセラーになった原作の発表年（一八八〇年）と時期的に隔たりがある。第五十三位のジュール・ヴェルヌ原作「八十日間世界一周」も、小説の方は一八七二年の発表で、ランクインしている映画の公開は一九五六年。これもベストセラーの映画化というより、古典名作の映画化といえる。

最高に映画的にして最も映画化が難しい小説

さて、『風と共に去りぬ』の原作と映画の関係をどう言い表したらいいだろう？

この歴史的大作映画はある意味、非常に原作に忠実に作られている。しかし、その反面、まったくの別物でもある。忠実にして別物という二面性をここまで奇跡的に兼ね備えた映画は稀有ではないか。

まず、有名な台詞“My dear, I don't give a damn.”「ダーリン、こっちの知ったことじゃないからさ」（レット・バトラー）や“After all, tomorrow is another day.”「明日は今日とはべつの日だから」（スカーレット・オハラ）など、台詞は原作からほとんどそのまま使われているし、物語のプロットも大筋では原作どおり。さらには、ドレスや髪型なども、かなり正確に再現されている。

だから、原作と映画の本質的な違いに目が行きにくいのだろう。ちなみに、わたしはどちらも傑作だと思っており、優劣をつける気はまったくないが、みずから翻訳してみて初めて、両者の根本的な違いに気づき、愕然とした。

本書の読者のなかにも、この長編小説は映画にうってつけの素材だと感じている方々はたくさんいると思う。雄大な赭土の畑が広がる〈タラ〉の風景描写や、アトランタの街のヴィヴィッドな情景描写、波乱万丈のストーリー、社交界の華やかなシーンがあり、戦争の過酷なシーンがあり、そこに生き生きとしてテンポのいい会話、男女のロマンスが幾つも重なって、ハラハラドキドキで最後まで引っ張る。

まさに、ヴィジュアル化して映えそうな要素ばかりではないか？　ところが、作者のマーガレット・ミッチェル自身は、最初、映画化の話をにべもなく断った。最終的には「わたしのような貧乏人に五万ドルの映画化権料を断ることができましょうか」と、渋々の態で承諾するが、最後の最後まで、「この作品はぜったいに映像化できません」と主張していた。「十年という歳月をかけて、ようやく絹のポケットチーフぐらいタイトにこの小説を織りあげたのです。織り糸の一本でも切れたり抜けたりするだけで、見苦しいほつれが生地の表側に目立ってしまうでしょう」（一九三九年二月二十八日付）と。

きわめて映像的な要素をもちながら、映画化できない理由とは、なんなのだろう？　これこそが本作を読み解く鍵にもなるが、それはひとまず措くとして、原作と映画の「目に見える違い」から確認していこう。

スカーレットの意外なルックスとは？

映画では絶世の美女ヴィヴィアン・リーが演じたスカーレット・オハラ——このヒロインは、

キャロル・ロンバード。1930～40年代のハリウッド映画で活躍した。
写真提供＝ユニフォトプレス

原作ではどう描かれているだろうか？

出だしの一文を見ると、いきなり、「スカーレット・オハラは美人ではない」と明記されている。リーのヒロイン像は小学校六年生で初めて目にして以来、わたしの脳裏を離れたことはないから、翻訳していてもつねに美しいスカーレットが浮かんできて困ったが、なんとかその像を振り払い、原作にあるがままの姿と向かい合おう。

顎は「スクエア・オブ・ジョー square of jaw」だと描写されている。そして「頤《おとがい》にかけてすっと尖った輪郭」だ。スクエア・オブ・ジョーは耳下の顎の骨がカクっと角張っているもので、見ようによってはエラ張りにも見える。容貌としては欠点とも限らず、昔なら、スクリューボールコメディの女王キャロル・ロンバード（映画でレットを演じたクラーク・ゲーブルの実生活での妻）とか、最近なら、ドラマ「ＬＡＷ＆ＯＲＤＥＲ：性犯罪特捜班」のマリシュカ・ハージティなど、意志の強さを感じさせる快活な顔だ。

さて、ヴィヴィアン・リーはというと、どうもスクエア・ジョーには見えない。ただ、顎先(chin)は細い。chinは西洋では意志の宿る場所とされており、生意気さの宿るところでもあるだろう。頤がすっと尖っているという女性の描写は、あまり柔和さや従順さを感じさせるものではない。
GWTWでもさっそく第二章に、“Now, don't be jerking **your chin** at me,” warned Gerald.——「いいかね、そう突っ張るもんじゃない」と、父ジェラルドが娘をたしなめるシーンがある。

では、次に目はどうだろうか？　原作では、吊り目ぎみで、瞳の色は「茶色みの混じらない浅緑」と描写されている。この点は映画でも忠実に反映されていると見えるだろう。しかしヴィヴィアン・リーの瞳は、真緑ではなく、映画では、照明を調節するなどさまざまな技術で、あのような鮮やかな緑に見せていたのである。だから、場面によってはたまに青っぽく見えることもある。しかし観客は「スカーレット・オハラの瞳は緑色だ」という刷り込みのもとに観るから、少しぐらい青くても緑に見えるのかもしれない。

「風と共に去りぬ」（ヴィクター・フレミング監督　1939年）でスカーレットを演じたヴィヴィアン・リー。写真協力＝川喜多記念映画文化財団

それから、原作でスカーレット本人が認識している欠点としては、首が短いことが挙げられる。しかしスカーレットの首が短いなどと、だれが思っている（覚えている）だろう？　なにしろ、リーはむしろ長く美しい首筋を誇る女優なので、「首が短い」ことなどあっさり忘れられているのではないか。

そして、いま自分の訳文を確認して自分でも驚いたが、Her neck was shortを「首はいささか短かった」と訳している。脳裏に焼きついたリー演じるスカーレットの像を振り払えず、「首は短かった」と断言しかねる心理が働き、原文にはない「いささか」という語を無意識に入れて中和したのだろう。これは、Scarlett O'Hara was not beautiful.を「スカーレット・オハラは美人ではなかったが」ではなく、「スカーレット・オハラは実のところ美人ではなかったが」と訳したのと、同じ心理の働きだ。「自分を含めみなさん、彼女を美人だと思っているかもしれませんが」という歴史的な前提が訳文に出ている。ただしこの箇所は、無意識ではなく意識的にそうした。「翻訳（とくに古典新訳）は不可避的に未来の〝読み〟を蒙るものだ」という小さな表明でもある。

話をもどすと、原作のスカーレットの首は「短い」が、ぎすぎすしておらず、「丸み」がある。ふっくらしている、roundedという形容詞は、女性の首筋に対しては褒め言葉だが、短くて太めの首は、日本語では「猪首」ともいう。

乳母に日灼け厳禁と注意される腕は、抜けるように白い肌を誇る。plumpとあるので、肉はしっかりついている模様。言い方によっては、「むっちり」していると言ってもいい。

それから、スカーレットは父ジェラルドゆずりで、じつは身長も低いため（ちなみに父はどうやら一六〇センチ台らしく、白人男性にしてはかなり短軀）、母エレンの長身を受け継ぎたかったと嘆いている。映画のスカーレットは妹のスエレンよりは背が低いようだが、他の女子たちと並ぶ場面を見ても、とくに低くは見えない。リーは一六一センチとのことで、ともあれ、映画中、ヒロインの「短身」を故意に意識させるシーンはないようだ。

次にバスト。胸はかなり豊かで、十六歳にして詰め物要らずだと自慢しており、これは映画でも忠実に反映されているだろう。ウエストは逆に、十七インチ（約四十三センチ）で「三郡きっての」極細ウエストである。これも映画で強調されている。そして、脚は妬み深い女学校の同窓生たちも認めるすらりとした美脚（ただし、映画では美脚を見せるシーンはない）。

容姿に関して総合すると、背は低めで、吊り目で、スクエア・ジョー、首は猪首気味で（ふっくらし）、腕はむっちりしていて、バストは年齢にしては並外れて大きいが、ウエストは恐ろしく細く、脚が美しい。正統派美人ではないが、人を惹きつける——まとめて言えば、「コンパクトグラマーできつめの顔立ちの魅力的な女の子」といったところではないだろうか。

映画でだいぶ美化されている感は否めない。

〈タラ〉屋敷の本当の姿

では、この映画の印象を決定づけているもののひとつ、〈タラ〉の家について見てみよう。

スカーレットが生まれ育った〈タラ〉の家屋を思い浮かべてください、と言ったら、原作を読んでいない人はもちろん、読んでいる人の頭にも、あの映画に出てきた「ギリシャ復興様式」もどきの白亜の豪邸が浮かんでくるのではないか？　しかしそれは原作で描かれているものとはかけ離れたお屋敷なのである。ところが、映画での印象があまりに鮮やかで刻明なため、原作を読んでいる人も、映画の〈タラ〉のイメージに頭を占領されてしまうようだ。映画を観る前に読めば、映画を観たとたん、小説中になにが書いてあったか忘れてしまうし、映画を観た後に読めば、なにが書かれていても映画のイメージに作り替えて読んでしまう。それぐらいインパクトのある映像なのだ。
しかしミッチェルの頭の中には、〈タラ〉の家の確固たるイメージがあり、原作中ではこのように表現されている。

奴隷の労働力で建てたその邸宅は、まとまりのない造りでお世辞にも端正とはいえなかったが、川へとくだる緑濃い草地の斜面を見晴らす高台のてっぺんにあった。しかも新築のときから年季を感じさせる渋さがあり、ジェラルドは大いに満足だった。インディアンたちが木下《こした》を通りすぎるのを見てきた樫の老木は堂々たる幹回りで、それが何本も屋敷を抱きこむようにしてとりかこみ、屋根の上までのびた枝が濃い木陰をつくっていた。(第1巻第3章、108頁)

屋敷は確かな建築プランに沿って建てられたものではなく、その時その時で入用になった場所に部屋を建て増しして現在の形になったのだが、エレンの心配りと手入れによって、行き当たりばったりの気ままさがむしろ野趣に転じることになった。〈中略〉〔草木が〕家屋のふぞろいなラインをうまく隠していた。(同、128頁)

裸一貫からのし上がった父ジェラルド・オハラの性格をそのまま映したような、剛毅で野趣あふれる家だったのだ。後述するが、ミッチェルはとにかく「古き良き南部文学」のステレオタイプには陥りたくないと考えていた。だからこそ、ジョージア州の中でも、当時としてはまだ垢抜けなかった北の内陸部をわざわざ舞台に選んだ。彼女は〈タラ〉に実在モデルはないとしているが、おそらくイメージモデルのひとつとなったのは、母方の曾祖父フィッツジェラルド家の衝撃的なぐらい質素な農家だ。実用優先で四角い形をしている。玄関前に壮厳な支柱などありはしない。

映画「風と共に去りぬ」での〈タラ〉屋敷。

ミッチェルの母方の曾祖父フィッツジェラルド家の家屋。http://tomitronics.com/old_buildings/fitzgerald_house/index.html より。

一九三九年、ニューヨーク万博でジョージア展が企画され、〈タラ〉邸のレプリカを展示したいという話があったとき、ミッチェルはジョージア万博委員長でミレッジヴィルの地元紙〈ザ・ユニオン＝レコーダー〉のジュリ・ムーアにこう嘆願している。

もし、〔中部ジョージアの〕ミレッジヴィルに残る壮麗なお屋敷のようなギリシャ復興様式の南部風コロニアル・ハウスを建てる計画なのであれば、どうぞあなたのお力でなんとしても阻止してください。もし、そういうタイプの屋敷を建てるのであれば、〈タラ〉と名付けさせていただきたくないのです。〈中略〉わたしは〈タラ〉を典型的なクレイトン郡の家――〝まとまりがなくて見栄えがわるい〟けれど住み心地の良さそうな家として描きました。当時、ジョージアのこの辺り〔クレイトン郡〕は中部ジョージアよりずっとずっと新しく、建築的にも垢抜けていませんでした。わたしが描いた人々もまた、豪胆で威勢のいい田舎の人たちです。〈中略〉主人のジェラルド・オハラはがさつで荒っぽい男で、建築家の手を借りず、自分ひとりの考えでこの家を建てたのです。〈中略〉でも、映画では、グランド・セントラル駅と、ミレッジヴィルの古い議事堂〔旧知事邸のまちがいと思われる〕と、映画「薔薇はなぜ紅い」に出てくるナチェズ〔ミシシッピ州〕によくあるお屋敷を合わせたような豪邸に描かれてしまうのではないかと、死ぬほど恐れています。

彼らは玄関ポーチだけでなく、サイドポーチにも、裏のポーチにも、燻製小屋にすら、荘厳な円柱《コラム》を建てるのではないかと心配です。

たとえば、このように言えば、〈タラ〉邸の外観をいくらか分かってもらえるでしょうか。アレックス・スティーヴンズ・リバティ・ハウスのような四角い家に、クロフォード・ロングの生家の風味を加えた感じです〔どちらも実用性を感じさせる造りの家屋〕。（一九三九年二月十六日付）

おそらくこの〈タラ〉邸の描かれ方の違いに、原作と映画の本質的な違いが端的にあらわれているだろう。ミッチェルは言葉づかいや文体においても、素朴でときに粗野な田舎の暮らしを表現した。従来の訳文では敬語や文語で会話していた箇所で、わたしが登場人物たちにもっとくだけた日常語をしゃべらせているのもそういう理由である。

大火を駆け抜けるあの勇猛な馬は？

もうひとつ、映画最大の見せ場とも言えるアトランタ陥落の大火の場面を見ておこう。市を包囲したヤンキー軍の侵攻がいよいよ始まる。アトランタの叔母の元に身を寄せていたスカーレットの頼みを受け、レット・バトラーが馬と馬車を盗んでやってくる。出産直後のメラニーとその赤子、頼りない奴隷の娘プリシーも乗せて、炎に包まれつつある街を脱出し、一路〈タラ〉へと向かおうというのだ。

映画では、火の手がまわった街の一角で暴徒に襲われて戦い、レットが鞭をひと振りすると、がっしりとした牡馬は走りだし、ところが、ある地点で進むも退くもできなくなる。降りかかる火の粉に馬は驚いて棹立ちになり、馬車を降りたレットがショールで目隠しをしてやり、手綱を曳くと、馬はようやく進みだす。バリバリ、メリメリと建物が崩れ落ちるなか、間一髪、急場を抜けた直後に、炎が火薬に引火して恐ろしい爆発が連続して起きる。

映画では、大きくてりっぱな栗毛色の馬と、一頭立て荷馬車が使われているが、原作はこのとおりだ。

荷馬車はかなり小さく、荷台の両サイドの囲い板はごく低かった。車輪は内側にかしいで、一回転しただけではずれてしまいそうな頼りなさだ。さらに馬をひと目見るなり、スカーレットは絶望的な気分になった。やけに小柄で、弱りきっているると見え、前足の間にうまりそうなほど悄然と首をたれていた。背中は鞍ずれとただれで赤むけになり、息づかいも健全な馬とは思えない。

「まあ、馬と言えるほどのものじゃないが」レットはにやりとした。（第2巻第23章、381〜382頁）

びっくりするほどしおたれた馬で、勇猛さのかけらもない。現実問題として、こんなに弱った、レットいわく「ちんけな」馬を映画用に見つけてくるほうが難しいだろうし、実際に見つかっても、撮影で酷使しているうちに本当に息絶えてしまいそうだ。近年であれば、動物愛護の観点から許されるはずがない。もっとも、いまなら健康な馬をキャスティングし、VFXでそれらしく見せられるだろう。

目に見えない原作と映画の違い

では、次は「目に見えない違い」を見てみよう。映画と原作の本質的な違いは以下の三つだろう。

①原作は心理小説であること。
②原作はアンチ・ロマンス、アンチ・クライマックスの小説であること。
③原作での主軸はスカーレットとアシュリやレットとの関係だけでなく、スカーレットとメラニーの複雑な友情関係にもあること。

②と③は主に第五章で触れることになるので、ここでは①についてだけ書いておく。この長大な小説は大方がスカーレット・オハラの目を通して描かれている。残りは、他の登場人物の目を通した記述か、語り手の見解らしきもの、または「客観的」描写である。全編にわたり、人々の台詞のほかに、クオーテーションマーク（引用符）で括られた「心の声」というものが頻出する。この技法は一九三〇年代にしてもやや古臭く、十九世紀以前の小説スタイルの名残とも見えるが、当時のモダニズム隆盛の文学界で権勢をふるっていた「意識の流れ」の手法に与しまいとする、マーガレット・ミッチェルの果敢な抵抗手段ともとれるだろう。

しかし「心の声」がすべて引用符で括られていれば簡単なのだが、そうはいかない。大衆文学の代表格とされるＧＷＴＷには、先進的で高度な文体の試みと冒険が見られるのだ。ミッチェルは引用符で括った会話文や「心の声」以外にも、地の文に登場人物たちの声やまなざしを溶けこませるという話法を取り入れている。

つまり、GWTWには、口に出されない「水面下の言葉」が膨大に書きこまれている。そう、この小説は非常に映像的な小説に見えながら、映像化できない内なる声や、だれのつぶやきか判然としない言葉の方が圧倒的に多い。映画に取り入れられた言葉は氷山のほんの一角ということになる。ちなみに、口に出した台詞を全部取り入れただけでも、一六八時間もの長さの映画になるそうだから、心の声やつぶやきまで全て再現していたら、何百時間の尺になるかわからない。長いのみならず、とんでもなく難解な心理映画になってしまうだろう。

見えざる心理を表現する工夫

それでは、映画版は登場人物の心理を表現するために、どんな工夫をしているだろうか？

【怒り】たとえば、手紙にまつわる心憎い演出がある。病院のための慈善バザーが開かれる場面で、女性たちはみんな貴金属のアクセサリーを供出するが、チャールズ・ハミルトンを亡くして喪中のスカーレットと義妹のメラニーは装飾品として結婚指輪しか着けていない。原作では、まず、チャールズを愛していなかったスカーレットが「こんなもの、要るか！」という心持ちで供出すると、メラニーも「まあ、勇気があるわ。なら、わたくしも」と言って、アシュリにもらった結婚指輪を差しだす。内心泣きの涙だ。映画だとこの順番が逆になり、メラニーが率先して供出する。

翌日、レット・バトラーからメラニーに手紙が届く。メラニーの南部婦人としての健気さを称え、自分が彼女の結婚指輪を買い戻した旨が書かれ、封筒には指輪も同封されていた。原作だと、ここでスカーレットが自分の指輪はまったく無視されておかんむりになり、内心で文句をたれる描写があるのだが、映画はここも異なったアプローチをしている。

映画では、レットはスカーレットの指輪も買い戻すのだ。レットの達筆の手紙が大写しになり、それを読む彼の声がボイスオーバーし、最後の最後になって、追伸部分が画面に映る。手紙の末尾には、さも付け足しのように、「追伸、ハミルトン夫人の指輪も同封しておきます」と書かれていた。スカーレットの顔は映らないが、この失礼な一文を見ただけで、彼女の激しいむかつきと怒りが目に見えるようだ。「心の声」を入れるより、よほど想像力に訴える効果がある。

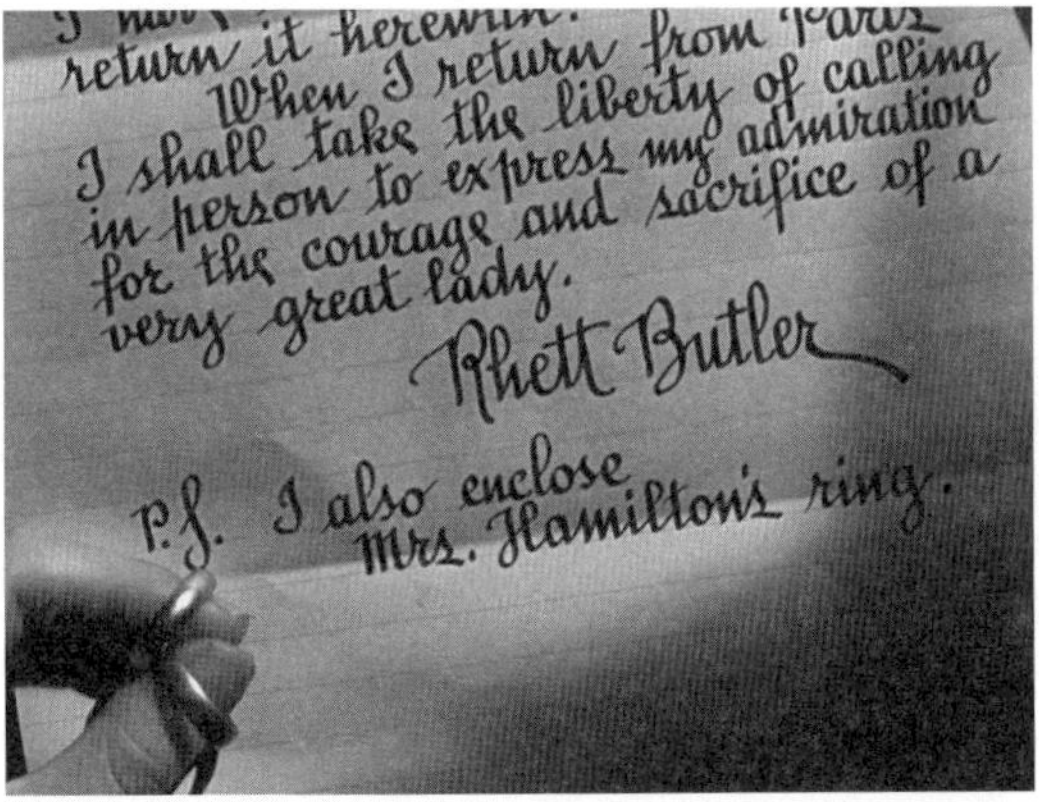

映画「風と共に去りぬ」より、バトラーがメラニーに送った手紙と指輪。

【批判】次は、ドレスの色の違いにも注目してみよう。スカーレットは第五十三章で、アシュリとの抱擁シーンを隣人知人たちに見られてしまう。それでアトランタの街は大騒ぎになるのだが、その夜には、アシュリのサプライズ誕生パーティがひらかれる予定だった。

行きたくないと言うスカーレットに、レットは、ここで行かなかったら、きみは一生だれとも顔を合わせられなくなるぞと言って、無理やり行かせようとする。原作では、「おばさんっぽい地味な灰色や藤色のドレスではだめだ、これを着ろ」と言って、スカーレットのトレードカラーである鮮やかなジェイドグリーン（翡翠色）のドレスを着せる。

ここは、映画ではどうなっているか。そう、レットは妻に、まさにスカーレット色、ヴィヴィッドな緋色のドレスを着せるのである。映画製作者がなぜドレスの色を、原作にある緑から赤に変えたのか、その意図はわからないが、緋色といえば、ピューリタン社会では、姦通の象徴となる色だ。ナサニエル・ホーソーンの小説『緋文字』にも出てくるとおり、姦通者は緋色のAの文字＝スカーレット・レターを縫いつけられ、社会から追放された。この場面で、ドレスの色をわざわざ変更して、レットに緋色のドレスを選ばせた点は気にかけておくべきだろう。原作にも、レットの心情はなにも書かれていないが、映画では、夫から不貞な妻への強烈な批判を見てとることもできる。

【選曲】音楽の使い方にも、原作と映画では意外なところに違いが見られる。

有名なバザーのダンスシーンで、最初に「ヴァージニア・リール」を踊る。米国南部色の強い場面で、原作では、南部連合の非公式の国歌ともいわれた「ディキシー」で踊ることになっている。英米歌謡民謡の研究家でもある櫻井雅人によれば、シドニー・ハワードの脚本にも当初は「ディキシー」と曲名が書かれていたが、ヴァージニア・リールを踊るという記述はなかった。

それが原作どおりヴァージニア・リールと特定されると、曲が「アイリッシュ・ウォッシャーウーマン」に変更された(2)。

ヴァージニア・リールのダンス曲として最も普及していたひとつである同曲の方がリアリティがあると判断したのだろうか。あるいは、「ディキシー」は映画の別の場面でも何回か使われるため、変化をつけることにしたのか。

アイルランド人の血を受け継ぐスカーレットには、映画版の曲がお似合いなのは確かだ。

映画には出てこない目玉キャラクター

この節の最後に、映画には出てこないキャラクターを紹介する。戦争終結後、〈タラ〉に担ぎこまれてきたほとんど身寄りのない若い兵士、ウィル・ベンティーンだ。映画では、乳母のマミーと執事のポークらが分担で彼の代役をしている。貧農の出だが、悟りきったようなクールさと、鋭敏な洞察力を持ち合わせ、商才にも長けている。戦場で片足を失い、義足をつけており、やっと築いた小さな農場もなくしてしまうが、そんなことも達観しているようすである。

うっすら赤みがかった髪に、すべてを見通すような、褪めた青い色の瞳。スカーレットの右腕となって、〈タラ〉を再生させるのだが、このふたりの関係には、現代の目から見ると、〝萌えポイント〟が満載だろう。スカーレットとは異性同士のビジネスパートナーであり、兄妹のようでもあり、互いに独身の男女でもあるので、ときには「なによ、財産目当てにわたしと結婚しようというの?」などとスカーレットが茶化したりする。

現在、GWTWをアニメ化や漫画化するとしたら、このキャラクターこそ、主役級に描かなくてどうする、というぐらいおいしい役どころだ。大人気になること間違いないだろう。

ちなみに、ウィルがアシュリのことを「アッシュ」と呼ぶあたりもBL（ボーイズラブ）的な萌え感があるという声も聞く。しかも、彼の登場によって、この物語は、貧農の白人が〈タラ〉農園の家長となり、黒人の使用人が切り盛りしていくという、痛烈なアイロニーと重層性を含んでいくのである。本作の大きなテーマと関わる最重要人物といってもいい。

GWTWは言ってみれば、見かけをことごとく裏切る小説なのだ。しかし、映画は心理を目に見える形でうまく演出し、映像的に有利な要素をひとつ余さず取り入れ、受け手のなかで原作と衝突することなく成功をおさめたのである。これほどすれ違い、かけ離れていながら、どちらも熱烈に受け入れられ、結果的に互いを活かしあっている原作と映画の関係も稀有である。この点からしても、奇跡的なケースと言える。

2　日本語への翻訳最初期

文体は写されたか

この世界的ベストセラーはどのようにして日本に到来し、根づいていったのだろうか？

GWTWの最初の日本語全訳とされるのは大久保康雄（一九〇五～八七）訳である。翻訳家であり文学者の同氏の門下生がグループで分担して下訳を作り、それに大久保が手を入れてまとめていたため、訳語の採択や文体にあるていどの揺らぎがある。原文の文体を一貫して写すという明確な意識がなかったのは、やはり、この作品が本国アメリカでも「大衆文学」と捉えられていたことから、そんな形式の細部まで注意を払う必要を感じなかったからかもしれない。この小説の場合、形式こそが最も重要なコンテンツと言っていいぐらいなのだが。

とはいえ、ただちに追記しなくてはならない。大久保氏の構えたこの一大翻訳工房はきわめて優れた翻訳学校にして、貴重な文学の学び舎であり、多くの名翻訳家を輩出してきた。文学史に残した影響と功績は計り知れない。筆者自身も中学生のころから、その多大な恩恵を受けてきたことも明記しておく。

GWTWは、じつにシンプルな文章で一気呵成に書かれているように見えて、十年をかけてきわめて精密に推敲され、重層的かつ多義的なテクストを形成している。このため、多様な「読み」を誘発し、しかも寛大に許容する面があるので、これだけの膨大な読者を得ることにもなった。その反面、誤解も生じやすい。アメリカの英語話者でさえ読み違えるのだから、翻訳を通して真意が伝わりにくいのは当然ともいえる。

「文学は自由に読まれる権利がある。誤解される権利すらあるのだ」という言葉に照らせば、GWTWが誤解されることもまた豊かな「受容の一部」といえるが、原テクストから聞こえる声をなるべく忠実に再現して届けたいというのが、翻訳者の心情でもある。

たとえば、本作の文体は何に似ているかと問われれば、わたしは「ミッチェルと同時代の作家であれば、ある意味ではヴァージニア・ウルフ、時代をさかのぼれば、フローベールの『ボヴァリー夫人』ではないかと思う」と答えるだろう。フローベールやウルフの文体については無数の書物や研究が世に送り出されているし、ふたりの作品を翻訳するとなったら、独自の文体を度外視して訳すことなど考えられない。ところが、GWTWの文体を説明するのにフローベールやウルフを引き合いに出せば、ほぼ間違いなく怪訝そうな顔をされる。かたや二十世紀モダニズムを代表するイギリス作家と、十九世紀フランス文学の金字塔のような作品であり、かたやアメリカの通俗的な大衆小説であって、比べる対象が違うのではないか、ということだろう。そもそものロマンス小説に「文体」というほどのものがあるのか?と言いたげでもある。

これに対する反論と、本作が「どのように書かれているか」という重要なトピックについては第四章に譲るとして、その前に、GWTWの日本における初期の受容について簡単に記しておこう。

"海賊版"でのスタート

GWTWは一九三六年六月三十日にアメリカのマクミラン社から出版されたとたん、またたくまに大ベストセラーになった。最初の年に売り上げ百七十万部に達したという記述もある(3)。プルーフ(校正刷り)の段階でいくつもの映画会社が名乗りをあげたものの、契約金の額が折りあわず、契約は成立しなかったが、爆発的な売れ行きを見せると、すぐさまハリウッドのセルズニック・インターナショナル・ピクチャーズに映画化権を買われることになった。翌年にはマーガレット・ミッチェルがピューリッツァー賞を受賞、一九三九年に完成した映画版は長く語り継がれる歴史的名作の地位を確立した。いまもって、あまりに巨大な影響力を有しているのはすでに見たとおりである。

本国外での反響もすさまじかった。原書で一〇三七ページの分厚さにもかかわらず、これまでに数十か国語に翻訳されてきている。本作出版の七か月後の一九三七年二月の時点で、ミッチェルは書評家であり編集者のハーシェル・ブリッケル宛ての書簡で、「中国とアルバニア〔当時アルバニア王国〕をのぞき、すべての国〔の出版社〕が翻訳権取得のための入札をしてきました」という書き方をしているが、もちろん、「すべての」というのは修辞的表現だろう。この時代、無許諾の海賊版や重訳もかなりあったようで、ミッチェルはこのように綴っている。

ブルガリア語版はフランス語訳からの重訳だと思います。わたしの作品がどんな過激な変化(sea change)を被ったことか、考えるだけで真っ青になります!(一九四〇年八月八日付)[4]

そもそもミッチェルは精緻に織りあげたこの作品テクストを他言語に翻訳できるとは思っていなかったのだ。

では、明治からの翻訳大国日本はさっそく版権取得のために動いただろうか?

昭和初期の日本の翻訳出版界では、翻訳権に関する認識がまだ徹底されていなかったのは事実である。ミッチェルから国務省のウォレス・マクルーアに宛てた一九三九年七月二十八日付けの書簡にはこうある。

日本の翻訳者から邦訳書の文庫版セットと、りっぱな英文で書かれた手紙が送られてきました。訳者氏は日本での刊行日や、この訳書が原作者のわたしに無断で出版されたことなどのデリケートな事柄にはいっさいふれていませんでした。〈中略〉原書にわたしのサインを求めていらしたので、訳書を下さったお返しにアメリカの原書版を付け、無許諾翻訳の件には一切ふれず、友好的な手紙をお返しするにとどめました。

訳者の手紙には、日本では邦訳版が異例のヒットとなったこと、「十五万部近くも売れている」ことも書かれていた。ミッチェルはこの手紙をニューヨークの翻訳担当エージェントに転送し、エージェントが日本の版元である三笠書房に、出版社が間に入ってしかるべき契約を取り結ぶよう丁重にもちかけたところ、「版元は一歩下がって著者と訳者を前に出す」のが日本のエチケットなのだ、という返答があった（同右書簡）。

さらに同版元は、「契約は喜んで交わしたい。ただし日本は現在戦時下にあり、国外への金銭支払いは困難である点を考慮していただきたい」と丁重に頼んできたという。日米通商航海条約破棄・失効中であったため、日本は米国との商取引ができない、という言い分である。好意的に解釈すれば、外国文学者たちの志はそれだけ強く、厳しい状況下でも、文学の翻訳をあきらめたくないという心意気だったろう。アメリカ文学でいえば、ノーベル文学賞作家となったパール・バックの『大地』が初めて邦訳されたのもこの少し前である。実は『大地』にもいくつか邦訳版が出ていて、同様に友好的な手紙が来たが、版元は「一ペニーも回収できなかった」（同右書簡）。

ともあれ、原書が出たわずか二年後の一九三八年（昭和十三）六月には、河出書房から『風に散りぬ』という邦題で阿部知二訳編の抄訳がすでに出ていたのである。[5] 翌三九年（昭和十四）には、明窓社から藤原邦夫訳で『風と共に去れり』が、三八〜三九年には、第一書房から深沢正策訳『風と共に去る』（戦時体制版）が刊行された。三笠書房より大久保康雄による全訳『風と共に去りぬ』[6]が刊行されたのは、原書刊行からわずか一年半余の三八年二月のことで、逆算するに、本国での原書出版直後からこの大作に注目し、即訳業にとりかかっていたのではないか。ともかくも、この仕事のスピードは驚愕に値する。

このときの全訳版が戦時中の発禁時期を経て、戦後、三笠の創業社長・竹内道之助との共訳という形で復刊し、これが後に河出書房に移り、その後、新潮文庫に入った。

さて、ミッチェル側はこれらの邦訳を〝海賊版〟とみなしており、日本の版元と訳者の側としても、正当な手順を踏んでいないという認識があったようだが、実はこれらは違法出版ではないのだ。

一九〇五年に日米間では「日米著作権条約」というかなり異例の条約が結ばれ（一九〇六年発効）、日米両国は互いの出版物を無許諾で翻訳出版することができるようになった。この条約は第二次大戦の日本の敗戦で事実上、廃止されるが、これはかつてベルヌ条約で宣言された「十年留保」[7]というルールと共に〝文化後進国〟の日本が先進国の学問や文化を取り入れる支援のための優遇措置として大いに活用された。

そんなわけで、そのころの日本の出版界には、翻訳権をとらずに翻訳出版を進めても違法には当たらないケースが多かったが、相手国には悪質な海賊版と映ることも間々あったようだ。

「風」はいつどこから吹いてきたのか

一方、映画版の翻訳の件はどうか。米国で映画が封切られた一九四〇年以降は、日本と米国の緊張関係が強まったため、一九五二年（昭和二十七）まで日本では公開されなかったが、ミッチェルは先のマクルーア宛ての手紙に興味深いことをユーモアを交えてしたためている。

日本で海賊版映画の製作が進んでいると耳に挟みました。著作権の観点からMGM社が阻止しましたが、この小説を一八六〇年代の日本（幕末期）におきかえて再現すると、南部連合軍の兵士たちはサムライの鎧兜に身をつつんでアトランタの攻防戦に乗りだし、スカーレットは軽装馬車《バギー》ではなく、リキシャで街を走りまわることになるでしょう。それはちょっと見てみたいですね。（一九四〇年八月八日付）

では、作中で最も有名なラストの台詞“Tomorrow is another day.”の邦訳についてはどうだろうか。おそらく「明日は明日の風が吹くのだ」という訳がいちばん人口に膾炙しているかと思う。ところが、長らく普及してきた大久保康雄・竹内道之助訳では、「明日はまた明日の陽が照るのだ」となっており、これは一九三八年初版から変わっていない。

最初期の訳を見てみると、阿部知二訳では、「明日はまた明日の日が明ける」であり、藤原邦夫訳もほぼ同じである。「明日は明日の〜」という型はこの頃に生まれたようだ。しかしまだ「風」はどこからも吹いていない。

わたしが小学六年生で初めて映画版を観た頃（一九七五年）には、ラストの台詞はどうなっていたのか、記憶はあいまいである。それ以前に、一九五二年の日本初公開の際には、どの字幕翻訳者が、なんと訳していたのだろう。字幕翻訳の草分け清水俊二の『映画字幕《スーパー》五十年』によれば、初公開時の字幕は高瀬鎮夫で、リバイバル版は当時ＭＧＭ社員だった川名完次が担当したという。「明日は明日の風が吹く」と訳したのは、じつは原作の翻訳者ではなく、ＧＷＴＷを帝劇で舞台化した脚本家の菊田一夫だという説もある。この舞台版「風と共に去りぬ」は初演が一九六六年（昭和四十一）、有馬稲子と那智わたるのダブル主演で大当たりをとり、ロングラン公演となった。この公演のパンフレットを当時観た人から借りて開いてみると、台本のラスト部分が収録されている。さて、スカーレットはなんと言っているだろうか。

「明日は明日の風が吹く……きっと南の風が吹く……きっと……きっと……」

と「訳されて」いる。ただの風ではなく、南軍とかけて南の風が吹いていたのである。

ちなみに、この帝劇舞台の後に作られた一九七〇年（昭和四十五）の帝劇ミュージカル「スカーレット」（菊田一夫脚本、ジョー・レイトン演出）にスエレン・オハラ役で出演していた黒柳徹子に、二〇一〇年夏ごろ貴重な生の証言を聞くと、その当時も“Tomorrow is another day.”は「明日は明日の風が吹く」だったという。(8) 黒柳さんいわく、「『明日は明日の風が吹く』なんてヘンじゃない？」と感じていた。たしかに、「〔ラストの〕台詞に似つかわしくないし、なんだか江戸職人みたい」と。「宵越しの金は持たない」という江戸っ子気質と「明日は明日の風が吹く」という考え方には、相通じるものがあるだろう。江戸っ子的といえば、一九五八年（昭和三十三）に公開された石原裕次郎主演の日活映画で、「明日は明日の風が吹く」という人気作があり、裕次郎が気風の良い法被姿で「明日は明日の風が吹かァ」と歌うのである。こうした国内サブカルチャーのトレンドも下地にあったのかもしれない。

“Tomorrow is another day.”はネガティヴ・シンキング？

Tomorrow is another day. はもともと十六世紀前半まで起源を遡る英語の諺のようなもので、原型は Tomorrow is a new day. だった。スカーレット・オハラの「口癖」であり、彼女は絶体絶命のピンチに陥るたびに、これを「おまじない」のように唱える。そう、口癖なので、むしろラストシーンらしい華々しい決め台詞的な訳語は似合わない。なのに、つい決め台詞らしく訳してしまうのは、いろいろな要素が関係しているだろう。全編を単独で訳すか、一貫したポリシーをもってチェックしないかぎり、このシンプルな台詞がヒロインの口癖だと気づきにくいのだと思う。同様に、レット・バトラーの有名な台詞“I don't give a damn.”（どうでもいいね）も彼がよく使う言い回しである。これは、わたし自身も全編を訳してみて初めてわかったことだ。

もうひとつは、当時の大衆読者がＧＷＴＷのようなアンチ・クライマックスかつオープンエンディングの物語にあまり慣れていなかったこと。これは日本だけではなくアメリカの読者も同じで、あのエンディングに呆然とした人は多かった。「なぜこんな羽目になる？」「この後、ふたりはどうなるのか？」と、人々は「その後の真実」を知りたがって、作者のミッチェルを困らせた。映画版では夕日をバックにしたクライマックスらしい演出になっており、ここにも映画と原作の違いが如実に表れている。

スカーレットはこのおまじないを唱えて、何度となく危機を乗り越えていく。そのため、映画や舞台では「明日に希望を託しましょう」などと前向きに訳されたこともある。実際、十六世紀に登場したこの英語の諺には、「今日うまく行かなくても明日には好転するかもしれない」という励ましがある。とはいえ、その根底には、むしろネガティヴなキリスト教的ニヒリズムがないだろうか？　日本語でネガティヴというと悪い意味にとられそうだが、「後ろ向き」「否定的」というより、「受動的」と訳したらいいだろうか。

このフレーズと同様の意味をもつ、あるいはその下地と考えられている文言に、新約聖書「マタイ福音書」の6：34、Take therefore no thought for the morrow: for the morrow shall take thought for the things of itself. がある。「明日のことは思い悩むな。明日のことは明日が考える」ということだ。

しかしこれは「明日は明日でなんとかなるから大丈夫！」という能天気なポジティヴ・シンキングではない。「その日その日の苦労だけで充分なのだから、明日のことまで思い煩っても仕方ない」「心配したからと言ってわずかばかりでも寿命の延びる者があろうか?」と、前後を読むと書かれている。「人間があれこれ考えなくても、あなたに必要なものは神が与えるであろう」ということであり、逆に言えば、人間があれを欲しい、これが足りないと思い悩んでも詮方ないという教えだろう。「明日は好転するから心配するな」というより、「明日は明日で苦労の種が出てくるから、いま考えるな」という教えがTomorrow is another day. の大本にはあるのだと思う。

ヘミングウェイの長編タイトル *The Sun Also Rises*（「日はまた昇る」と希望的に訳されることが多い）は、旧約聖書「伝道の書」の "The sun rises and the sun sets" から引かれているが、"Tomorrow is another day." の根底にもうっすらと同質の観念をわたしは感じる。「伝道の書」第一章から少々長いが引用する（以下、新国際版聖書から平易に試訳した）。

森羅万象は無意味である (Everything Is Meaningless)

師すなわちエルサレムの王ダビデの子の言葉

空《くう》なり、空なり!
師宣わく
空の空なるかな!

森羅万象は意味をもたぬ

人々はみずからの労働からなにを得よう
日照りのもとであくせく働こうと
世代は次々と過ぎゆけども
大地はとこしえに残る
陽は昇り、陽は沈む（The sun rises and the sun sets,）
昇ったところへそそくさと
風は南へ吹くと思えば
北へ吹き
吹きめぐった末
つねに元へもどる
凡《すべ》ての流れは海へと注ぎ
それでも海は決して満ちぬ
流れは源へと
ふたたび還る
森羅万象に倦《う》む
言いようもないほどに

まなこはつねに見足らず
耳はつねに聞き足らぬ
これまでそうであったものはこれからも変わらず
これまで為されてきたことはこれからも為される
この陽のもとに新たなものは生まれぬ
「見よ、これが新たなるものだ」と人が言う
そんなものが一つとしてあろうか？
どれもはるか昔からすでに在ったのだ
人が生まれ出でる前から
過ぎし時代を覚えているものはない
来《きた》る時代もまた
忘れられていくだろう
後に続く人々によって〈後略〉

風が北と南に吹くという箇所、大地はとこしえに残るという箇所は要注目だが、こうして読むと、なんだか暗澹とするような言葉のオンパレードである。とはいえ、このネガティヴさ（究極には人間がことを為そうとするな、受け止めよという意味での negativity）は、絶望につながらない。すなわち、すべては神意のもとで定められたまま繰り返し、なにも変わらない。生まれて

は死に、昇っては沈み、行っては帰る。人間に新しいことはなにもできない。その繰り返しのなかで善く生きていけ、という意味になるのではないか。

Tomorrow is another day.──たとえ、今日と代り映えしなくても、つぎの一日が始まる。そのなかでなんとか生き抜くしかないというある種の諦観がベースにあり、しかし、重要なのはこの台詞を言わされているスカーレットはそんなキリスト教観は与り知らないことだ。だからこそ、何度も挫けながら人生を新生させ前に進もうとするヒロインの意志がいっそう耀くのである。

先に言っておけば、このヒロインは主役にしてつねに「部外者」だ。友人、家族からだけでなく、物語からも「のけ者」にされ、それがつねに彼女の意図しない効果をあげている。この件については後述する。

第二章　潮に逆らって泳ぐ——文学史における立ち位置

1　萌えの文学とキャラ小説

萌えの源泉

歴史的なベストセラーにしてロングセラーであるGWTWとは、分裂と融和、衝突と和解、否定と肯定、ボケとツッコミから成る壮大な矛盾のかたまりである。しかも、作者のマーガレット・ミッチェルはそのテクストに、みずからの生の在り方を映しだした。こんなに複雑な成り立ちの大長編が、よくぞこんなに多くの読者を得てきたものだと、本作の翻訳を経験したわたしは感動してしまう。

読者を惹きつけてやまないこの大長編の主たる存在理由のひとつは、〝萌え〟である。GWTWの原文からは、「この場面をどうしてもこう描きたかった」という、作者のシンプルな再現欲求がひしひしと伝わってくるのである。ときめき、スリル、高揚、きゅんとする、あがる感じ。原文のもつさまざまな萌え感。

そう、ときめかない『風』は『風』ではない。本節では、GWTWの萌えの源泉を探っていこう。

萌えの源はどこにあるのか？　もちろん、ヒロインが焦がれてやまない永遠の恋人アシュリ・

ウィルクスの言動なども、その源泉となりうるだろう。たとえば、スカーレットが初めて恋に落ちた場面などが典型的だ。さっそく見てみよう。

その日、スカーレットが玄関ポーチにいると、グレイの上質な羅紗の乗馬服に身を包み、フリル付きのシャツをすばらしく引き立てる黒い幅広のクラヴァット〔ネクタイのフォーマルな呼称〕を締めたアシュリが、敷地内の長い並木道を馬でやってきた。その時の彼の出で立ちは、いまなお隅々まで思いだせる。あの長靴《ちようか》がどんなにまぶしかったことか。タイピンのカメオにはメドゥーサの頭が象られ、こちらに目を留めるや、鍔広のパナマ帽をさっと取ったっけ。馬から降り立った彼は手綱を黒人の子《ピカニニー》に放ると、ポーチに立つスカーレットを見あげたのだった。もの憂いグレイの目は笑みをたたえて瞠られ、ブロンドの髪に明るい陽が射して、銀の帽子のように輝いていた。そうしてこう言ったのだ。「きみもすっかり大人になったんだね、スカーレット」それだけ言うと、軽やかに石段をあがってきて、手に口づけをした。（第1巻第2章、57〜58頁）

これ以上ないほど白馬の王子役にふさわしい登場の仕方で、くらくらする。出で立ちもさることながら、仕草も、仕草のつなぎ方も、間やテンポもいい。パナマ帽をさっと取って、ひらりと馬を降り、手綱を横にいた黒人の子に無造作に放り、ヒロインをひたと見あげる。ひと言、ヒロインの美しい成熟ぶりを指摘すると、軽やかに駆けあがってきて、すかさず手にキスをする。

隙のない王子ぶりだが、じつはアシュリというキャラクターは、このスカーレット目線の夢のような初登場場面において、理想化されて固まり、しなやかな人間性や、人間らしい奥行きを奪われ、ある意味、〝殺されて〟しまうのである。本作の大半はスカーレット視点で書かれるため、この後、彼はその人間味をちらちらと覗かせるものの、スカーレットの眼差しのヴェールがかかっていて表出しづらい。ゆえに隠微な萌えどころもあるのだが……(生身の男としてのアシュリについては、第五章第三節にて詳述)。

そうするとやはり、本作の萌えの源泉としては、アシュリと一見なにもかもが正反対のキャラクター、レット・バトラーの悪辣な魅力も挙げなくてはならないだろう。

たとえば、十六歳のヒロイン、スカーレット・オハラを彼が見初める有名な階段のシーンがある。ちなみに映画では、〈トウェルヴ・オークス〉の階段は双翼の豪華ならせん階段として描かれているが、原作者ミッチェルとしては、この点もきわめて不本意だった。ふたりの出会いは、スカーレットが純真無垢なチャールズ・ハミルトン(恋敵メラニーの兄)を、面白半分にもてあそぶ場面から始まる。

「チャールズ、わたしが戻るまでここで待っててらしてね。あなたとバーベキューをいただきたいわ。あの他の娘たちといちゃつきにいったりしたら、わたし猛烈に妬くわよ」しかもこんな言葉が、両えくぼのかわいい紅い唇からとびだし、表情豊かな黒いまつ毛を翠《みどり》の瞳の上でしおらしくパチパチさせているではないか。

「ええ、お約束します」やっとこさ息をついて答えたチャールズは、このかわいい娘が彼を見て、まるで屠畜人を待つ仔牛みたい、などと考えているとは夢にも思わない。

たたんだ扇子で彼の腕をぽんとたたき、むきなおって階段をあがろうとしたところで、レット・バトラーという名の男の姿がふたたびスカーレットの目にとまった。チャールズからさほど離れていないところに、あいかわらず独りで立っている。いまの会話を一部始終聞かれてしまったにちがいない。いかにも遊び人風にこちらを見ていじわるにニヤリと笑い、またもやじろじろ眺めまわしてくるその視線には、スカーレットの見慣れた恭しさはいっさいなかった。

（第1巻第6章、219～220頁）


この場面も、このままマンガに描けそうだ。コマ割りまで目に浮かんでくる。スカーレットは遊び人風のグラマラスな大人の男と出会って、そのぶしつけな眼差しにむかついた後、自分からアシュリに愛の告白をし、無残にもふられてしまう。アシュリが部屋を出ていったところで、怒りにまかせて陶器のボウルをガッシャーンと暖炉に投げつける。すると――


「なにも」ソファの奥から声がした。「そこまでしなくたって」

こんなに驚いたこともなかった。口の中がからからに渇いて、声も出なかった。膝が抜けて倒れそうになり、椅子の背をしっかりとつかんだとき、ソファに寝ていたらしいレット・バトラーが立ちあがり、わざとらしいほど丁重なおじぎをして見せた。

「あんなやりとりを聞かされて昼寝を邪魔されただけでも迷惑なのに、命の危険にまでさらされるとはあんまりな」

本物だ。幽霊じゃない。しかし、なんということ、いまの会話をあらいざらい聞かれてしまった！　スカーレットはあらんかぎりの力をかき集めて体面を保とうとした。

「そこにいらしたのなら、お知らせいただくべきでした」

「そう?」真っ白な歯がきらりと光り、無遠慮な黒い眸《ひとみ》が彼女を笑っている。「けど、わたしが休んでいるところに入ってきたのはそっちだものなあ。ケネディさんに待たされていましてね。まあ、バーベキューの場で、自分は歓迎されざる客だと感じたから、こうして気をつかって、どなたもお出《い》でにならないようなこの場所で、目障りにならないよう小さくなっていたんですよ。それなのに、やれやれ！」バトラーは肩をすくめて、低く笑った。（同、266〜267頁）

なんとも、ベタな展開である。結婚にまつわる極秘の話をしていたら、それをソファで寝ていた（くだんの話を最も聞かれたくない）男性に聞かれてしまった、というシチュエーションは、『嵐が丘』でのキャサリンとヒースクリフのそれを強く想起させるが、ミッチェルは子ども時代から、十九世紀イギリスの伝統的なヴィクトリア朝文学をだいぶ読んだ（親に読まされた）ようだから、影響を受けていても不思議はない。あるいは、『嵐が丘』などのメインストリーム文学から派生したロマンス小説や、いわゆるB級ノベルも、こちらは親に勧められなくても積極的に読んだようなので、その影響も多分にあるだろう。

まっすぐなヒースクリフと違って、レットはつねにおどけ、相手をからかい、いたぶる、はっきりいって「ドS」タイプで、自分の本心は決して見せない。「庇護者としての冷めたドS男」という、現代のマンガやアニメに欠かせない主要キャラのプロトタイプを見るようだ。

消費されるキャラクター

実際、レットの人物造形や台詞に、アニメ・キャラクターの声を聞く評者もいる。俳人であり評論家の千野帽子は拙訳の刊行時に寄せた「ボンクラ野郎が新訳『風と共に去りぬ』を読んでみた。助けてロマンスの神様！」[1]という論稿中、本作を「特濃ロマンスの原液」と表現しつつ、「女心を解さない世の男性諸氏」に、このロマンス大作の読み方を指南する。その指南のひとつに、「レット・バトラーをアニメキャラとして消費せよ」というものがあるのだ。

千野氏はレットをこう評する。

〈前略〉スカーレットの反撥と執着の対象である挑発的で危険な男レット・バトラーも、ロマンス妄想爆発のキャラクターだ。

こいつを味わわない手はない。

ということで第2の指針は、レット・バトラーをとことん消費してやろう、ということ。〈中略〉そのバトラーがスカーレットに投げつける数々の挑発的な台詞のなかで、なぜか印象に残ったのがこちら。

〈愛を語りながら金の算段か。女の本性ってやつだな〉（第4部第34章）

なんだこれは。尾崎紅葉『金色夜叉』の間貫一が熱海の海岸でお宮に言いそうな台詞じゃないか。

『金色夜叉』の種本であるバーサ・M・クレイ（シャーロット・メアリ・ブレイム）の『女より弱きもの』（1878）を、ミッチェルが読んでても、たしかに不思議ではない[2]。

そんな破天荒な決め台詞をレットが言うたびに、この台詞をほかのだれに言わせたらいいか、小生は考えながら読んでいた。

〈愛を語りながら金の算段か。女の本性ってやつだな！〉byシャア（声・池田秀一）

〈愛を語りながら金の算段か。女の本性ってやつだな！〉by五ェ門（先代、声・井上真樹夫）

〈愛を語りながら金の算段か。女の本性ってやつだな！〉byスネ夫（先代、声・肝付兼太）

〈愛を語りながら金の算段か。女の本性ってやつだな！〉byさくらヒロシ（声・屋良有作）

シャアも五ェ門も〈女の本性ってやつ〉なんて言わない！「女の本性というもの」って言うだろ……。

「愛を語りながら金の算段かいベイビー。レディの本性だね！」by花輪くん（声・菊池正美）

何代目と声優まで指定してあるのが、芸の細かいところ。念のため書いておくと、「シャア・アズナブル」は「ガンダム」シリーズ、「石川五ェ門」は「ルパン三世」、「骨川スネ夫」は「ドラえもん」、「さくらひろし」と「花輪和彦」は「ちびまる子ちゃん」の登場人物である。

いや、笑った、笑った……。笑う一方で、涙してもいた。大衆文学とはいえ古典名作として読み継がれてきたGWTWの読み解きにアニメを導入することに、眉を顰める向きもあるかと思うが、わたしはこの記事を目にしたとき、ようやく本作があるべきところへ還ったという感慨に打たれていたのだ。

「レットの台詞をだれに言わせようか」——それはつまり、キャラクターの転用であり、リユース(再利用)であり、合成という概念だ。現代のコミック、アニメーション、ライトノベル、いや、純文学の分野でも、きわめて馴染みのある概念だろう。

千野氏は、レットを見て「まるで◯◯みたいだな」と感じ、さまざまな別キャラクターを召喚して、合成を行った。それは、マーガレット・ミッチェルが本作の作中人物を造りだす際の発想や手順と相通ずるものがあるのだ。ミッチェルのキャラクター造りの姿勢と手法は、いまから見ると、じつにモダンで先見性があり、かつリプロダクティヴ(再生性、繁殖性が高い)である。それは、本作が刊行から八十年余りの時を経て古びず、映画、舞台、ドラマ、マンガ、小説などなど、数々の二次創作物やGWTWチルドレンを生みつづけている理由のひとつだろう。

2　マーガレット・ミッチェルはどこにいる?

文学界は「モダニズム」真っ盛り

マーガレット・ミッチェルのキャラクター造りについて、詳細な検討に入る前に、ちょっとまわりを見渡しておきたい。ミッチェルは当時の文学界ではどんな位置にいたのか。あるいは、文学史のうえで、どんなふうに位置づけられるのか。

その見極めはむずかしく、まさにそれが、GWTWの正当な文学的評価がなされないままでいる一因なのではないか? いまだに本作のテクスト論的な研究は少なく、多くは「とてつもなく売れた大衆小説」として、その歴史的背景や人種差別問題を論じることに専念している。この節では、本作の文学地図における立ち位置を見定め、ミッチェルがなにを目指したのかを探り、同時に、ミッチェルが目指したものの新しさ、現代性も浮き彫りにできたらと思う。そのために、文学史を通時的な見方から共時的な捉え方へ切り換えてみると、ミッチェルのまわりの景色が驚くほど変わって見えてきた。

ミッチェルがGWTWを書き始めた一九二〇年代前から、英米文学界は急激な潮の変わり目を経験していた。第一次世界大戦という世界規模の戦争を通過し、価値観の大きな転換を経て、十九世紀文学への反動と決別が起きたのだ。その結果、「モダニズム」と総称される運動が台頭し、席巻した。その影響は、だいたい一九六〇年代、要するにポストモダンなるものが顕現するまでつづくことになる。

まず、この時代の文学シーンについて祖述しよう。

十九世紀の教育改革により識字率がぐんと上がったことで、娯楽的な読み物への需要が大いに高まっていた。そこで出てきたのが、安価で気軽な小説本やロマンスもの、大衆紙、アメリカではダイムノベル、あるいはパルプマガジンに掲載される娯楽小説。これらが人気を博した。

しかしモダニズムの文学者たちはこうしたロー・アートとは自ら一線を画そうと、ことさらハイ・アートへと向かったのである。モダニズム文学がおおかた難解で重厚なのは、これも一種のカウンター・カルチャーだからなのだ。

この時代には、小説でも詩でも、実験性と個人主義がもてはやされるようになった。その手法のひとつとして、ある視点が意識的に導入される。つまり、人物の目と声でもってものごとを描写する「内面視点」である。これが主流となり、作者が全知の〝神の視点〟で物語る文体は、どこか古臭いものとして見られるようになった。人物の〝意識の流れ〟を追い、人物の〝ボイス〟を響かせるのが最新のかっこいいスタイルであり、文章技術的には、描出話法（自由間接話法）や内的独白（自由直接話法）といったものが多用される。前者の話法に関しては、起源は古く、イギリスではとびきり進んでいたジェイン・オースティンが早くも十九世紀前葉にさらりと用いているが、それを意識的に駆使したということである。フローベールの『ボヴァリー夫人』（一八五七年）がその先駆とされる。

英米のモダニズム文学を代表するのは、詩人では、T・S・エリオット、エズラ・パウンド、ラングストン・ヒューズ、ウォレス・スティーヴンズ、E・E・カミングズ、小説家では、ヘンリー・ジェイムズ、ジョゼフ・コンラッド、D・H・ロレンス、ヴァージニア・ウルフ、ジェイムズ・ジョイス、F・スコット・フィッツジェラルド、ウィリアム・フォークナー、アーネスト・ヘミングウェイといった作家たちだ。彼らモダニストたちの、旧弊な作法から脱却して新しい文学を創造しようとする気概は苛烈で、それは直前のエドワード朝（一九〇一〜一〇）文学への強い批判にもつながった。

なかでもイギリスの作家ヴァージニア・ウルフの文学講義「ミスタ・ベネットとミセス・ブラウン」（一九二四年、於ケンブリッジ大学）はよく知られている。この一論稿をもって、一世を風靡した大作家アーノルド・ベネットは文学史の中央舞台から消し去られたと言っても過言ではない。人気も名望もある作家が、最もアップ・トゥ・デートでない、いうなれば「それ、アカンやつや」と指さされる作家に転落してしまったのだ。

もとはと言えば、ベネットの方が「今日びの若い作家（主に一九一〇年に始まるジョージ朝時代以降の若手を指す）には、リアルな人物が描ける作家がいない」（初出「小説は衰退しているか?」一九二三年、*Cassell's Weekly*）などと、よくある老害めいた苦言を呈したことが発端なのだが、ウルフがこれに対してベネットの小説を引きながら猛反撃した。結果、「虚構としての小説におけるリアリティとはなにか?」という論戦に発展する。

これは当時の文学界の「リアリズム観」をよく表しているので、少し我慢して聞いていただきたい。

小説家ならだれしも、不意に知らない人物が目の前に現れ、「わたしの名はブラウン。できるものなら捕まえてごらんなさい」と誘いかけてくるような経験があるはずだ、とウルフは言う。膨大な時間と何巻もの紙幅をかけて彼女を追いかけるが、摑まえられるのは、よくて服の切れっぱしか髪のひと房ぐらいであろう、とも自嘲的に述べている。

ウルフはあるとき、列車で同じコンパートメントに乗り合わせた老女を仮にミセス・ブラウンと名づけ、彼女の生涯を想像する。そう、ミセス・ブラウンというのは、どこにいてもおかしくないつましい老婦人の象徴である。列車の隅にちょこんと座る小さなブラウン夫人の内面に、ベネットは目を向けようとしないと、ウルフは言うのだ。たとえば、彼の長編小説 *Hilda Lessways*（邦訳『ヒルダ・レスウェイズの青春』小野寺健訳）には、ヒルダと彼女の母親に関するこまごまとした記述がふんだんにあるが、聞こえてくるのは、彼女たちの家賃や土地の保有権について滔々《とうとう》と語る作者の声ばかりで、リアルなヒルダの声も母の声も一切聞こえてこないと批判している。

さらに、ベネットと、『透明人間』のH・G・ウェルズ、『林檎の樹』のジョン・ゴールズワージーを、「エドワード朝文学作家」としてひとまとめにし、「いまの時代、彼らのもとに行って、『小説はいかに書くべきか』『どうすればリアルな作中人物を描きだせるか』と教えを乞うのは、靴職人のもとに行って腕時計の作り方を教わるようなものだ」と言い放つのである。ナイフのように切れる頭脳の持ち主である気鋭の女性作家を、不用意に敵にまわした年配男性作家がうかつだった。お気の毒である……。

ミッチェルの反骨精神

では、英米文学界が「虚構人物のリアリティ」をめぐって、こうした斬った張ったの血を見るような戦いを繰り広げるかたわら、マーガレット・ミッチェルはどのような立場をとっていたのか？

まずひとつ言うと、モダニズム文学に対して、迎合する気はさらさらなかったようだ。ウルフやジョイスやプルーストが採用して一大潮流となった「意識の流れ文学」には肯定的ではなかった。GWTWの書評が〈ニューヨーク・イヴニング・サン〉紙に載ると（一九三六年六月三十日掲載。最も早いレビューのひとつ）、評者であるエドウィン・グランベリーに対し、ミッチェルは礼状のなかでこのように書き綴っている。

わたしの作品を、第一に、一個の小説であり物語であると評していただきありがとうございます。ジョイス風でも、プルースト風でも、ウルフ風でもない、ということですね。貴殿は、拙作がどんな本であるかを的確に総括なさったばかりか、本の背後にどんな精神があるか、鋭く見抜いていらっしゃいます。わたしは〝意識の流れ文学〟はどうも読めません。もともと脳神経学者か精神学者を目指して勉強を始めましたので、人間の心の川の澱《よど》や密林でなにが起きているか実際よく知っておりますし、たっぷり見てまいりました。だからこそ、小説中には書く気になれないのです。(一九三六年七月八日付)

実際、グランベリーの他にも、「妙な不明瞭さがない」という観点からGWTWを褒める批評家も少なからずいた。ベル・ローゼンバウムは「〝意識の流れ派〟につきものの曖昧性を導入していない」ところを美点とし(「なぜ彼らはその本を読むのか?」一九三七年、*Scribner's Magazine*)、ロバート・Y・ドレイクJr.は「フォークナーの想像性およびロバート・ペン・ウォーレンの技法の複雑さを欠く」ことを称えている(「二十年後のタラ」一九五八年、*The Georgia Review*)。

褒められているのは良いとして、これらの「称賛」の内容がある意味、的外れであることは第四章で論じたい。

文学の一大潮流であったモダニズムに背を向けたミッチェル。しかしまた、一九二〇年代は〝ローリング・トゥウェンティーズ(狂乱の二〇年代)〟と呼ばれるジャズエイジでもあった。ミッチェルはみずからを「ジャズエイジの申し子」と称しており、実際、二十世紀のゼロ年代かそれより少し前に生まれた作家らとともに「反抗の世代」を形成した。フォークナー、フィッツジェラルド、ヘミングウェイら〝ロスト・ジェネレーション〟の花形作家たちとちょうど同世代である。彼らは先行世代やその伝統にともかく逆らい、むちゃくちゃをやった。フォークナーは「酒を飲んでは恥も外聞もなく吐き」、ミッチェルも「名門クラブのテーブルに乗って踊りまくった」[3]のである。

ミッチェルはそうして私生活でフラッパー娘を演じ（一人目の夫はレット・バトラーを髣髴させる〝レッド〟・アップショーという、密造酒の売買に手を染めた遊び人だった）、創作面でも、GWTWの前に書いていた短編は、酒とパーティに明け暮れる典型的なジャズエイジ小説だった。この習作は三十ページほどで行きづまり、ミッチェルはこうした路線の小説は自分には向かないと早々に匙を投げる。本を開けば、クソ野郎（son-of-a-bitch）と出てくるような小説にうんざりし、この手のものはフィッツジェラルドに任せておけばよいと考えるにいたったのだ。

そうした後に書き始めたのが、のちにGWTWとともにマクミラン社に提出され、一時はミッチェルも出版を検討した中編サザンゴシック「ユーローパ・カーマギン」（通称「ローパ・カーマギン」）だ。フォークナーばりの廃墟と老女が登場する一種の〝ゴーストストーリー〟で、版元も絶賛していたが、ミッチェルは刊行の意思を翻し、のちに破棄させた。

ミッチェルは大流行りだったジャズエイジ小説にも、〝ロス・ジェネ〟にも背を向けることになった。

「ユーローパ・カーマギン」を仕上げると、彼女はおもむろに南部のプランテーションを舞台にした大長編に着手する。だからといって、昔ながらの「南部小説」を書く気は毛頭なかった。先行世代の南部文学作家には、D・W・グリフィス監督により「國民の創生」として著作が映画化されたトマス・ディクソンや、再建時代のヴァージニアを描いた「レッド・ロック」の著者トマス・ネルソン・ペイジらがいたが、ゼロ年代ジェネレーションの作家たち（本書では一八九〇年代後半から一九〇〇年代生まれを指す）は、これらの伝統文芸を見下し、更新しようとしていた。ミッチェルも、むしろ古臭い南部観を覆そうとして南部小説に手を伸ばしたのだった。白亜の豪邸に、マグノリアの花が咲き、奥ゆかしく嫋《たお》やかなサザンベル（南部美人）と、強く雄々しく愛郷心あふれる南部紳士が出てくる、「南部すげえ」的なプロパガンダ小説など、はなから書く気はない。

舞台をわざわざ未開拓で垢抜けないジョージアの内陸部に設定したのも、スカーレットの父を無骨で地位の低いアイルランド移民として造形したのも、そういうわけだった。また、本作には、白人といっても、じつにいろいろな出自の人物が登場している。育ちや貧富の差もあれば、民族も違う。農園監督で北部出身のジョナス・ウィルカーソンやヒルトン、沼沢地に住むプア・ホワイトのスラッタリー家、貧しい小農場主のエイブル・ワインダー、零細農場と家族を失いオハラ家に入る元兵士のウィル・ベンティーン、殺しの前科がある山岳民のアーチー、人を人とも思わないあこぎな商売人のアイルランド移民ジョニー・ギャレガー、ルイジアナのクレオール人で伊達男のルネ・ピカールなどなど。

なかでも、ウィル、アーチー、ジョニーは、フィーチャード・ロール（メインキャストではないが重要な出番がある役柄）なのだが、一般にほとんど知られていないのは、前章でも触れたとおり、映画版がこれらの重要な役をカットするか出番をいたく縮少し、その役割を他のキャラクターに振ってしまったからだ。映画のリメイク版を作ることがあったら、この三役こそ前面に押し出される役になるだろう。

ちなみに、GWTWは「南部を描いた歴史小説」として長らく読まれ、論じられてきたという経緯があり、作者のミッチェルが作中に描かれた当時の身分差別や人種差別を肯定しているといった批判もなされてきた。たしかにGWTWは現在から見れば、その社会観や人種問題に関する意識にはまだ無自覚な点もあり、差別的な感覚が残っていたと思われる。とはいえ、注意が必要なのは本作における差別的発言や考えは登場人物のものであり、作者のものではないということだ。それが作者のものと勘違いされやすいのは、本作独自の文体にも原因があるのだろう。文体については、第四章で詳しく論じることにする。

回り道が少し長くなったが、ともあれ、マーガレット・ミッチェルは伝統的な南部文学にも背を向けることになる。

モダニズム、ジャズエイジ、ロスト・ジェネレーション、南部の伝統文学——当時のいくつもの大きな潮流に逆らって、ミッチェルは果敢に泳ぎだした。のちに世紀の名作となる一大長編小説の荒海へと。

3 前衛と伝統の小説技法 キャラクター造り

キャラのリユースとコンポジット

さて、当時の文学状況をひとわたり見たので、もとのトピックにもどろう。

モダニズム文学にも、ジャズエイジ小説にも、ロスト・ジェネレーションにも、伝統的南部文学にも背を向けたミッチェルは、本章の冒頭に見たようなヴィクトリア文学的「萌えキャラ」たちの虚構的リアリティをどのように考え、造形していったのだろうか？　歴史学者でチャタヌーガ大学図書館長のギルバート・ゴヴァン宛てに書いた手紙中の以下の言葉が、彼女の考えをよく表しているだろう。

わたしのキャラクターはたんなる合成物《コンポジット》です。

GWTWを発表して以来、彼女のもとに寄せられる称賛と批判のなかには、キャラクターの信憑性に関するものが多数あった。先に引いたゴヴァン宛ての手紙で、ミッチェルはこんなふうに愚痴っている。

〈前略〉人々は早くも、拙作の登場人物たちに実在のモデルを探そうとしているのです。わたしは目下、集中砲火を浴びてとまどっております。あちらからは、レット・バトラーもメラニーも嘘っぽいと言われ、こちらからは、ことにレット・バトラーが無名の誰それさんのお祖父さんをモデルにしていると言われ、訴えられかねない状況です。どこぞのお祖父さんのことなど知るもんですか。メラニーの人物造形にあてはまる人は、それこそ幾らでもいるでしょうけど、わたし自身〔がモデル〕ということだけはあり得ません。〈中略〉ですから、この小説のキャラクターはリアルではない〔架空のものである〕と言ってくださった貴殿にはお礼を申

し上げます。（一九三六年七月八日付）

GWTWが発表されると、作中人物像が平板でリアリティがないと批判される一方、ある人たちにとってはリアルすぎたらしく、祖父やら叔父やらをモデルにされたという問い合わせや苦情が相次いだ。さらには、聖女のごときメラニーはミッチェル自身であると、後述のある書評に穿ったことを書かれ、彼女は腹を立てていたのである。

これらの批評に反して、ミッチェルのキャラクター造りは、少なくとも本人の主張では、徹底して二次元ベースのものだった。

ミッチェルは、自分の文学的バックグラウンドは十二歳のときまでに概ね築かれていると書いている。親からは、とにかくカノン（教養必読書）として、イギリスのヴィクトリア文学を読めとうるさく言われた。こうした一連の読書体験が創作の礎になっているようだ。

父母はそれらの名作を一冊読むたびに、五セント、十セント、十五セントとご褒美を出して釣った。しかしミッチェルは、トマス・ハーディ、ウィリアム・サッカレー、トルストイは、「ご褒美を一冊二十セントに釣りあげられても」、どうしても読めなかった。あるいは、トルストイ、サッカレー、オースティンを読まないので、母にぶたれそうになったが、読むぐらいならぶたれた方がましだったと言い、ロシア文学は全般に苦手で、大人になった今もほとんど読めずにいる、とも書いている。ロシア文学について特に強調するのは、GWTWの評にしばしばトルストイの『戦争と平和』が引き合いに出され、同作を下敷きにしているとか、意識しているなどと書かれたからだろう。

さて、問題のレット・バトラーの造形については、こんなことを、詩人で作家のスティーヴン・ヴィンセント・ベネー（映画「掠奪された七人の花嫁」などの原作者）に書き送っている。

ええ、拙作の娘たちは『虚栄の市』を参考にしたものと思われるだろうと思います。サッカレー氏の小説は一年前まで読んだことがなかったんです、などと言っても詮のないことでしょう。貴殿に氏の作品と同列に語っていただき、舞い上がっているわたしには、どうでもいいことです。さらに、貴殿がセイント・エルモ〔一八六六年刊のオーガスタ・ジェイン・エヴァンズの大ヒット小説「セイント・エルモ」の主人公〕を引き合いに出されているのを読み、思わず歓声をあげました。レットはきっと、セイント・エルモかロチェスター〔一八四七年刊のシャーロット・ブロンテ『ジェイン・エア』の恋人役〕に準《なぞら》えられると思っていましたから。一方、言及のあったロード・スタインですが、このかたは存じません。スカーレットのように、『あらそう、外国のかたなのね！』と申すしかありません。しかしこれだけはわかっていました。物語の時代考証をするのに、当時の文献《オリジナル・ソース》に当たるのであれば、キャラクター造りをするにも、当時の文献に当たるべきだろう、と。でないと、ちぐはぐな人物像になってしまうでしょう。そうして見ると、セイント・エルモやロチェスターが急に輝きだしたのです。〈中略〉いまでは、ずいぶん手垢のついたキャラクターでしょうが、わたしのヴィクトリア文学のバックグラウンドの中に投入するには、こうしたヴィクトリアン・タイプの人物を借りてくる以外ないだろうと思ったので

す。（一九三六年七月九日付）

刊行以来、作中人物のだれそれが有名作のだれに似ているといった指摘が、始終書評でなされていたのだろう。取りようによっては作品のオリジナリティを疑うとも取れる評価だが、ミッチェルはそれらに気分を害する風もなく（内心かなりむっとしているときには、彼女の場合、もっと嫌味が滲みでる文面になる）、それどころか、「わたしの物語の娘たちって、『虚栄の市』の子たちに似てますよねー、あっ、レットはやっぱりセイント・エルモでしょう、言われると思った！」というようなノリで、むしろ嬉々としているようである。ちなみに、セイント・エルモというのはレットのように裕福な家の子息で、傲慢な冷笑家であるが、年の離れた美しい孤児エドナ・アールと紆余曲折の末、結婚するというストーリーである。

レディメイドですがなにか？

また同日付けの別の書簡では、レットの人物造形について、こう応じている。

ええ、レット・バトラーがメロドラマのストック・フィギュア〔類型的な役割を演じる出来合いのキャラ。ストック・キャラクター〕であることは自覚しています。いかにもいそうな男だと評していただき、ありがとうございます。〔ストック・フィギュアであることは〕わかっていながら選んだのです。しかし、まさにわたしが望む、必要とする人物像であり、作品背景にぴったりでした。一八六〇年代の精神と視点をもった非常に典型的な人物だからです。あの容貌も典型的です。〈中略〉そうです、必要な人物だから使いました。ヴィクトリア文学のバックグラウンドが必要だから使ったのと同じです。それを言えば、物語の時代考証をするのに当時の文献《オリジナル・ソース》に当たるのであれば、キャラクター造りをするにも、当時の文献に当たるべきでしょう。わたしはそうしたキャラクターがどんなに使い古されていようと、手垢がついていようと、どんなに〝ストック〟であろうと、時代遅れ、あるいは時流に合わなくなったキャラクターたちをひとまとめに捨ててしまうより、彼らがかつて生きていた時代背景のなかで活用できるならした方がいいと思います。これは、レット・バトラーの人物造形に関する謝罪でも言い訳でもありません。レットにこれほどご理解のある貴殿ですので、ご興味があるかと思い、説明させていただきました」(一九三六年七月九日付、〈ニューヨーク・タイムズ・ブック・レビュー〉編集長ドナルド・アダムズ宛)

キャラはそのつど消費され使い捨てられるものではなく、ちょうどいい機会があれば、またその属性や記号やイメージを再利用《リユース》すればいいではないか、と言っているのだ。ふと現れては逃げていく架空人物を追い求めたウルフの「ミセス・ブラウン論」と、どれだけかけ離れた「キャラのリユース論」であることか。

しかし、「オリジナリティってなに?　わたしのキャラクターはレディメイドですがなにか?」と、恬淡《てんたん》とかまえるこの作家のセンスと創作姿勢は、現代のキャラクター小説のそれに近く、いまの読者にはそう抵抗なく受け入れられるのではないか。

ＧＷＴＷはぱっと見、これといって斬新な仕掛けはないが、そのじつ第四章で述べる通り、ときにヴァージニア・ウルフもかくやというラディカルな文体を取り入れている。そうしたモダニズムの最先端をいくような文体を駆使しつつも、一方で、人々に親しみのある（しかし同時代作家が必死で手を切ろうとしていた）ヴィクトリア文学流のキャラクターと会話のテンプレートをも活用した。こうした絶妙なバランスによって、スタイリッシュでありながらリーダビリティの高い作品が生まれ、ＧＷＴＷは爆発的に売れるベストセラーにして、長く読み継がれるロングセラーとなり得たのである。

そう、ＧＷＴＷは時代の先端であり、同時に生まれながらにして古典だったのだ。

補遺：スカーレットのモデルたち　南軍兵士妻の実体験記

ミッチェルにはじつはヴィクトリア文学以外にも、活用していた文献がある。南北戦争後、戦争前の十九世紀前葉から中葉の暮らしを回顧・記録する婦人のメモワールや日記が盛んに出版されており、それらを読みこんだと言っている。[4] 実録や聞き書きと銘打ちながら、小説仕立てだったり、脚色が凝らされたりしたものが多く、マルタ・ロケット・アヴァリィ「南北戦争下のヴァ

ージニア娘　南部連合軍将校の妻の実体験記一八六一―一八六五」、「戦後のディキシー」、イライザ・フランシス・アンドリューズ「ジョージア娘の戦争日誌一八六四―一八六五」、ヴァージニア・クレイ＝クロプトン「一八五〇年代のある麗人　ワシントンと南部の社交および政治的生活を語るアラバマのクレイ夫人の回想録」、イライザ・リプリー「古きニューオリンズの社交生活　私の娘時代の追憶」、「旗から旗へ　戦中の南部およびメキシコ、キューバにおけるある婦人の冒険と体験」、メアリ・アン・ハリス・ゲイ「戦中のディキシー暮らし」……と枚挙に暇がない。たとえば、アヴァリィの実体験記に、未来の夫との出会いを描くこんなシーンがある。GWTWを強く髣髴させるので、本章の最後に参考までにご紹介しておこう。

「ダン・グレイにはもう会ったかい？」

田舎道で、チャーリー・マリーとわたしは並んで馬をギャロップさせていた。

「いえ、まだよ、チャーリー。彼のお兄さんのディックには、ノーフォークでお会いしたけど、いっぺんで嫌いになったわ」

「そう言うなよ、ネル。ダンのことは、きっと気に入るさ。みんなに好かれるやつなんだ。きみはまだ会ってなかったかな。このへんに来る美人に会うチャンスは逃したことがない」

それは前にも聞いたことがあった。それどころか、ダン・グレイの噂は山ほど耳に入っていて、ぎゃふんと言わせてやりたいと思っていた。みんな、まるで、ダン・グレイ抜きでは、ピーターズバーグがピーターズバーグじゃないみたいな言い方をするのだから。

「きみも会うべきだよ」チャーリーはしつこく言ってきた。

「どうかしら」わたしは言下に言い返した。「わたしはお会いしなくてけっこうよ」それは、あちらもご同様ではないか。「ただでさえ、お会いする男性がたくさんいて手一杯なんですもの」

＊

聖ジョゼフ教会がバザーを催すことになった。〈中略〉でも、わたしたち姉妹はバザーの会場で品物を売ってはしゃいだりできない。深く喪に服している最中なのだから、出かけるなんて論外だと母は言った。すると、母の友だちのウィントン夫人が説得にやってきた。

「いいえ、娘たちを行かせるわけにはまいりません」母は頑として断った。「手作りのかわいい雑貨をバザーに出品するとか、在宅でできるお仕事であればなんでも致します。できる限りご協力致しますとも。なんなら、ノーフォーク仕込みの牡蠣の酢漬けと小エビのサラダをお出ししましょうか。クリームケーキでもなんでも、作れるものはなんでも喜んでご提供します」

「牡蠣でもサラダでもケーキでも頂けるものはなんでも頂きますが、いまなにより必要なのは娘さんなんです。奥さんの料理は絶品ですが、わたくし、牡蠣の酢漬けと小エビのサラダが欲しくて参ったんじゃございません。ミリセントとネルをお出しください。ぜひわたしのブースにはネルを、リンさんのところにはミリセントを。〈中略〉ご存知のとおり、うちの教区は深刻な娘不足なんです」

母はいたって敬虔なカトリック教徒だったので、教会のためにとうとう折れ、ミリセントとわたしは教会の寄付集めのバザーを手伝うことになった。

「けど、お務めにいくのであって、遊びではありません。そのへんを練り歩かれては困ります。ブースで売り子をするだけですよ」母は釘をさした。

「いいから、ふたりをお出しなさい。お楽しみがないようにしますから。ええ、ネルが暇にならないようにね。ミリセントはリンさんが監督します」

ところが、若者にとってバザーにはお楽しみがいっぱいだった。〈中略〉

わたしはわざといちばん冴えない服を着て、常緑植物のプランターに囲まれ、トルコ人よろしく床に座っていた。すると、そこに紳士たちの一行が入ってきた。

見つからないよう小さくなったつもりが、やはり気づかれて、バリケードは台無し。彼らはわたしをさっそくからかってきた。チャーリー・マリー、ジョージ・ヴァン・B、ウィリー、そしてペイジの四人組だ。四人の後ろから、五人目の男性が入ってきた。この人が目の前にきたとたんに気づいた。ついに引き合わされてしまった、と。

こうしてわたしはダン・グレイと出会ったのだった。いっとうみすぼらしい服を着て、葉っぱになかば隠れ、床にぺたりと座った格好で。（第二章より）

まるで、逆にGWTWの作中から、喪に服しながらも負けん気の強いスカーレットや、口の減らない男友だちとレット、それに仕切り屋のご婦人らが抜け出してきたかのようだ。また、敬虔なカトリック教徒の母を持っていたのはミッチェル家もオハラ家も同じである。こうした「銃後妻の手記」などからも、ミッチェルは大いにインスピレーションを得て、ある種のテンプレートとして取り入れつつ、キャラのリユースや「萌え」の源泉に役立てたのだろう。

第三章　人種と階層のるつぼへ——多文化的南部へのまなざし

1 『風と共に去りぬ』の生みだした多様性

マルチカルチュラルな〝続編〟たち

ベッドで愛を交わした後、レットはアシュリ・ウィルクスの方に向きなおり、こう言った。
「そういや、アシュリ、うちの祖母《ばあ》さんは黒人だって話したことあったかな？」

スカーレット・オハラをめぐる恋敵同士であるレット・バトラーとアシュリ・ウィルクスは、じつはバイセクシュアルで、愛しあっていた——こんなショッキングでBL的設定を夢想したのは、アメリカの作家パット・コンロイだ。しかも、レットは二代遡ると黒人の血が混じっているという。

コンロイはGWTWの熱烈なファンで、公式の続編 *Scarlett*（アレクサンドラ・リプリー著／邦題『スカーレット』森瑤子訳）のさらに続編の執筆者として候補に挙がっていた。ところが、著作権継承者から、「続々編の作中に、同性愛や異人種間の結婚を描いてはならない」と通達されると、「検閲する気かよ」と憤り、「だったら、こんな出だしの作品にしてやろうかな」と、性的少数者への偏見や人種差別に挑むような書き出しを、冗談まじりに考案したというわけだ(1)。

このGWTWの続々編に関しては、版元のセント・マーティンズ社が出版許可をとるにあたり、著作権者に四五〇万ドルという莫大な料金を支払っており、コンロイにもドルで七桁の前払い金が提示された。しかしながら、「作中でヒロインのスカーレットが死んでしまう」という大胆なプロットをコンロイが構想すると、それを知った著作権者側は「アトランタの歩道でシャーマン軍（北軍最強の将軍麾下《きか》の軍団）に出くわしたように恐れをなした(2)」とのこと。

コンロイとしては、続々編というより、オルタナティヴなGWTWを書くつもりだったのだ。*The Rules of Pride: The Autobiography of Capt. Rhett Butler, C.S.A.*（プライドの掟：南部連合国キャプテン　レット・バトラーの自叙伝）というかっこいいタイトルもすでに決めており、レット・バトラーの独白形式にする予定だったが、この続々編の契約は締結寸前で行ったり来たりした末に頓挫する。結果的には、約十年後の二〇〇七年に、別な作家ドナルド・マッケイグが同出版社から、*Rhett Butler's People*（邦訳『レット・バトラー』池田真紀子訳）を世に出すことになった。

コンロイの続々編は夢想に終わってしまったが、差別意識に対抗したマルチカルチュラルな視点をもつGWTWの「続編」や「外伝」的作品はこれまでにもいろいろな形で作られている。おそらくいちばん有名なのは、〈タタ〉農園（〈タラ〉農園のパロディ）の元奴隷の黒人の目で語りなおしたアリス・ランドールの小説 *The Wind Done Gone*（「風なんか行っちまったダ」二〇〇一年）だろう。南部社会に潜む性的、人種的な秘密と欺瞞を描きだし、〈タタ〉農園はレット役に仕える黒人執事に遺贈され、この地に白人も黒人も混血の人々も共に葬られるというユートピア的結末

にたどりつく。批評家のマージョリー・ガーバーはこれを「文化的しっぺ返し」と評した。(3)

あるいは、ロンドンの演劇の聖地ウェストエンドでも、名演出家トレヴァー・ナンによって、「黒人の登場人物たちに声をあたえる」という趣旨の、鳴り物入りのミュージカル Gone with the Wind が上演されたことがある(二〇〇八年)。ただし、興行成績としてはふるわなかったようで、二か月弱で閉幕を迎えた。

GWTWに直接かかわるものでなくとも、本作の抱える米国の南北断絶のテーマやモチーフを継承し、視点を反転させた小説は枚挙に暇がない。米国で黒人初のノーベル文学賞を受賞した女性作家トニ・モリスンが元奴隷の女性の視点で描いた *Beloved*(邦訳『ビラヴド』吉田廸子訳/映画原題も同名)、〝一九六〇年代のGWTW〟と評されるキャスリン・ストケットの *The Help*(邦訳『ヘルプ』栗原百代訳/映画原題も同名)は、もはや「新古典」の域だろう。

また、二十一世紀の一〇年代以降、英米では、トランプ政権を予見するような、米国南北の深い亀裂を浮き彫りにする作品がつぎつぎと出版され、今やひとつのサブジャンルを形成するかの様相を呈しているのも見逃せない。たとえば、コルソン・ホワイトヘッドが奴隷少女の南部脱出をファンタジックな設定で描きピューリッツァー賞ほか多数の文学賞をさらった *The Underground Railroad*(邦訳『地下鉄道』谷崎由依訳)、ポール・ビーティーがかつての奴隷制と人種隔離政策の復活が計画される近未来を描き米国作家初のブッカー賞を受けた *The Sellout*(未訳)、第二次南北戦争勃発とその戦火を生き抜く人々を描いたオマル・エル゠アッカドの *American War*(邦訳『アメリカン・ウォー』黒原敏行訳)、南北戦争下のリンカーン大統領の苦悩を亡霊たちが語るジョージ・ソーンダーズの *Lincoln in the Bardo*（邦訳『リンカーンとさまよえる霊魂たち』上岡伸雄訳）……などなど。

映画では、「リンカーン」「ジャンゴ　繫がれざる者」「それでも夜は明ける」なども記憶に新しいところだろう。

アメリカという国を知るには、南北の癒しがたい断裂を知ることが欠かせない。そうした小説群の原点に、ＧＷＴＷがある。現在のアメリカを理解するのに欠かせない小説群がもうひとつあるとすれば、「ディストピア（反ユートピア近未来）小説」だが、ＧＷＴＷはそうした現代社会の隠された真実を暴きだすディストピア的な要素も兼ね備えている（これについては「おわりに」で触れる）。

いま、これほど読み直すべき古典作品があるだろうか。前章でも書いたとおり、ＧＷＴＷは古き良き南部を称揚し、過ぎ去った日々を感傷的に悼むロマンス小説では決してないのだ。

南部神話を打ち砕く――異分子、よそ者、少数者へのまなざし

そう、マルチカルチュラルなのは後続作品ばかりではない。ＧＷＴＷ自体がもともと「人種と階層のるつぼを描く」構想のもとに書かれた小説である。この点は強調しておきたい。ミッチェルは「マグノリアの花が咲き、月明かりに照らされる白亜の豪邸で、貴族然とした白人のロマンスが展開する」という、昔ながらの虚構の南部神話を笑い、もっと垢抜けない、人種と階層が混交する南部の〝実態〟を描こうと腐心した。

それなのに、本作には映画の影響もあり、「南部の白人富裕層のロマンス」という限定的イメージがあまりに強い。オハラ家の当主ジェラルドからして、もともとは裸一貫のアイルランド移民であることも映画ではとくに強調はされていない。

ＧＷＴＷは白人富裕層の話ではない。むしろ物語の重要な局面を動かし、人々を救い、本作を支えているのは、それ以外の人たちなのだ。異分子、よそ者、少数者、はみ出し者、日陰者たちが、真のヒーローでありヒロインと言っていい（白人富裕層で実際の役に立つのは、レットとメラニーぐらいだろう。スカーレットはヒロインのくせにつねに蚊帳の外におり、わけもわからず野性の勘だけで猪突猛進する）。

たとえば、すべてを失ったスカーレットが還っていこうとする〈タラ〉農園は、どんな状況にあるだろうか。当主のジェラルドは亡くなっている。この豪傑は、フランス貴族の血をひく最愛の妻エレンが病死したときに、すでに死んだも同然だったと言えるだろう。農園の大黒柱であるエレンを失った後、〈タラ〉は甚大な危機に陥る。

スカーレットは慣れない手で畑を耕すが、妹のスエレンは文句ばかりたれているし、キャリーンは病み上がりで役に立たない。そこへ、農園の敷地に、義足をつけ瀕死の状態で迷いこんでくるのが、ウィル・ベンティーンなのだ。ウィルは奴隷二人ほどのごく小さな農家を営んでいたが、それも失くし、父母もなく、ただひとりの血縁である妹もよそに嫁ぎ、ほとんど天涯孤独の身。出自は貧しいが、俗世的な欲がなく、透徹したまなざしと明晰な洞察力、思考力をもち、みるみるうちに〈タラ〉を再生させる。この人物のおかげで、スカーレットも再びアトランタの都会に出て、二度結婚し、起業することができたのだ。ウィルはキャリーンに思いを寄せるが、〈タラ〉を救うためにスエレンと結婚し、事実上、〈タラ〉の家長となる。〈タラ〉でウィルのほかに頼りになる人物というと、レットに「わが家の事実上の家長」と言わしめた乳母のマミーがいる。彼女はスカーレットの代理母でもある。つまり、白人富裕層のヒロインが唯一の心の支えとしてすがりつく〈タラ〉は、貧農の出の若者と黒人乳母のコンビが〝当主〟となって、ようやく生き永らえているのだ。

また、スカーレットの一人目の夫チャールズとメラニーのハミルトン兄妹は子どものころに父母を亡くしているが、上流階級でなに恥じることなく社交生活を続け、りっぱに成人できたのも、黒人執事ピーターのおかげだ。メラニーが適齢になると髪をあげさせ、チャールズに地元のジョージア州立大学で学位をとれと言う法律家の伯父に対し、「専修課程はハーヴァード大学へ」と言い張って、実現させる。東部のハーヴァード大といえば、そもそもヤンキー（北部人）の大学であり、南北戦争前にして、狭量な偏見にとらわれない爺やの判断はたいしたもの、ということになる。

あるいは、まとまらない初期の地元部隊の柱になるのは小農のエイブル・ワインダーで、彼は富裕層からの信頼も篤く、将校決めの選挙で少尉に選出される。また、スカーレットのベンチャービジネスのあくどい片腕となるのは、アイルランド移民のジョニー・ギャレガーであり、メラニーと心を通わせ随所で知恵を出して危機を回避するのは、山岳民で殺しの前科者アーチー。さらに、白人至上主義団体〝クー・クラックス・クラン〟（ＫＫＫ）への討ち入りの際に、全員逮捕または永久逃亡という窮地を救うのは、淫売宿の女将で町の嫌われ者のベル・ワトリングだ。いまから見れば、異分子、貧者、弱者、日陰者を都合よく使って物語を展開させていると映るかもしれない。しかしながら、一九二〇年代から三〇年代という時代の思想的、視野的制約のなかで、こうした多人種、多階層のるつぼを描こうとするには、能動的な意識が必要だったはずである。

多文化背景にこめられた願いと下心

だからこそ、ミッチェルはハリウッド映画の仕上がりには、死ぬほどショックを受けた。同時に、幻想の南部像を信じたがる観客の反応にも落胆して、こんな手紙を書いている。

今のわたしたち南部作家なら、あの戦争前の南部を描けると信じていました。奴隷を抱える農園主もいれば、自作農もいて、素朴な丸太小屋から五十年しか経っていないおんぼろながら住み心地の良い家々が建ち並ぶ、本当の南部を。ところが、ファンファーレと共に映画が幕開けすると、観客たちはだれもかれも、ハリウッド版の古めかしい南部像を信じつづけてしまう。悲しいのは、こんな神話を北部人より熱烈に信奉したがる南部人が大勢いることです。昔々、わたしたちはクラブを結成したんですよ。〈白亜の文柱《コラム》のある豪邸に我らのじいちゃんたちは住んじゃいなかった南部人同盟〉って名前でした。貴兄にも入会のお誘いをお送りしてもよろしいですか？　入会資格のある人たちがみんな集まったら、メンバーは膨大な数になるはずです。

わたしは本〔GWTW〕が出版されてからというもの、多くの場で〔古いタイプの〕南部作家たちと同列に語られて戸惑っております。つまり、白い支柱をかまえたお屋敷で、裕福な農園主があまたの奴隷を使いながら、あまたのジュレップを飲み干すような南部像を描く作家たちです〔トマス・ディクソンやトマス・ペイジなどの先行世代の流行作家を暗に指している〕。戸惑うだけでなく驚いてもいます。〔GWTWの舞台となる〕北ジョージアは間違ってもそんな土地柄ではなく――もっとも、そんな〝土地柄〟がどこかに実在したのかすら疑わしいですけどね――わたしは苦心に苦心を重ねて、ありのままの北ジョージアを描いたつもりなのですから。しかし人は信じたいものしか信じません。古き南部神話は人々の想像力に強く、強く根をおろしており、一〇三七ページていどの本を読んだだけではびくともしないのです。ですから、世間の批判には自己弁護を試みようとも思いませんが、貴殿のような洞察力の鋭い方に、ミッチェルの描く南部は〝存在しない南部〟ではないとお分かりいただけたのは、作家冥利に尽きることです。お礼申し上げます。（一九四二年七月二十三日付、〈リッチモンド・タイムズ゠ディスパッチ〉紙主筆ヴァージニアス・ダブニー宛）

前章でも触れたように、ミッチェルはフィッツジェラルド、フォークナー、ヘミングウェイらロスト・ジェネレーションの書き手とまさに同世代であるが、決して〝ロス・ジェネ作家〟という括りでは語られない。しかし、先行世代に抗《あらが》うという意味では方向性を一にしていた。南部の

〝ゼロ年代作家〟らは、古き南部の大御所作家や、彼らが書く甘ったるい感傷主義にノーをつきつけ、リアリズムと社会学を好んだ。旧弊なロマンス作家らが伝統あるヴァージニアや沿岸部の土地を舞台に選んだのに対して、未開拓な内陸部や奥地、山岳地帯などの発展途中の土地を選び、田園より街の生活を描いた。そこに事業を築き、繁栄させていくのは、郷士の貴族ではありえず、移民など叩きあげの無骨な男性たち、まさにスカーレットの父ジェラルドのような人物が典型的だった。

古き南部像からの脱却。そこには、南部の真実を描き、南部人の神話的貴族像と、その幻に立脚する特権意識を突き崩したいという真情もまちがいなくあった。しかし、〝下心〟としては、先行世代への反抗心、対抗心という部分があったことも否めない。

さて、この文芸潮流のなかで登場し、現在にいたるまでなにかと物議をかもしている歴史学書が、W・J・キャッシュの *The Mind of the South*（「南部の精神」一九四一年）だ。この一冊が、こうした〝新しい南部像〟の創出に拍車をかけた。

キャッシュは社会が変わっても南部人という統一精神は一貫して変わらないと説き、〈原始ドーリス式因習〉なる概念を打ち出したことでも知られる。古代ギリシャのスパルタの社会では、最底辺の者でも、最上層にいるドーリス人の騎士に人間の規範を見て、自分も同類でありたい、自分もああなりたいという願望から、騎士に隷属する——米国南部の構造をそれになぞらえ、さまざまな階層、出自、宗教が混在する白人社会でも、いざとなれば、あらゆる境界を越えて白人が団結するという理論だ。賛否両論を呼んできたが、ドナルド・トランプが米国大統領の座につき、南北の分断がより露わになったこの時代に、これもまた再考されてしかるべき概念ではないか。

ステレオタイプからは逃れられない？

実際、ミッチェルを含む南部のゼロ年代作家にしろ、キャッシュにしろ、書中に描きだされる「真の南部白人像」には、それぞれ作者のもくろみによるバイアスがかかっており、ある種のステレオタイプである点でも、彼ら彼女らが拒絶していた先行世代のそれと同類である——ミッチェルの評伝作者ダーデン・アズベリー・パイロンは *Southern Daughter* でそう指摘している。[4] 自分たちに都合のいい人物像を作りだしているだけだ、と。

すると、それは黒人像にもおよんでいるのではないか？ という疑問は出てくる。キャッシュの同書で、南部人が黒人について語る段落をちょっと見てみよう。その前段を要約すると——力で人間を押さえつける奴隷制は人間の奥底にある怒りや嗜虐性を呼び起こす。当時「ホワイト・トラッシュ（くず白人）」呼ばわりされていた白人の貧困層は、生活苦からくる鬱憤や怒りを農園主ではなく黒人に向けるようになっていた。

〔ヤンキーたちがヒステリックに奴隷解放を叫ぶのももっともだが、〕南部人はむろんそんな実状を認めるわけにはいかない、認めてはならない。奴隷制度とそれに対する自分たちの感情を美化しなくては。気高い心を誇るようにしなくては。実際、南部人の話を聞いたなら、あなたはこう思ったことだろう――ひとえに黒人への愛情と義務感ゆえに奴隷制を手放さない農園主もいるのだな、まじめで献身的な農園主は奴隷が天国に行けるようにしてやるばかりか、この世でも幸せに暮らせるようそうしているのだ、と。黒人はだれかの世話が必要な子どもなんだ。それどころか、おおむねは感謝を忘れない子ども――満ち足りて、喜びと愛情あふれる子どもだ。農園主と奴隷の間にはいたるところで、こうした優しくうるわしい関係が成立している。

But the South could not and must not admit it, of course. It must pretify the institution［of slavery］and its own reactions, must begin to boast of its own Great Heart. To have heard them talk, indeed, you would have thought that the sole reason some of these planters held to slavery was love and duty to the black man, the earnest, devoted will not only to get him into heaven but also to make him happy in this world. He was a child whom somebody had to look after. More, he was in general, a grateful child —— a contented, glad, loving child. Between the owner and the owned there was everywhere the most tender and beautiful relationship.[5]

まあ、ずいぶん白人たちのいいように解釈した黒人像であり、関係性であるな、と呆れるかもしれない。確かに、黒人を型にはめて見下しているとか、都合のいいように関係を捏造しているなどと感じた読者は、アメリカにも多い。キャッシュの南部観とは、そのように浅いものなのだろうか。ここには「語り」のトリックがひそんでいるから要注意である。

英語の小説を読みなれた人ならすぐにわかると思うが、「描出話法」というやつだ。語り手がだんだん人物の内面に入りこみ、代弁するように語りだす。この箇所も、キャッシュが自分の考えばかりをつらつら述べているのではなく、「認めるわけにはいかない、認めてはならない」以下は、当時の典型的な南部人の心情と自己弁護を代弁しているのだ。「実際、南部人の話を聞いたなら、あなたはこう思ったことだろう」の「南部人の話」の部分が、「黒人はだれかの世話が必要な子どもなんだ……」以下で表現されている。キャッシュ自身が「黒人は子どもなんだよ」と、じかに自説を述べているわけではないだろう。

こうした小説的話法で書かれているという点で、*The Mind of the South* は学術書、研究書としては異色だろうし、それゆえの欠点も挙げられる。同書の刊行五十周年記念ペーパーバック版に序文を寄せているバートラム・ワイアット＝ブラウンは、ふつう学術書というのは、研究対象からも読者からも距離をおいて執筆するものだが、キャッシュは「想定読者も書き手の自分も、本のテクスト内部に入りこむようにして書く」と述べている。しかしこうした理由から文章がシンプルで平易になり、一般読者でも読みやすいという長所も出てくる。同書が一大ブームを巻き起こし、現在まで七十年以上読み継がれている要因のひとつは、この独特な語りのスタイルにもあるのではないか(6)。

さて、わざわざキャッシュの文体分析までしておいたのは、これがミッチェルの文体にも少なからず当てはまることだからだ。彼女もまた、地の文に書きこまれた登場人物たちの暴言、極論、差別的・偏見的な発言を作者自身の見解と受けとられ、多大な誤解を受けてきた節がある。この件については、次章でＧＷＴＷの文体を論じる際に具体的に見ていくが、注目すべきは、ワイアット＝ブラウンがキャッシュの話法に対してジョージ・エリオットやハリエット・ビーチャー・ストウを例に出し、十九世紀小説の語りとの類似を指摘していることだ。ミッチェルがヴィクトリア朝文学に大いなる影響を受け、そのキャラクター造りや言葉づかいを〝リユース〟していることは前章ですでに書いた。

2　数々の多岐の道がここに至る

偉人と猛者と異端者と――型破りの家系

マーガレット・ミッチェルは一九二〇年代から三〇年代に、多人種、多階層、多文化背景の小説を書こうとした。まさに新世紀の幕開けを目前とした一九〇〇年十一月八日に彼女が誕生するまでには、どのような祖先たちの歩みがあったのだろうか？　ここからは少し、彼女の父方と母方双方の家系を辿り直してみよう。弁護士だった父ユージン・ミューズ（一八六六～一九四四）方のミッチェル家も、母メアリ・イザベル（メイベル）（一八七二～一九一九）方のスティーヴンズ家も、さらに母方の曾祖父のフィッツジェラルド家も、いろいろな意味で〝伝説的な〟家柄だった。

ミッチェルはこうした前世代の両家にまつわる武勇伝や逸話を本人から、あるいは言い伝えとして始終聞かされ、記憶に刻みつけていたのである。兄のスティーヴンズは、妹のあの性格と才能はご先祖の多様性《バラエティ》の賜物なのだと述べ、「わたしたちは祖先に関しては知識豊富で、ふと彼らを思いだし、マーガレットに目を向けると、先人たちひとりひとりの人柄が相まってマーガレットという一個の人間が出来あがっているのが見えるようだ。もちろん、わたしたちの両親の性格や影響力に負うところが最も大きいが、その背後には、祖先たちが連綿とつらなり、わたしたちの人間性を形成してきたのだ」と記している(7)。

ミッチェル家

パイロンの先述の書を参照しつつ、まず、ミッチェル家をマーガレットの曾祖父の代から見てみよう。同家はアメリカ入植最初期にあたる十七世紀以来、南部で暮らしてきた一族だ。一族とその類縁には、小さな農家から、米や綿花のプランテーションの所有者、聖職者、政治家まで、さまざまな開拓者と偉人がいる。

とくにミッチェル家はアトランタとの絆が深い。ユージンの祖父でメソジスト派の巡回牧師《サーキット・ライダー》アイザック・グリーン・ミッチェルがこの土地に移ってきたのは、アトランタがまだ「マーサズヴィル」と呼ばれていた頃だ（最初は「スラッシャーヴィル」「ターミナス」と称され、「マーサズヴィル」という正式名の後に「アトランタ市」となる）。アイザックはこの村で初めて結婚式を執り行った者として知られ、弟のアレクサンダーは一八四三年には、綿花仲買会社の第一号を創設して名をはせた。ちなみに、兄弟の母親エリナー（ユージンの曾祖母）が晩年、この地に引っ越してきたが、このことにより、ユージンたちの代は〝四代続くアトランタっ子〟を名乗れるようになった(8)。アト

マーガレット・ミッチェル略系図

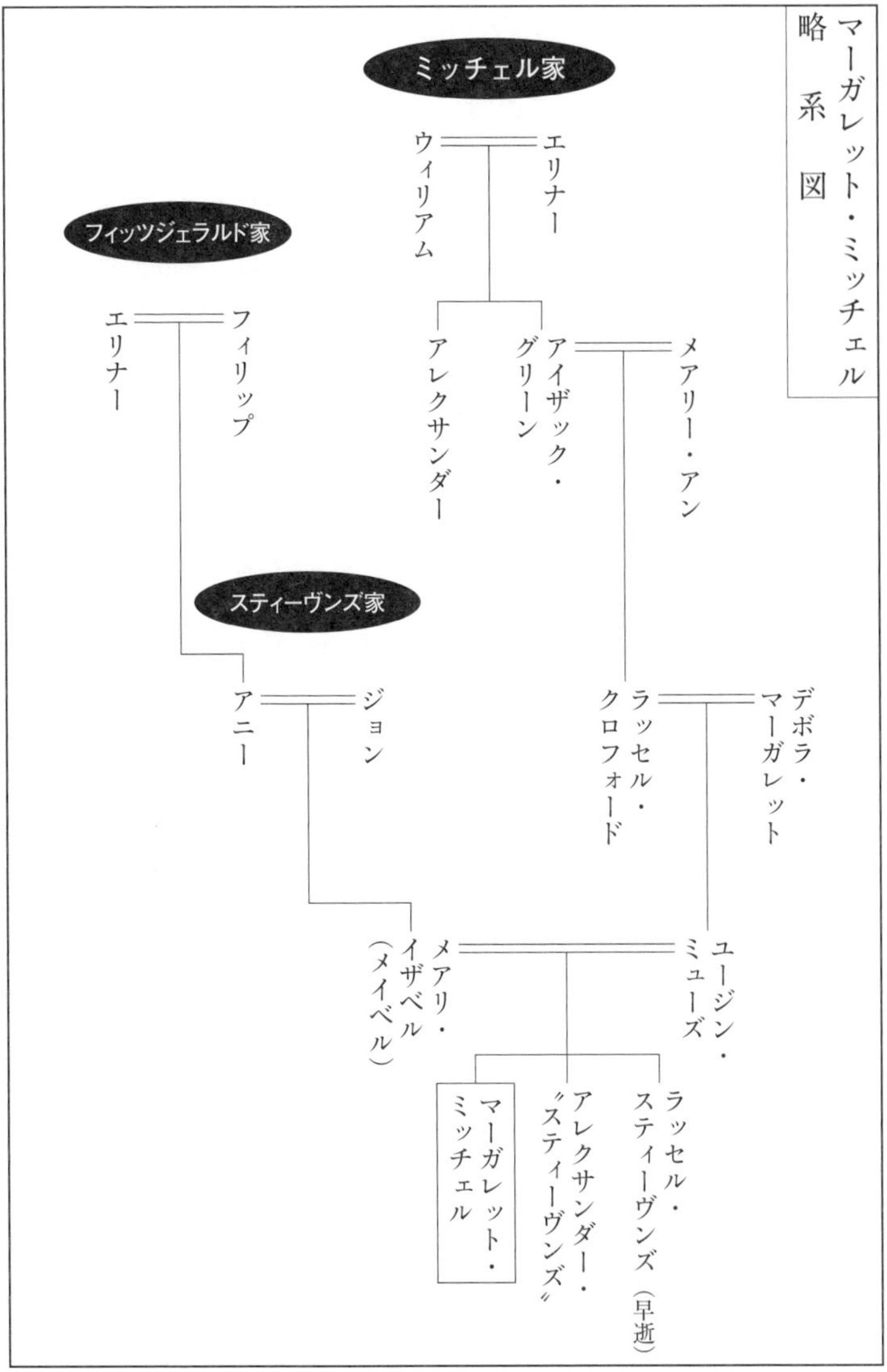

ランタ市の前身ですらできたのが一八三七年なのだから、四代続けるはずはないのだが、開拓の地では、とにかく少しでも古い家柄であることが重要だったのだ。

アイザック・グリーンは奴隷制にも、南部州の合衆国脱退にも、当初は反対していたものの、脱退後は姿勢を一転させ、南部の大義のためにつくした。

名士が輩出した一族のなかで悪名高かったのが、ユージンの父ラッセル・クロフォード・ミッチェルだ。一言でいえば、かなりやんちゃをやった。一八三七年に生まれ、メソジスト系カレッジに入学したが、さっさと信仰をすてて、大学もやめてしまい、テキサスで法律を学ぶ。強硬な南部脱退主義者で、南北戦争中はロバート・リー、ジョー・ジョンストン、ストーンウォール・ジャクソンといったGWTWにも登場する名将中の名将の部隊に入隊……を希望するも、夢かなわず。彼と同じく血の気の多いジョン・ベル・フッド将軍麾下の歩兵隊で、パルチザン、スパイ、ゲリラ攻撃などの任務を熱心にこなした。そして頭部に重傷を負いながら生き延びたことで、伝説の男となる。

GWTWにも、レット・バトラーが妻の連れ子ウェイド・ハンプトンに胸の〝戦傷〟を触らせる場面があるが、ラッセル・クロフォードは年老いると、マーガレットら孫たちに頭部の傷を触らせながら、ミッチェル家の人間はタフでしぶとくあるべしと力説し、その教えはマーガレットの頭にもしみこんだ。

南部が投降する最後の最後まで戦い、帰還後は商機をつかんで、裸一貫から財をなす。そうしてフロリダ州の郡きっての資産家スウィート家の娘デボラ・マーガレットとの結婚にこぎつけるが、なんと、結婚式当日に事故でひと財産失う。しかしめげずにまた綿花取引で大儲けする。けんかっ早く、トラブルメーカー。傷害沙汰もあった。しかし時代の変化を読む慧眼と金儲けの才があり、スカーレット・オハラは間違いなくこの人物の〝遺伝子〟を受け継いでいそうだ。

実際、GWTWには、この祖父の逸話が活かされたとおぼしきパートもある。ラッセル・クロフォードは戦後まもなく、義兄弟にあたるライス家、マーフィ家の男性ふたりとパートナーシップを組み、連邦軍の競売に出ていた製材所を落札して、製材業で成功する。マーガレット・ミッチェルは祖父のこの成功談を、ことのほか気に入っていたとのこと。作中で、スカーレットはまさに〝ご先祖〟の行動をなぞり、戦後の混乱期にいち早く製材所を買い取り、街の再建の波にのって大当たりをとるのだ。

ラッセル・クロフォードは政治にもなかなかの手腕を発揮し、さらに財産を増やした。二度結婚し、十二人の子をなした。山あり谷ありの人生とはいえ、成功者に違いない。

では、そろそろマーガレット・ミッチェルの父ユージンの代に移ろう。彼はラッセル・クロフォードがアトランタのジャクソン・ヒルに最初に建てた家で、一八六六年に誕生した。一文無しになってはまた大儲けする豪傑の父とは対照的な人物だった。しかし権威を徹底して嫌い、宗教のことで教師と諍いの末、放校になったこともあり、このへんは父ゆずりとも言える。

飛びぬけて頭がよく、十五歳でジョージア州立大学の二学年に在籍し、〝長髪で短足の天才〟と呼ばれた(9)。純文学作家を志したが、それは父が許さなかった。父の命に従い、神童らしく、二十歳前に法律事務所を開業してのけた。

ところが、本人いわく、ビジネスセンスはさっぱりだとか。一八九三年の経済不況にやられ、打って出る気もなくしてしまう。金銭面ではつねに精神的余裕を欠いていた。父や先祖らの豪腕実業家に引け目を感じながらも、彼らのような富と名声を追うタイプではなかったようだ。

知人たちによれば、ユージンは「頑ななまでに保守的で、厳格に礼儀を重んじ、社会的には保守反動、曲がったことを決して許さない」タイプだった。息子のスティーヴンズ（マーガレットの兄）によれば、「いたって他人行儀で、気の毒なほど内気で、ユーモアを解さず、想像力が欠如していた」[10]。そんな彼の心を癒すのは、妻メアリ・イザベル（メイベル）の存在であり、〝ヴィクトリア朝風〟の家庭生活だったという。

フィッツジェラルド家

マーガレット・ミッチェルのインスピレーションの源としては、フィリップ・フィッツジェラルドと、ジョン・スティーヴンズというアイルランド人の祖先ふたりを挙げなくてはならない。まず、彼女の母方の祖母の生家フィッツジェラルド家を曾祖父の代から見ていこう。

フィリップ・フィッツジェラルドは、一七九八年、アイルランドのティペラリーに生まれたが、アイルランド反乱の余波で、一家はフランスへ避難する。フィリップはフランスで育ち、二十代の前半でアメリカに渡る。最初に向かったのは、サウス・カロライナ州のチャールストンだった。ここに兄二人が先に移住していたためだ。

GWTWの読者なら、この人物の経歴から、「アイルランドから二十一歳でアメリカに渡り、先にジョージアのサヴァナに移住し商売をしていた兄二人の元に身を寄せた」というジェラルド・オハラの経歴を想起するだろう。チャールストンがサヴァナになっているが、どちらも早くに開発の進んだ沿岸部の旧都である。

その先もフィリップとジェラルドの道のりは重なる。フィリップはジョージアの内陸で開拓途上のフェイエット郡フェイエットヴィルに移り住む。ちなみに、作中では、スカーレットの通った女子中等学校がある場所だ。彼はさらに、綿花のプランテーションを造るため、もっと奥地のクレイトン郡へ向かい、ジョーンズボロに近い村に定住する。GWTWでは、まさに〈タラ〉農園のある辺りである。なかなかの資産家となったフィリップは四十近くにしてようやく、タリフェア郡のカトリック居住地で見初めた二十歳も年下の娘エリナー・マギャンとの結婚を実現させるが、この経緯もジェラルドのそれとほぼ重なる。大農園主となったジェラルドは四十三歳にして、妻を希求するようになるのだ。要するに、この曾祖父は事実上、ジェラルドの部分的なモデルだろう。

フィリップとエリナー夫妻は娘ばかり七人も授かり、息子は出来たが乳幼児のうちに亡くなったらしい。それはフィリップの強欲への呪いだという伝説が生まれた。不作のために郡保安官による公売にかけられた畑をフィリップが買いつけた際、そこの元所有者のおかみさんが彼を睨みつけ、「この土地では男の子は育たないよ」と言って呪いをかけたのだとか。[11]

ともあれ、フィリップはこうして畑を買い増し、プランテーションを拓いた。しかし、もともと小作農の集まる田舎の土地であり、大農園主に対する反感は熾烈なものがあった。移民排斥、反カトリック、反知性主義が色濃いなかで、フィリップは異分子として終生、闘いつづけ、奴隷制廃止後も新たに富を築いたが、七人の娘のひとりアニー（マーガレットの祖母）が、これまた父とそっくりのアイルランド男を夫に選ぶのである。それが、一八三三年生まれのジョン・スティーヴンズ、マーガレットの祖父だ。

スティーヴンズ家

アイルランドでカトリック信者として迫害を受け、スティーヴンズ一族の一部は十七世紀にアメリカのメリーランドへ移住してきた。この地は、イギリス国王チャールズ一世からボルティモア男爵セシル・カルバートに与えられた領土で、以来、イギリス、アイルランドのカトリック教徒の保護区のようになっていた。

一族はメリーランドを離れてもカトリックの信仰を貫いた。十九世紀の初頭には、ジョージア州タリフェア郡の新しい綿花王国のど真ん中にささやかなコミュニティが築かれ、独自の学校も設立された。宗教と教育制度を異にする彼らは、伝統的南部の地ではつねに異質の存在で疎外されていたが、アイルランドの血がこの特異性を強め、一族はますます結束を固めることになる。

ジョン・スティーヴンズは一八三三年、アイルランドのキングズ郡で、カトリックの恵まれた家庭に生まれ、兄を追ってジョージア州にやってきた。戦争中は従軍し、再建期にはアトランタの街で、金物と雑貨の店を開いて繁盛させる。ＧＷＴＷでいえば、スカーレットの二番目の夫フランクが開いた店のようなものである。

しかしフランクと違って実業の才があり、建築業、不動産投機や開発、電鉄業など手広く展開し、財産を築く。実業家であるだけでなく、書物と芸術を愛するインテリでもあった。娘のひとりメイベル（マーガレットの母）のずば抜けた知性を手放しで褒め、カナダの修道会付属寄宿学校に入れた彼女と、詩や音楽などについて書簡で意見交換もした。ジェンダーの区別なく、勇気と反骨と名誉について説き、メイベルには、歴史や哲学も学び、サイエンスやビジネスのコースも取るよう勧めている[12]。この時代にしては、大いに進歩的な父であったが、一方で、家庭を守る伝統的な南部女性像も強いてきた。女性も政治的理解は高めるべきだが、参政権などとんでもない。ビジネスのコースは取っても、実業界に乗りだすなどありえない、というわけだ。きっと、孫の創出したスカーレットの女性像には顔をしかめただろう。

父のこうしたダブルスタンダードにより、メイベルは矛盾とジレンマを抱えることになった。これらの矛盾とジレンマは後に娘に持ち越され、GWTWの根底にある核を形成することになる。

さて、ここで触れておかなくてはならないのが、孫のマーガレット・ミッチェルにも多大な影響を与えた、ジョンの妻であり伝説の猛女アニー・フィッツジェラルド・スティーヴンズである。

一八四四年、フィッツジェラルド家に生まれたアニーは、未来の夫と正反対で、文学や芸術にはまったく興味がなく、しかしヤンキー軍と渡り合うような豪胆さの持ち主で、要は、スカーレットのモデルのような女性である。スカーレットばりに気性も激しく、自己中心的で、夫をびしびし叱り、子育て能力は皆無に等しかった。夫が鉄道会社の大株主なのをいいことに、外出の身支度が済むまで、電車を待たせることもしばしば[13]。子どもをすいすいと十二人ほど生み（成人したのは六人）、しかし育児は未婚の妹たちに押しつけていたという。こういったあたりも、乳母のマミーから「淑女にあるまじきほどの安産」と評され、ときどき「えっ、わたしって子どもいたんだっけ？」と驚いてみせるほど育児に無関心なスカーレット像の土台になっているのだろう。

彼女の娘たちのなかでもとくにメイベルは病弱だったので、十歳まで祖父母と叔母たちのもとで育てられた。ここで、セアラという叔母さんから、淑女らしい振る舞いや姿勢についてよく教えこまれ、これはメイベルを通してマーガレットにもしっかりと伝えられることになる。[14]

一方、アニーはお金と土地にただならぬ執着を見せた。父から受け継いだ不動産を活用し、家賃の取り立てには容赦がなかった。夫の事業の失敗と裏腹に、アニーのビジネス運気は上昇。廃線車両においぼれ馬をつないだ手製の馬車でアトランタを駆けまわる姿には、一頭立ての質素なバギーを駆るスカーレットの原形が見える。しかし彼女の〝財源〟のひとつだった訴訟には、スカーレットも驚くことだろう。アニーはことあるごとにばんばん人を訴えて賠償金をとったのである。ときには実の子どもたちも訴えたという。[15] 当然、界隈でも恐れられ、コミュニティの規範からはみ出していた。娘のメイベルが亡くなると、アニーはミッチェル家に押しかけてきて、マーガレットを家事から解放し、大学に復学させようともした。そののちミッチェルはこの強権的な祖母と絶交するに至るが、[16] こんな祖母に辟易する一方、なに憚ることのない一貫した猛女ぶりに、心中のどこかであこがれてもいたのではないか。

さて、このような父と母に育てられたメイベルは前述のように、ジレンマを抱えることになる。彼女を知る人はみんな、とびきり知的にして魅力的な女性であり、キリスト教徒としての慈愛にあふれ、敬虔で、なにがあっても道徳心を曲げず、政治にも強い関心を寄せていたと述べている[17]。さらに、フランス語も流暢に操り、生まれながら理系の才能もあり、とくに数学に秀でた。一九一七年のアトランタ大火でも、自分よりつねに他人を優先して助けた。そうした他愛精神から、その翌年のインフルエンザ大流行で罹患者の看病をして感染し、亡くなってしまうのだ。

まさに、スカーレット・オハラの母でフランス貴族の血をひくエレンの人物造形そのままである。エレンは腸チフスに罹った貧しい白人一家を看病して罹患し、命を落としてしまう。マーガレット・ミッチェルが母亡き後、一家の面倒をみるために、スミス大学をやめて実家にもどったのと同じく、スカーレットも故郷の〈タラ〉農園で、一家を支えることになる。

しかしながら、メイベルがエレンと決定的に違うのは、政治的関心を内面にとどめず、父の教えに背いて婦人参政権運動にも積極的に参加したことだ。女性の政治運動としては最大規模の「ジョージア州婦人参政権連盟」のイベント（一九一五年）では、中枢メンバーとして活躍した。

こうして見ると、彼女の娘マーガレットが描いた女性スカーレット・オハラは、数学（金勘定）が得意なことを除き、なにもかもがメイベルの逆を行っている。知的な思考や外国語は大の苦手で、信仰心がなく、他人より自分が第一（やはり、これは祖母のアニー・タイプの人物造形だろう）。成功と挫折を繰り返す〝スカーレット・オハラ〟というキャラは、母メイベルがつきつけるりっぱな女性像への必死の抵抗でもあったのではないか。

それと同時にミッチェルは母のジレンマを継承することにもなる。メイベルの父が、男性にひけをとらない娘の知性を称える一方、良き妻良き母として家庭を守ることを強いたのにも似て、メイベルもマーガレットに男性的な面と女性的な面の両方を求めた。言うことをきかないときは、室内ばきなどで叩いて折檻したという。[18] マーガレットが幼い頃から、野球や乗馬で男の子たちを負かすのを見て喜び、自ら射撃術をみっちり仕込む一方、マーガレットが嫌がる作法教室やバレエのレッスンに通わせ、上品な〝サザンベル〟として、小さなレディとして振る舞うことを強いた。カトリックの篤い信仰を求め、奉仕の精神と他愛の心を説いた。

それと同時に、母はこの娘をしたたかなサバイバーとして育てようとした。銃の扱いを教えこんだのもそのためだ。そこには、踏みつけられても挫けないアイルランド魂もあったろうが、新しい時代のフェミニズムもあった。体力では男性に劣る女性は、知力を磨くしかないのだ。女性を破滅から救うのは、ひとえに教育である。腕力がなくても、学びを手にすれば、女性もいざという時に困らないのだ。メイベルは娘にそう叩きこんだ。

実はこの母の言葉は、ミッチェルにしてはめずらしく、作中でほぼそのまま使われているが、詳しくは第五章で見ることにする。

マーガレットは母から、伝統的な南部女性の像と、男まさりの新時代の女性像を同時に求められ、分裂していた。女であり男であれ、と言われていたのだ。それは母自身が抱えていたジレンマであり、さらにマーガレットを通して、彼女の〝子ども〟であるスカーレットへと引き継がれることになる。

GWTWのあちこちで精彩を放つ、異分子、よそ者、少数者、はみ出し者が生まれた背景には、こうした家族の長い歴史があった。

モンスター級の母の娘メイベルと、支配的な父の息子ユージンの重荷は想像に難くない。とはいえ、りっぱな親という存在の重荷に、自分たちの娘マーガレット・ミッチェルも苦しむことになるとは、一八九二年十一月、晴れやかな結婚式を挙げたふたりは予想もしなかったろう。

3　クー・クラックス・クランをめぐる猿芝居

クランとミッチェルの複雑な関係

マーガレット・ミッチェルとGWTWを生んだ家系的土壌を、ミッチェル家、フィッツジェラルド家、スティーヴンズ家を中心にざっとさらった。次に、ミッチェルが創作に向かったころのアトランタの政情に鑑みながら、作中で最も議論の的になりやすいクー・クラックス・クラン（以下、クランと略す）の討ち入りの章を見ていきたい。

ミッチェルは幼いころと十代のころの二度、人種間衝突を間近で経験している。一度目は一九〇六年の「アトランタ人種暴動」で、当時、彼女はまだ五歳。以前、母の留守中、スカートに火がつくというボヤ騒ぎがあって以来、女の子らしい服はしまいこまれ、シャツにズボンという男の子ルックで、「ジミー」とあだ名され、かつて要塞地になった山のてっぺんで男児たちと戦争ごっこに興じていた。そんな時期だ[19]。

この年、アトランタ市で、黒人による白人女性暴行事件が口火となって、白人による黒人殺害が起き、さらなる黒人の暴動や、白人による黒人狩りを招いた。ミッチェルは家のすぐ外から発砲音が聞こえたと言い、「念のため逃げこんでいたベッドの下から這い出して外を見ると、見たこともないようなうっとりする光景が目に飛びこんできました。ジャクソン・ストリートを市民兵が闊歩し、うちの芝生や通りに野営をはっていたのです」と、二十年後にもその時の異常事態をありありと回想している[20]。

禍々しい暴動の描写に sweet（うっとり）という表現は違和感があるが、恐ろしさに震える五歳の——男児にまじって戦争ごっこに興じる——女児には、民兵の集まりが頼もしく、sweet に見えたということだろうか。

第一次クランは南北戦争後の再建時代が節目を迎え、白人勢力が権力をとりもどすと、自然消滅に向かうかに見えた。しかしこのアトランタ暴動の前年には、前述した右派の南部作家トマス・ディクソンがクランをヒロイックに描いたロマンス小説「ザ・クランズマン」がアトランタで大ヒットし、黒人抑圧の潮流が浮上する不穏な気配はあった。この小説と同作家の「豹の斑点」を下敷きにして十年後の一九一五年に製作された映画が、あのグリフィス監督の代表作「國民の創生」である。

一九一五年といえば、第二次クラン活動期の始まりにあたる。アトランタ市民のひとりウィリアム・J・シモンズが火付け役となり、ストーン・マウンテンにおける儀式によってその復活は記された（アトランタ歴史センター展示資料）。再建時代の第一次クランは秘密結社で、基本的に地下組織であり、活動範囲はある地域に限られ、その怒りと暴力の矛先は主に黒人に向けられていた。ところが、第二次の活動はアトランタに始まり、西はテキサス州ダラスや、北はミシガン州デトロイトにまでおよんだ。一九一七年のアトランタは、南北戦争における陥落時の再来とまで言われた。一九一九年には、クランは公の場で南軍の復員軍人らを先頭に行進をおこない、存在が表面化する。

ヘレン・テイラーの*Scarlett's Women*（スカーレットへの共感度の強い女性読者を分析した研究書）によれば[21]、クランはさまざまな就労機会をつくって経済効果をあげていたことから、ありがたがられる面もあった。一九二三年のアトランタでは、市長、長官、上院議員、最高裁判事の座にもクランのメンバーがおり、一九二四年の合衆国移民法改定時に、外国人移民の排斥条項を加える際の主要勢力となった（主にイタリア人、東欧ユダヤ人、スラブ人の新たな移住を阻止し、アフリカ人の移住を厳しく制限、帰化不能のアジア人［とくに日本人］の移民を排斥した）。

第二次クランの活動が再建時代のそれと違うのは、WASP至上主義にはっきりと移行していたことだ。White（白人）、Anglo-Saxon（アングロサクソン）、Protestant（プロテスタント）以外の、黒人、有色人種、ユダヤ人、移民、外国人、そしてカトリック教徒、共産主義者も、差別と排斥の対象とする排他主義運動に変わっていた。

反ユダヤ感情は第二次クランの復活以前から高まっており、一九一三年に「レオ・フランク事件」として顕現する。工場監督のフランクが工場で働く十三歳の少女を殺したかどで起訴され、拙速に死刑を言い渡された。疑わしい点があるため、州知事が死刑を終身刑に減刑すると、政治家や市民たちから怒りの声があがり、二か月後、「リンチ法」を信奉する二十五人の男たちがフランクを獄中から連れ去り、縛り首にした（アトランタ歴史センター展示資料）。まさに、GWTW第四十二章の「婦女暴行容疑で逮捕された黒人が審理にかけられないうちに、クー・クラックス・クランが牢獄を襲撃し、男を縛り首にした」という状況を反復している。一九一〇年代の荒廃ぶりに、ミッチェルがインスパイアされた部分もあるだろう。

また、クランの活動の中心はブルーカラーの中産階級下位の人々であり、ユージン・ミッチェルのような知的階層は疎外された。つまり、社会階層上も、カトリックという宗教上も、ミッチェル家、スティーヴンズ家、フィッツジェラルド家は同質社会における異質な存在として、被差別の側にまわっていたのである。禁欲的なメソジストによって推進され成立した禁酒法も、カトリック教徒への反感を後押ししていた。

深刻な状況だった。ミッチェルの兄スティーヴンズによれば、父ユージンは「果敢にも正義のために戦おうとしていた。さまざまな社会問題において不利な立場に立つこともいとわず、アトランタの街なかで暴徒があばれ、暴動やリンチが日常的になった時期も、暴力の危険に身をさらすことも辞さなかった」[22]。つまり、いつ危害がおよんでもおかしくない状況だったのではないか。

クランが台頭し、反カトリック感情が広がるなかで、ミッチェルは女生徒の社交クラブからはじかれるなどの陰湿ないじめにもあったこともある[23]。たしかに、若いマーガレットは複雑にからみあう反抗心から、ミニスカートをはき、パーティに興じ、違法の酒を飲み、酒の密造に手をそめる男とつきあい結婚して、敬虔なプロテスタント教徒の眉をひそめさせる行動をとっていた（もちろん、厳格なカトリック教徒の母親も知れば嘆いたろうが）。

こうした状況のなかで、彼女が作中にクランを登場させた意図とはなんだったろう。ヘレン・テイラーはここに、「クー・クラックス・クランは元々の〈黒人を攻撃対象にしていた〉姿勢に立ち返るべきだ」というメッセージを読みとっている。前述のキャッシュの〈原始ドーリス式因習〉に基づくとおぼしき考えを提示し、GWTWは「このような緊張状況にある場で、宗教、出身国、出自に関係なく、白人はみな団結すべきだ[24]」という警告の書に見えるというのだが、これはどうだろうか。

ミッチェルとGWTW関連の研究書を読んでいて思うのは、小説テクストをどうして短絡的な〝政治的メッセージ〟にまとめる論者が多いのだろうか、ということなのだ。さらに、ミッチェルはクランを美化し理想化していてけしからん、という意見も多々目にするが、どうしたらそんなふうにこの小説を読めるのか不思議でもある。百歩譲って、もしミッチェルにそのような政治的意図があるなら、本作中のクランは黒人の〝暴挙〟をこらしめ、白人の共同体を救う英雄として描かれるはずだろう。

じつは、ミッチェルが自作中にこの結社を登場させるのは、これが初めてではない。彼女は幼いころから創作に手を染め、十一、二歳で本格的な作品をものす。これは一万八千語ほどの「南北戦争ロマンス」で、主人公はヤンキーの将校だが、南部の娘を好きになり、忠誠心の分裂とアイデンティティの揺らぎに苦しむ。記憶喪失の期間があり、いったい自分が何者なのかという問いに対峙していく、という大人びた内容だ。プロットも複雑で、語り手が物語る一方、状況や時間が章ごとに大胆に転換するため、作中人物たちの会話がその空白を埋めていく形になる。[25]

十二歳から十七歳までのミッチェルは、劇作とその上演に熱中した。「自宅の両開きのフレンチドアと中央ホールをうまく使って、小さな劇場に仕立て」、十五歳のとき、例のトマス・ディクソンの「裏切り者」を舞台化する。[26] それは、ディクソンのクラン小説を原作にした「國民の創生」が公開された年でもあり、思春期のミッチェルはこの映画にも大いにインスパイアされたようだ。

そのときおしっこに行きたくなり……

GWTWにおけるクランの描き方が「國民の創生」とよく似ているというのも、しばしば指摘されることだが、大人になったミッチェルの書いたものをクラン賛美と直ちに決めつけるのは、いささか安易ではないだろうか。

ここで、マーガレット・ミッチェルと右派作家たちの関係を見てみよう。

GWTWが大ヒットすると、いろいろな右派作家がこの新星作家に近寄ってきた。そのひとりがトマス・ディクソンで、その頃には、過去のヒット作の焼き直しのような新作を書いたりしたものの、いまひとつ当たらず、次第に文名を陰らせていた。ディクソンはミッチェルに大絶賛の手紙を送り、GWTWの研究書を書こうと思っているとすら言ってきた。

ミッチェルはその手紙に、すぐ返事を書いた。この返信中にある「わたしは貴方の本を読んで育ったようなものです」というくだりばかりがよく引用され、それをもって、彼女がディクソンの支持者であること、彼の小説やその映画版を手本にして創作をしたことの証拠のように論じられるのだが、この点も慎重になりたい。ミッチェルは思いやり深くもあり、かなりの皮肉屋でもあった。その手紙の全文を引用しよう。

親愛なるディクソン様へ

Gone with the Wind にお褒めのお便りをいただき、胸がドキドキしています。さらに、この本についての研究書までお書きになりたいとのこと、さらにドキドキです……。

わたしは貴方の本を読んで育ったようなもので、御作が大好きなのです。じつは貴方のことで、ずっと後ろめたく思っていることがありますので、この機会に白状した方がよかろうかと存じます。わたしは十一《ママ》歳のとき、貴方の小説 *The Traitor*〔裏切り者〕を劇作化し、六幕のお芝居に仕立てました。わたしはスティーヴ役〔新生クランの創設者〕を演じました[27]。というのも、近所の男の子たちはだれひとり、「可愛い子ちゃんと見ればだれにでもキスをする」ような、みっともない役はやりたがらなかったからです。クランメンバーは近所のチビッコたちから募りまして、年齢的には五歳から八歳ぐらいの子たちでした。みんなお父さんのシャツを着て、その裾をひらひらさせていました。ところが、第二幕が終わったときに、クランメンバーたちとのトラブルが持ちあがりました。彼らは急にストライキに入り、出演料を五セントから十セントに賃上げしろと要求してきたのです。さらに、わたしがいよいよ絞首刑になるという場面で、クランメンバーのうちの二人がおトイレに行きたくなって、演技の最中に悲惨な待ち時間ができてしまい、お客さんたちは大喜びでやんやの喝采でしたが、わたしは悔しくてなりませんでした。母はちょうど留守にしていたのですが、母が帰宅すると、法律家だった父と一緒になって、著作権法違反についてわたしに長々とお説教をしました。こっぴどく叱られましたので、わたしはその後ずっと、トマス・ディクソンさんに訴えられて何百万ドルものお金を請求されるのだろうとおびえておりました。あれ以来、著作権というものは大いに尊重するようにいたしております。(一九三六年八月十五日付)

ミッチェルがディクソンを長年信奉してきたとするなら、そんな相手に初めて返す手紙にしては、妙に軽薄で、素っ気なく思える。もし本当に傾倒していたのであれば、貴殿のどんな作品のどんな場面がとくに好きで……などと、ミッチェルならここぞとばかりに細々書きそうなものだ。事実、好意的な書評を寄せてくれた相手や、好ましく感じた相手には、熱のこもった長文の手紙をしたためている。しかしながら、この書簡で詳《つまび》らかに書かれているのは、失敗に終わった子どもの頃の舞台の話で、チビッコ(small-fry)どもがストライキを起こしたとか、いきなり「おトイレに行きたくなった」などといささか尾籠なことまで男性の大御所相手に書いているのも、どこか不可思議というか、不自然に感じる。ミッチェルは卓抜なユーモアの持ち主ではあったが、書簡ではいつも折り目正しく、嫌味を言うときすら丁重に手順を踏む。その彼女の手紙にしては、どうも粗雑に映るのである。

また、この「裏切り者」を舞台化した年齢を十五歳ではなく十一歳と書いているのも引っかかる。ミッチェルは記憶力が抜群で、この手紙を書いたのは老耄からほど遠い三十五歳の時であり、四歳も間違えるとは思えない。意識的に年齢を下に〝サバ読み〟したのだとしたら、おそらく、年端もいかない子どもの他愛もないお遊びという印象をあたえるためではないだろうか。ちなみに、上演時の彼女の写真を見ると、わずか十一歳にはちょっと見えない。

逆に、まんいち十一歳というのが正しく、評伝などに記録されている十五歳（一九一五年末と翌年初頭）という数字が間違っているとすれば、ミッチェルが「國民の創生」に影響されてこの小説を舞台化したという説は覆されることになる。

ミッチェルがクランのリーダー役を演じたという点も、彼女がクランに心酔していた証拠のように言われかねない。事実、思春期の彼女が白装束のクランを意匠的な面でかっこいいと感じたことはあるかもしれない。しかしそれから二十年余りを経て、新聞記者からプロの作家になった大人のミッチェルは、クランのリーダー「スティーヴ」のことを、〝可愛い子ちゃんと見ればだれにでもキスをする役〟（a part where they had to kiss any little ol'girl）と要約し、近所のチビッコのだれひとり、そんな役に身を落とすのはいやがった（none of the little boys...would never lower themselves to play）から、脚本兼演出担当の自分がその役をやったのだ、と書いている。

確かにスティーヴは太っていて見栄えのしない男だったようだが、それにしても、くだんの原作者に対してこの書きようはどうだろう。なんだか、リスペクトというより密かなイヤミにすら感じられる。

こうしたことを総合してみると、ミッチェルは名のある目上の作家から絶賛の手紙をもらったので、しかるべき敬意を表しつつ、ユーモアにまぶして往《い》なしているように見えてくるのだ。

最もシリアスにしてコミカルな一章

さて、ここでGWTWの本文にもどるが、新潮文庫版第四巻には、クランのシャンティタウン（スラム集落）夜襲と、ヤンキー軍の憲兵隊の伏撃捜査が描かれている。メンバー全員が逮捕というピンチを乗り切る苦肉の策として、レットに率いられたアシュリ・ウィルクスたちと、家で待機していたメラニーたちが、ヤンキー将校の前で大芝居をうつ。男三人の酔っ払いの芝居や、一瞬にして火急の事態を悟ったメラニーの迫真の名演があり、ひとつの山場になっているが、一種の劇中劇（虚構内虚構）のかたちをとり、他の部分と比べると、明らかに「嘘くさく」書かれている。こんな見えすいた芝居をする以外にも、解決方法はいくらでも考案できそうだが、リアリズムを求めて調査を重ねたミッチェルが、なぜこんなリアリスティックでない芝居のひと幕をわざわざ導入したのか。

クラン討ち入りの顛末を抄訳しておく。

ある日、スカーレットは元使用人の黒人サムの相談にのってやるため、陽が暮れかけるなか、街道に馬車を停める。その結果、スラム集落に住みつく黒人と白人の二人組の物取りに襲われ、レイプされそうになる。あわやというところで、サムが現れて助けてくれるが、この事件を知った街の白人紳士（スカーレットは知らないが全員がクランのメンバー）たちが、仇討を決意、スラム集落ごと片付けてしまおうと目論む。そのなかには、スカーレットの二番目の夫フランク・ケネディもアシュリ・ウィルクスもいた。ところが、ヤンキー軍はクランの急襲を察知してあえて泳がせてから、伏撃して一網打尽にしようと計画していた。その計画を嗅ぎつけたレット・バトラーが間一髪、アシュリらに報せにいき、彼らを救う。しかし撃ち殺されたメンバーも二人おり、その一人がフランクだ。妻への狼藉の報復にいって殺されてしまうのである。

一方、ウィルクス家には、アシュリの妻メラニー、アシュリの妹インディア（かつてスカーレットに恋人を取られた）、スカーレット、メラニーの叔母ピティパット、アーチーが集まり、何事もないかのように、縫物などをしている。緊張高まるなかでも、女たちはいがみあい、「なによ、この泥棒猫」「ひがむんじゃないわよ」とキャットファイトを始めそうになるところへ、アシュリたちを逮捕しようとヤンキー軍の将校たちが乗りこんでくる。さらにこの場に、レット、アシュリ、ヒュー・エルシングが帰宅する。

ここから先の場面の調子を実際に見てもらうため、かなり長くなるが引用する。

馬の近づく音と、なにやら歌声がする。窓とドアを閉めきっているのでよく聞こえず、風のうなりに運び去られれども、やはり聞き覚えのある声だった。それはあらゆる歌のなかで最も憎き忌々しきシャーマン軍の歌――『ジョージア進軍』であり、歌っているのはレット・バトラーだった。

一番を歌い終わらないうちに、べつな酔っ払い二人がレットにからんできた。かんかんに怒ったばかみたいな声で、ろれつもまわらず、なにを言っているのかよく分からない。玄関ポーチに待機していたジェフリー大尉から即刻指示が飛び、足早に動きまわる音がした。しかしこうした音がしないうちから、女性たちは唖然として顔を見あわせていた。レットを諌めている二人は、声からしてアシュリとヒュー・エルシングだったからだ。

玄関の歩道で人の話し声がいっそう大きくなり、ジェフリー大尉のつっけんどんに尋問する声、ヒューのばか笑いまじりの甲高い声、レットのおかまいなしにしゃべる低い声、アシュリの「なんてこったい！　なんてこったい！」という、ありえないような妙な叫び声。

あれがアシュリのはずがないわ！　スカーレットは必死で打ち消した。彼は酔っ払ったことなんてないんだもの！　それに、レットも――変よ、レットも酔うと、どんどん静かになるタイプだし――あんなに騒ぐのは見たことがない！

メラニーが立ちあがると、一緒にアーチーも立ちあがった。大尉の厳しい声が聞こえてきた。「このふたりを逮捕する」アーチーは拳銃の銃尾に手をかけた。

「およしなさい」メラニーが声をひそめてきっぱりと言った。「ここは、わたしにまかせて」

見れば、メラニーの顔にはあの日と同じ表情が浮かんでいた。〈タラ〉屋敷の階段のてっぺんから死んだヤンキー兵を見おろしていたときの顔つきだ。重たいサーベルをか弱い手首に提げて――ふだんはやさしく臆病な女性が急場で肝が据わり、牝虎の周到さと獰猛さを身に着けていた。メラニーは玄関のドアを勢いよくひらいた。

「運びこんでください、バトラー船長」と、はっきりした声で言ったが、どこか刺々しかった。

「あなた、またうちの人を泥酔させたのね。とにかく運びこんで」

　凮の吹きつける暗い歩道から、ヤンキー大尉の声がした。「すみませんが、ウィルクス夫人、おたくのご主人とエルシングさんは逮捕されました」

「逮捕ですって？　なんの罪で？　酔っ払いの罪ですか？　アトランタの酔っ払いを片端から逮捕するというなら、おたくの駐屯軍はどんどん捕まって、丸ごと監獄行きではありませんか。かまいませんから、うちの人を運びこんでちょうだい、バトラー船長――そういうあなたも歩ければの話ですけれど」

　スカーレットはすぐに事態を呑みこめず、寸時、なにがなんだか分からなかった。レットもアシュリもじつは酔っ払っていないと分かっていたし、メラニーもそうだと分かっているのが分かった。なのに、ふだんはやさしく洗練されたこのメラニーが、口やかましいおかみさんみたいに、しかもヤンキーたちの面前で、ふたりともべろんべろんでまともに歩けないなどと、騒ぎ立てているのだ。

　しばし、ときおり罵倒を挟んでなにかもごもご言いあう声がし、おぼつかない足取りで上がり段をあがってくる音がした。玄関口にあらわれたアシュリは蒼白な顔をして、頭をがくりと垂れ、明るい金髪をくしゃくしゃに乱して、長身は首から膝あたりまでレットの黒いマントですっぽり覆われていた。同様に千鳥足のヒュー・エルシングとレットが両脇から支えており、ふたりの支えがなければ、床に倒れこむのは目に見えていた。三人の後ろから、ヤンキー大尉がついてきたが、彼らを疑っているのが半分、おもしろがっているのが半分という、見本のような顔だった。開け放したドア口に立つ大尉の肩越しに、隊員たちが興味津々で中をのぞきこみ、冷たい風が家の中に吹きこんできた。

スカーレットは怖いわ、わけが分からないわで、メラニーのほうをちらっと見てから、こんどは倒れこみそうなアシュリを見て、ようやく事情が呑みこめてきた。そこで、「でも、アシュリが酔っ払うはずがないでしょう！」と、叫びだしそうになるのをぐっとおさえこんだ。分かった、いま見ているこれはお芝居なんだわ。命がけで死にもの狂いの芝居を打っているのよ。スカーレットは自分もピティ叔母もこの劇には出番がないこと、しかし他の人たちは充分リハーサルを積んだ劇の役者のように、キューを出しあって巧みに演じていることを、ようやく了解したのだ。芝居の意図はいまひとつ分からないながら、余計な口は慎むべきということぐらいはわきまえた。

「さ、その人を椅子に座らせて」メラニーはさも立腹したようすで声を荒らげた。「それから、バトラー船長、あなたはいますぐこの家を出てってちょうだい！　またぞろうちの人をこんな風にして、よくもおめおめとここに顔が出せるわね！」

ふたりはアシュリを揺り椅子に座らせ、レットは自分もふらついて椅子の背をつかんで身体を支えながら、憤懣やる方ないといった調子で大尉にこう言った。

「いやいや、大したお礼もあったもんですな？　おまわりに捕まらないよう、家に連れ帰ってやったのに、しかもこの男ときたら、わめくわ、引っ掻こうとするわ！」

「あなたもよ、ヒュー・エルシング、なんて醜態なの！　お母さまが見たら、かわいそうに、なんと言うでしょうね？　酔っ払った挙句、こんな——こんな——バトラー船長みたいなヤンキー贔屓《びいき》のスキャラワグ〔利益のために寝返って北部にすり寄る南部人〕とつるんで歩いたりして！　それから、なんですかウィルクスさん、あなたったら、どうしてこんな真似ができるのかしらね？」

「メリー〔メラニーの愛称〕、ぼかァそんなに酔っちゃいないぜ」アシュリはごにょごにょと答え、そのとたん、がくっと前にのめってテーブルに突っ伏し、腕に顔をうずめてしまった。

「アーチー、この人を寝室に連れていって、ベッドに寝かせてちょうだい——いつものようにね」メラニーはそう命じた。「ピティ叔母さん、急いでベッドを整えてきて。それから、ウッ……」と、今度はいきなり泣きだした。「ほんとに、うちの人ったら、どうしていつもこうなの？　もうしないって約束したばかりなのに！」

アーチーはすでにアシュリの脇の下に手を入れて支えており、ピティも震えあがってよく分からないまま立ちあがった。そこへ、大尉が割って入った。

「その人に触るな。すでに逮捕されているんだ。おい、軍曹！」

軍曹がライフルをかついで部屋に入ってくると、レットはまっすぐ立つだけで見るからに難儀しつつ、大尉の腕に手をおいて、懸命に目の焦点を合わせようとした。

「トム、なんの廉《かど》で逮捕するんだ？　そいつの酔い方はまだ序の口さ。もっとべろべろの姿も見たことがある」

「ああ、いくら酔っ払おうと知ったことか」大尉も大声を出した。「この人がドブに寝ていようと、わたしの知ったことじゃない。こっちはおまわりじゃないからな。ウィルクス氏とエルシング氏はクランによる今夜のシャンティタウン襲撃の共謀者として逮捕されたんだ。黒人一人と白人一人が殺された。ウィルクス氏はその首謀者だ」

「今夜だって？」レットがげらげら笑いだした。爆笑しすぎてソファにへたりこみ、頭を抱えている。「今夜ってことはないだろう、トム」ようやく口がきけるようになったらしい。「だって、ふたりはわたしと一緒だったんだからな――集会にいたはずの八時頃からずっと」

「あなたと一緒だったって、レット？　しかし――」大尉は眉をしかめ、高いびきで寝ているアシュリと、おいおい泣く妻を心もとなげに見た。「だったら――おたくら、どこにいたと言うんだ？」

「言わせるなよ」レットはいかにも食えない酔っ払いという顔をして、メラニーの方を一瞥した。

「言ったほうがいいぞ！」

「じゃあ、ポーチに出よう。そこで話す」

「いまここで言え」

「ご婦人がたの面前ではとても言えんよ。女性のみなさんが席をはずしてくだされば――」

「わたくしは出ていきませんよ！」メラニーは腹立ち紛れにハンカチを目に強く押しあてながら、そうきっぱり言った。「わたくしには知る権利があります。うちの主人はどこにいたんです？」

「ベル・ワトリングの、その、色宿に」レットはバツがわるそうだった。「ご主人もいたし、ヒューとフランク・ケネディとミード先生と——まあ、町の男性陣が勢ぞろいで。パーティをやったんです。盛大なやつを。シャンパーニュを開けて、女の子たちと——」

「べ、ベル・ワトリングの店ですってぇ？」

メラニーの声は上ずってひっくり返り、その悲痛な声音に、みんなぎょっとして彼女を見た。メラニーは胸元をつかむと、アーチーが支える間もなく、ぱたりと気絶してしまった。そこからは上を下への大騒ぎになった。アーチーが倒れた彼女を抱きかかえ、インディアが水を汲みに台所へ走り、ピティとスカーレットはメラニーの顔を扇《あお》いだり、手首をぴしゃぴしゃ叩いたりし、その横でヒュー・エルシングが何度も何度もこう叫んでいた。「そら、言わんこっちゃない。やってくれるよ、まったく」

「すぐにも街中に知れわたるぜ」レットが吐き捨てるように言った。「これで満足だろうな、トム。明日にはアトランタ中の女性がこの旦那と口をきかなくなる」

「レット、そうとは知らなかったんだよ——」開け放したドアから寒風が背中に吹きつけているというのに、大尉は汗だくになっていた。「もう一度訊くが、誓って言えるか、その——なんだ——ベルのところにいたと？」

「いたと言ってるだろ！」レットは怒鳴り返した。「信じないなら、ベルに訊いてこいよ。もういいだろう、ウィルクス夫人を寝室に運ばせてくれ。こっちによこせ、アーチー。ああ、わたしが運ぶから。ピティさん、ランプを持って先に行っていてください」

レットはメラニーのぐったりした身体を、アーチーの腕からやすやすと抱きとった。

「おまえはウィルクスさんのほうをベッドに運んでくれ。おれは今夜かぎり、もう二度とそいつの顔も見たくなければ、触りたくもないからな」

ピティは手がぶるぶる震え、うっかりすると家の火災を招きそうだったが、ともかくランプをささげ持ち、暗い寝室へぱたぱたとむかっていった。アーチーはアシュリの身体に片腕をまわすと、ひと声うなって抱えあげた。

「しかし――自分はそのふたりの身柄を拘束しなくてはならんのだ！」

レットが薄暗い廊下でふりむいて言った。

「だったら、明日の朝、連行したらどうだ。このありさまでは逃げようもない――だいたい色宿で酔っ払うのが法律に反するとは知らなかったね。やれやれ、トム、ふたりがベルの店にいたと証言する証人なら五十人をくだらないぜ」（第4巻第45章、431〜439頁）

男たちのアリバイを作るために、レットがベル・ワトリングに口裏を合わせてもらい、淫売宿で女の子をはべらせ、シャンパンをばんばん開けてパーティをやっていたことにしたのである。酒を飲んでも乱れたことなど一度もない、酒豪にして誇り高いアシュリとレットが、酔っぱらいのおじさんよろしく、ろれつの回らない口で北軍の軍歌を歌いながら千鳥足で帰ってくる。すると、つねに夫を立てて〝偉大なる貴婦人《グレートレディ》〟の異名をとるメラニーが、開口一番、「あなたッ、またこのざまなの！」と、鬼嫁のごとく怒鳴り、レットにも怒鳴り散らす。

状況が把握できていないのは、スカーレットと精神的に幼稚な叔母だけで、あとはみんな、なんの打ち合わせも台本もないぶっつけ本番で、一世一代の演技をやり通すのである。

いくら迫真の演技とはいえ、常識的に考えて、はなから疑いの目で見ているヤンキー将校たちを騙せるものだろうか。しかも泥酔漢を演じているアシュリは、じつは肩のあたりを撃たれてひどく出血しており、突っ伏したのもそのせいなのだ。GWTW中で、最もシリアスにしてコメディックな一章といえる。ハワード・ホークスか誰かに、スクリューボールコメディ風のサスペンス映画に仕立ててもらったら、活きのいいドラマになったろうが、現実味のある展開とはとても言えない。

この騒動の後、クランはどうなるのか。その後の活動はいっさい書かれておらず、スカーレットはクランの討ち入りでフランクが死ぬと、速攻でレット・バトラーと再々婚する。そしてしばらくの後、「クランはどうなったの?」「あんなものは解散したよ」というレットとのやりとりにおいて、クランはあっさり退場させられるのである。

犯人たちはすでに死んでいた

次に、クランのメンバー逮捕の嫌疑について考えてみよう。黒人一名、白人一名を殺害した廉だと通達される。スカーレットを襲った二人のことだろう。

しかしこの二人は本当にクランのメンバーに殺されたのだろうか？　よく読んでみると、だいぶ疑問の余地がある。スカーレットに手をかけた黒人に飛びかかった黒人のサムは、〝ビッグ・

サム〟とあだ名されるアトランタ一の巨漢だ。それ以前にも、侮辱してきたヤンキーを一人殺したことがある。殺すつもりはなかったのに、「首根っこ」をぶん殴ったら死んでしまったと言うのだ。

サムはスカーレットを襲撃者たちから救い、スカーレットを逃がして、自分はその場に留まる。彼女に追いついてくるまでの時間にサムがなにをしていたのか書かれていないが、「あの黒ヒヒ野郎、ぶっ殺してやったろうな。〈中略〉もしスカーレットさんに怪我でもさせたなら、引き返して、きっちり殺してくるだ」（第4巻第44章、404頁）と息巻いている点からも明らかである。黒人の暴漢を叩きのめしていたのだ。殺すつもりはなくても相手が死んでしまうぐらいだから、殺す勢いで本気で叩きのめしたなら、相手の命はまずないだろう。少なくともテクストとしては、黒人襲撃者の死を暗示している。

一方、白人のほうも、黒人より先にサムにのされていた。その時点で死んだかどうかは定かではないが、次の一文には注意したい。スカーレットが夢中で馬車を出したとき、「車輪がなにか柔らかく弾力のあるものに乗りあげる感じがした」とある。「道路にのびていた白人男の身体《からだ》だった」（同、402頁）と。この白人はスカーレットの馬車に轢かれて死んだのではないか。結果的に、スカーレットは襲撃者にきっちり報復をしていったのではないか？

つまり、クランの討ち入りの前に、犯人の二人はおそらく死んでいた。クランはスラム集落近くのアジトに集合し、なにもしないうちに、潜伏していたヤンキー軍の憲兵隊に襲撃されたか、討ち入り寸前にレットに待ち伏せを知らされ、辛くも逃亡したのだろう。ヤンキーの側も、二人を殺した真の犯人などどうでもよく（それどころか、二人が討ち入り前に死んでいるのは知っていた）、これをクラン掃討の口実にした。言うなれば、クランの凶暴な復讐計画はテクスト上、あらかじめディフュージング（爆弾の信管抜き）されているのだ。

アシュリをリーダー格とするクランは、すでに暴漢二人が絶命し、憲兵隊の罠が仕掛けられた森へ、おめおめと出かけていって死傷者を出し、泡を食って逃亡した挙句、生き延びるために名誉もなにもかなぐり捨てて、〝飲み屋のおねえさん〟たちと馬鹿騒ぎをしていたふりをし、大根芝居を繰り広げる——政治的メッセージとしてみた場合、これが「クラン賛美」とはどう読んでも読みがたい。前世代の作家へのオマージュというよりはパロディに近い印象を受ける。

ミッチェルはGWTWのこの章で、ある意味、十五歳の時に頓挫したあの子ども芝居の続きをやったのではないか。ディクソンの小説を元にしたあの若書きの劇作が、時空を越え、奇妙なかたちで転写されてきた気がするのだ。(28)(29)

GWTWにおいて、クランは美化も理想化もされていない。レットやスカーレットもその愚かさを繰り返し述べており、無益で、時代の波が過ぎれば消滅する存在として描かれている。とはいえ、その〝波〟はいつまた再来するかわからない。それればかりか、次は自分たちに刃を向けてくるかもしれないのだ。GWTWのテクストに埋めこまれた〝メッセージ〟があるとしたら、そのようなことではないか。

第四章　文体は語る、物語も人生も——対立と融和、ボケとツッコミの構造

1　映画の成功とジレンマ

だから言わんこっちゃない——見過ごされてきた how の部分

ＧＷＴＷはその時代背景や歴史的諸相、あるいは政治的意義については、多くの詳細な研究がなされてきたが、作品テクスト自体の読み解きや分析に関するものは驚くほど少ない。

これまでの章でも、叙法や話法の読み違いから、テクストの意図を誤解しがちなケースについては触れてきた。作中に偏見的な表現や暴言、あるいは人種差別団体などが登場すると、作者がそれを肯定、もっといえば称揚していると、なぜか考えられがちである。

これはすなわち、「なにが書かれているか」ばかりを注視し、「どう描かれているか」を適切な距離をもって見られないことに起因するのではないか。

実際、本作から映像作品を生みだしたハリウッドも、「なにが書かれているか」の部分にいち早く注目し、その魅力をスクリーン上に引きだせたからこそ、結果的に映画があれほどのヒット作に仕上がったとも言える。もっと言えば、「どう描かれているか」の部分にはあえて（？）目をつぶったから、成功作たりえたのだ。

一九三六年の夏にＧＷＴＷが刊行されると、ハリウッドのやり手プロデューサー、デイヴィッド・O・セルズニックをはじめとして、多くの映画人がこの小説に映像作品としてのはかり知れない可能性と成功要素を感じとった。(1) とはいえ、ミッチェルはふたつ返事で映像化を許諾したわけではない。その過程は第一章でもざっと触れたが、ミッチェルがどうして映像化を渋ったのか、その理由がよくわかる彼女の書簡があるので、前出と一部重複するが引いておく。映画の撮影が開始された直後（一九三九年二月）、映画のテクニカル・アドバイザーを務めていたスーザン・ミリックから「脚本化にてこずっています」という手紙が来ると、原作者はこのような返信をした。

「だから言わんこっちゃない」という台詞は口にしたくありませんが、そう言える相手はあなたしかいないのです。わたしは一九三六年、映画会社のエージェントたちに追いまわされて、GWTWの映画化の許諾をせまられたとき、この小説を映画にするのは不可能です、とお断りしました。すると、彼らはヒステリックになり、とうとうわたしは映画化権の売却をマクミラン社に許可することになりました。でも、契約書にサインする前に、部屋に集まったキャサリン・ブラウン〔セルズニックの右腕だった辣腕のタレントスカウト兼エージェント〕とセルズニックのスタッフに今一度、こう申しました。「みなさんは大間違いをなさっていますよ。この本を映画化するのは不可能ですから」。すると、みなさんはわたしを憐れむように笑って、肩などたたきながら、「まあまあ」と言うのです。映画にうってつけの素材だ、とくに会話文をごらんなさい！　と。一行だって加筆する必要もないじゃありませんか！　ええ、そうでしょうとも、どうぞよろしく（Thank you）と、わたしは言いました。この本がどんなふうに書かれたか、自分でよく分かっていますから。十年という歳月をかけて、ようやく絹のポケットチーフぐらいタイトに織りあげたのです。織り糸の一本でも切れたり抜けたりするだけで、見苦しいほつれが生地の表側に目立ってしまうでしょう。でも、脚本化するには原作をカットしなくてはなりません。その作業を始めればすぐに、夢にも思わなかった技術的問題に気づくはずです。わたしがそんなことを言うと、「きっと執筆でよほどお疲れなんでしょう」と彼らは言って、いたく同情してくれ、ミス・フラッグ、ミス・ブラウンと一緒にお茶でもしてらっしゃいと、わたしを送りだしたのでした。さて、ここに来て、まさにわたしの懸念した問題に直面したわけですね。彼らの魂に神さまのご加護があらんことを。（一九三九年二月二十八日付、傍点引用者）

そうとう呆れて怒っているようだ。

かく言うわたしも、ミッチェルが丹念に織りあげた言葉の絹地を一語一句たどる翻訳という作業をせず、原文を読むだけに留まっていたら、「映画化は不可能だ」という作者の言い分に、首をかしげていただろう。プレーンにして映像喚起力の高い地の文（ことに〈タラ〉の風景描写は圧巻だ）、登場人物たちのいきいきした会話文、描写のアングルやシーンのつなぎ、どこをとっても映画向きのテクストに見える。

しかし実際に訳しにかかると、本作がおいそれと映像化できない構造と文体をそなえて、高度な技法を駆使しており、それこそがGWTWという小説最大の威力でもあることに、ようやく気づいたのだ。体を張って訳し、言葉の当事者となって初めてわかることは、少なくない。

この書簡でひとつ、Thank youという言葉には留意したい。Thank youには、謝意を表す意味も当然あるが、話者の要望を表すこともある。Please refrain from smoking. Thank you.（喫煙はご遠慮ください。よろしくお願いします）といった使い方だ。あるいは、Excuse me. に近い意味にもなる。グロッサリーの店員などが商品のカートンを抱えて、お客たちの間を"Thank you, thank you!"と言いながら通っていくのを見かけるが、「失礼、失礼」ということだろう。はたまた、拒絶の意を表することもある。I don't want to hear that kind of language, thank you very much.（Cambridge English Dictionary）なら、「その口のききかたはなんだ。かんべんしてくれ」ということ。オーディションなどで不機嫌なディレクターにThank you.と言われたら、「帰っていいよ（不合格）」という意味だ。

ミッチェルの書簡のThank youにはこうした複数の意味合いが微妙に混じりあっているのだろう。「一行だって加筆する必要もないじゃありませんか！」と、褒め言葉のつもりで言う能天気な映画人たちに、持ち前のアイロニー精神を発揮して、「ありがとう」と応えると同時に、「ええ、加筆の必要はありませんとも。しないでくださいよ、そこのところよろしく！」と釘をさし、もっと言えば、「加筆なんてお断り」という気持ちもこめているのだろう。

手紙の末尾で、「神のご加護があらんことを」と皮肉を言いたくなるミッチェルの気持ちもわかる。ここに至るまでに散々、本作の映像化が困難なこと、原作者として台本用に加筆する気が一切ないことは、契約前後も含め繰り返し述べてきているのだ。本が出たその年には、加筆を頼んできた脚本家のシドニー・ハワードに、こんな返信もしている。

セルズニック社〔セルズニック・インターナショナル・ピクチャーズ〕にこの本を売った際に、はっきりと申し上げたことですが、時代考証、衣裳、撮影台本など、いかなることであれ、わたしは映画制作に関わるつもりはありません。セリフなどの加筆のためにハリウッドまでお越しいただけるなら、礼金もお支払しますと言われましたが、お断りしました。そういう了解のもとに本作の映画化権をお売りしています。しかもつい最近、セルズニック社のミス・キャサリン・ブラウンに手紙を書き、こうしたわたしの姿勢に関して貴兄がよくご存じかどうか尋ねたところ、承知しているという電報が返ってきたばかりです。

なのに、貴兄の手紙が届くわけです。要はきちんと話が通っていなかったのだと気づき、途方に暮れております。わたしはセリフの加筆どころか、台本を拝見するつもりもございません。

（一九三六年十一月二十一日付）

ミッチェルとフォークナーの意外な関係

こうしてミッチェルが映画制作に関わらないときっぱり決心したのは、GWTWのテクストが映像化困難というのが第一の理由だが、ここにはフォークナーの存在も一枚かんでいたようだ。ロスト・ジェネレーション作家の代表格たるウィリアム・フォークナーは、「永遠の戦場」や「三つ数えろ」などの映画やテレビドラマの脚本の仕事も手がけ、自作も多々映像化されており、映画界とは強いつながりをもっていた。GWTWの映画化権の契約金五万ドルというニュースはいやでも彼の耳に入り、その破格の数字に、のちのノーベル文学賞作家は敏感に反応した。

彼にとっては「南部小説のブロックバスター、映画化」というニュースを意識せざるを得ないタイミングでもあった。GWTWが刊行された同年の十月、フォークナーも同様に南北戦争を扱った『アブサロム、アブサロム！』を、初版六千部で出版予定であり、刊行が近づくと、「『アブサロム！』の映画化権は十万ドルを希望」と発表した。ところが、さっぱりお呼びがかからないので、ひと月のうちに半値に下げ、脚本家仲間にゲラ刷りを見せて、「五万ドルでどうだ。異人種婚の話だよ」と持ちかけたと言われる。結局、ハリウッドからの関心は得られず、『アブサロム、アブサロム！』は今もってジェイムズ・ジョイスの『フィネガンズ・ウェイク』などと並んで、「映画化不可能な小説」の筆頭に挙がることもある。

一方、ミッチェルはフォークナーの先行作『サンクチュアリ』原作の映画が芳しくない出来だったことも教訓となって、GWTWの映画制作には一切関わらない決意をますます固めたらしい。(2)フォークナーとミッチェル、文学研究上ではあまり交わることのないこの二作家が、映画化を巡って接点をもっていたというのも興味深い。実際、作風としては対極にあるふたりが、文体的には共通するものを有しているのだ。

2 「なにが書かれているか」ではなく「どう描かれているか」

名文、美文にも背を向けて

たとえば、フォークナーの『サンクチュアリ』や『アブサロム、アブサロム！』、あるいは、ヴァージニア・ウルフの『波』や『灯台へ』、フローベールの『ボヴァリー夫人』の忠実な映像化が難しいと聞けば、「それはそうだ。あの文体を映像化するのは困難だ」と、すぐに納得されるだろう。ときに時間軸を交錯させながら、数多《あまた》の登場人物の言葉を通して語る重層性。人物によって独特の話し口調を再現し、多様な声を共鳴させる。人物の意識や内面を表す特異な文体。地の文と会話が〝地続き〟のようなスタイルで、地の文に登場人物の声やまなざしが、さまざまな濃度と深度で融けこんでいる。いずれの作品も、意味の揺らぎとか、文法的破格とか、声の濃度や視点の深度といった微細なフォームと特徴を写さないことには、作品を再現したとは言えない。そんなふうに主張するかもしれない。

　GWTWには時間操作こそあまりないが、そのほかの部分では同様の技法が用いられている。ところが、本作の映画化に対して、右記のようなことを言う人はおそらくあまりいない。事実、先に挙げたミッチェルの手紙にも、映画人たちは「夢にも思わなかった技術的問題（technical problems)」に直面するだろうと書かれている。本作の技術面に目を向ける評者はほとんどいなかったが、珍しく文体について論じたミッチェルの手紙があるので、引いてみよう。

文体を音楽に喩えていらっしゃいましたが、言い得て妙だと思います。曲の演奏が良ければ、聴衆は楽譜のことなど考えない。それと同様に、小説でも読者に文体のことなど気にかけさせてはいけない、ということですね。わたしも長年、そのように小考してきましたが、おもに自分のなかの信条に留めております。わたしはロシア文学を好まないのと一緒で、ジェイムズ・ブランチ・キャベル〔米国のファンタジー作家。美文家として知られる〕と幾人かの作家をのぞき、文章家というのもあまり信奉できないのです。おそらく新聞記者時代の名残だと思いますが、もしそのストーリーと登場人物に、文飾をはぎとった簡素な文章でも持ちこたえる強靭さがないなら、そんな登場人物やストーリーは反故にすべきです。わたしは文章家ではありませんし、仮になろうとしても無理でしょう。わたしはむしろ、判例集のようにそっけなく、轢き逃げ事件の新聞記事のようにありのままを提示するスタイルを死守すべく血の滲む努力をしているのです。（一九三六年七月十一日付、Dr.マーク・アレン・パットン宛）

キャラクターのオリジナリティを云々されたときと同じ断固たる調子である。多少むきになって誇張している気はするが——ミッチェルの文章はそんなに bare（そっけなく）ないし、少なくとも uncolored（ありのまま）では決してない——文章にごてごてした贅肉がないのは確かである。

ミッチェルにとって、技巧を読者に意識させないというのは、最大の狙いであった。同時代の評論家には「独自の文体がない」などと貶《けな》されもしたが、「文体らしい文体を持たない」ことを信条としていたのである。しかしそれゆえに、GWTWは文体の面から論じられる機会を失ったとも言える。

では、具体的にどんな書き方をしているのか、次に見てみよう。

〝内面視点〟の採択と声の一体化

作者は本作に、「社会学的考察が足りない」などと批判してきた評論家たちに対して、書簡でこんなふうに返している――本書は（研究書ではなく）ひとつの物語であり、自分は歴史学者が過去を振り返って分析するような書き方はしていない。あの時代を生きる者の視点で書いた。この小説は全知者の回顧的な視点ではなく、一女性であるスカーレットの目を通して書かれている。プロパガンダを論じたり、時代の〝大きな潮流〟を考察したりしたら、彼女の小さな頭は破裂してしまうだろう（一九三六年七月十一日付、及び八月十五日付）。

言い換えれば、ミッチェルはときに登場人物になりきって＝同化して書く方法を選んだ、ということだ。人物を外側から見て描写するのではなく、その内面に入りこんで、彼女／彼と同じものを同じ角度で見、彼女／彼の声を語りの中に響かせながら書く。

そう、ミッチェルがGWTWで文飾を捨てて実現したかったのは、「人々の声のリアルな再現」

だ。そのためには、文法的な破格が生じることも厭わなかった。

GWTWには三人称が採択されているが、語り手の俯瞰的な視点を大枠として、多くはヒロインのスカーレット・オハラの視点から語られている。彼女と愛しあうアシュリ・ウィルクスとレット・バトラーの胸の内は、スカーレットを通して推測されるだけで、本人の視点から描かれることはほとんどない（レットに関していうと、最初のほうで、初対面のメラニーの瞳を覗きこむ場面と、後半で商談のためメラニーを訪ねていって、彼女の顔をまじまじと見る場面などで、微かにレット目線になる）。一方、一番目と二番目の夫のチャールズ・ハミルトン、フランク・ケネディ、乳母のマミー、脇役のアレックス・フォンテインらの内面が垣間見られる場面があるのは、興味深い。また、メラニーに関しては、何箇所か重要な内面描写がある。

その他、売春宿の女将ベル・ワトリングが活躍する場面を引いてみよう。前章で取り上げたクー・クラックス・クランの討ち入り後、アシュリたち団員を救うため、ベルが嘘八百を並べる第四十六章からの場面だ。

Belle Watling herself answered Captain Jaffery's summons, and before he could make known his mission she shouted that the house was closed for the night. **A passel of quarrelsome drunks had called in the early part of the evening and had fought one another, torn the place up, broken her finest mirrors and so alarmed the young ladies that all business had been suspended for the night. But if Captain Jaffery wanted a drink; the bar was still open—**

【訳例】ベル・ワトリングはジェフリー大尉の召喚に応えて出頭し、用件を切りだされないうちから、今夜はもう店じまいだと息巻いた。血の気の多い酔っ払いの一団が宵の口から宿にやってきて、次々とけんかをするわ、極上品の鏡は割るわ、店をめちゃくちゃにするわ、お嬢さん〔娼婦〕たちは縮みあがるわで、今夜は商売あがったりだ。でも、ジェフリー大尉がちょっと一杯やりたいと言うなら、酒場のほうはまだ営業しているから——（第46章）

原文では太字で示した A passel of 以下、訳例では「血の気の多い」以下の文章は、Belle said とも書かれていないし、台詞を表す引用符で括られてもいないが、ベルがしゃべった内容と考えられる。彼女が話したことを直接話法でも間接話法でもない話法で描出している。言ってみれば、語り手の声とベルの声の中間のようなボイスで、これを「描出話法」とか「自由間接話法」などと呼ぶ。センテンスの出だしは語り手の「声」が強いが、そこに重なるベルの「声」がしだいに大きく響いてくる。次はこう続く。

Captain Jaffery, acutely conscious of the grins of his men and feeling helplessly that he was fighting a mist, declared angrily that he wanted neither the young ladies nor a drink and demanded if Belle knew the names of her destructive customers.

【訳例】ジェフリー大尉は部下たちのにやけ笑いをひしひしと感じつつ、まさに〝霞《かすみ》と戦う〟心持ちで、お嬢さんも一杯も要らないと怒鳴り返し、その乱暴者たちの名前を知っているかと、

ベルに詰め寄った。（同、傍点引用者）

大尉の言葉は間接話法で書かれているが、彼の生の「声」がうっすら混じっている。ベルは日頃から店の高級感にこだわり、店の娼婦たちを指すときはyoung ladiesを使っている。大尉が「要らない」と言うyoung ladiesとa drinkは、ベルの語彙や口つきを彼が真似たものだろう。次には、大尉の質問へのベルの応答が続く。自由間接話法の「自由度」がさらに上がり、ベルの台詞、つまり直接話法に近づいている。

Oh, yes, Belle knew them. They were her regulars. They came every Wednesday night and called themselves the Wednesday Democrats, though what they meant by that she neither knew or cared. And if they didn't pay for the damage to the mirrors in the upper hall, she was going to have the law on them. She kept a respectable house and— Oh, their names? Belle unhesitatingly reeled off the names of twelve under suspicion, Captain Jaffery smiled sourly.

【訳例】ああ、知ってるとも。うちの常連たちだから。毎週水曜の晩に来て、〈民主党水曜会〉と名乗っているけど、それがどういう意味かなんて、自分は知らないし知りたくもない。上階の鏡を壊した弁償をしないというなら、法に訴えてやる。うちはれっきとした店なんだから——えっ、連中の名前？　ベルは容疑者十二人の名前を立て板に水のごとくすらすらと並べ、ジェフリー大尉は苦笑いをした。（同）

Oh, yes, はもはやベルの台詞のようだ。語り手単独の声ではない。

こうやって分解していくとわかりやすいが、翻訳講座などでは、じつに多くの人がこういう原文を「おお、そうだ、ベルは彼らの名前を知っていたのだ」というふうに、語り手単独の声と解釈して訳す。続く部分も、「彼らは彼女の店の常連だった。彼らは毎週水曜の晩に来て、〈民主党水曜会〉と名乗ったが、それがどういう意味か彼女は知らなかったし、気にしなかった。彼らが上階の壊れた鏡を弁償しなかったら、彼女は法に訴えるだろう。彼女は立派な店を持っており、そして——おお、彼らの名前は?」などと訳しがちだ。

前章で取り上げたキャッシュの著書もこれと似た小説的話法を用いており、誤解が生じやすいと述べたが、右記の箇所も、クランの団員たちを救うベルの姿勢やそのやり方に、語り手＝作者が賛同や是認を示しているわけではない。しかしGWTWに限ったことではないが、なにかを小説内で扱っている、描いているというだけで、それに対する賛意と解釈する読者は、日本にも国外にも少なくない。まさに、「なにが書かれているか」ではなく「どう描かれているか」を無視した読み方と言えるだろう。

一方、地の文に登場人物の台詞が直接書きこまれた「内的独白（自由直接話法）」の形をとる箇所もある。登場人物の意見であることはよりわかりやすい。

スカーレットがクランについて述べている箇所を引いてみよう。

おろかな大口をたたくようなまねはしないわ。スカーレットはおごそかに心に誓った。過ぎた日々や、二度と帰らない男性たちを想って嘆き悲しむのは、ほかの人たちにまかせればいい。ヤンキーのルールを押しつけられ、投票権を失うといって、怒りに燃えたければ燃えればいい。本心を口にして投獄されたり、クー・クラックス・クランに入って縛り首になるのも、本人たちの勝手だ（それにしても、なんと恐ろし気な結社名だろう。その名は黒人のみならず、スカーレットにとっても同様の脅威となった）。夫が団員なのを得意がるならそれもいいでしょう。ああ、神さま、フランクがあんな結社に巻きこまれていなくて良かった！ どうにもならないことで、いらだったり、頭にきたり、なんとかしようと策略だの計画だの練りたいなら練ればいい。現実の厳しさや、将来の不安に比べたら、過去がなんだというのだろう？（第4巻第38章、115〜116頁）

いたって実際家の彼女には、クランは無謀な活動組織にしか見えないのだろう。じつはスカーレットはいざとなると大変な常識人であり、沈着冷静でおとなしいメラニーのほうがよほど狂気をはらんでいる。メラニーはときおり大義、理想、名誉、犠牲といった抽象概念に支配され、その固い信念が「狂信」との境を越えかけることがあるが、そうした高邁な理念に左右されないスカーレットは、あくまで世俗的で、狂気とは縁遠い存在である（メラニーという複雑なキャラクターについては、次章で詳しく論じる）。

とはいえ、スカーレットもときどき怒り狂った勢いで暴言を吐く。たとえば、ふたり目の子どもエラ・ロレーナを出産した後、三週間ばかりで製材所のオーナー社長として復帰しようとするが、夫のフランクはヤンキー軍によるクラン狩りが展開するアトランタの街に妻が出ていかないよう、バギーと馬をとりあげてしまう。そこで、彼女が癇癪を起こすシーン。

In a furious temper, Scarlett charged through her back yard to Melanie's house and there unburdened herself at the top of her voice, **declaring she would walk to the mills, she would go about Atlanta telling everyone what a varmint she had married, she would not be treated like a naughty simple-minded child. She would carry a pistol and shoot anyone who threatened her. She had shot one man and she would love, yes, love to shoot another. She would—**

【訳例】スカーレットは泣きわめきながら裏庭を抜けてメラニーの家に行くと、声をかぎりに思いの丈をぶちまけた。いわく、歩いてだって製材所に行ってやる。それに、夫がどんなにひどい男か、アトランタじゅうにふれまわってやる。ちょっと、お馬鹿さんのいたずらっ子みたいに扱わないでよ。ええ、ピストルを持っていって、脅してくるやつは撃ち殺してやる。すでに一人撃ち殺しているんだから、もう一人ぐらい喜んで、ええ、喜んで殺すわよ。きっと——。

（第42章）

訳例はスカーレットの〝台詞〟に近い形で訳してあるが、ここにも、先ほどのベル・ワトリングの場面と同様の話法が使われている。太字にした declaring 以下の途中から、視点がだんだん深くスカーレットの内面に入りこんでいき、スカーレットの声が混ざって響いてくる。

これを語り手単独の視点および声と解釈し、単純未来の形で訳すと、こんなふうになる。

「彼女は製材所に歩いていくだろう。自分がどんなにひどい男と結婚したか、アトランタじゅうにふれてまわり、お馬鹿さんのいたずらっ子のように扱われないだろう。ピストルを持参して、脅してくる者はだれでも撃つだろう。彼女はすでに一人撃ち殺していたから、もう一人ぐらい喜んで、そうだとも、喜んで殺すのだ。彼女はきっと――」

まるで、作者が殺人を肯定し、スカーレットを唆《そそのか》しているように読める。あるいは、スカーレットを殺人鬼のように描いて良しとしているようでもある。実際、そんなふうに読む読者は少なくないのだろう。

しかしミッチェルの文体には、語り手からある人物の内面へ、また別の人物の内面へと、視点のさり気なく微妙な移動があり、それに伴う声の〝濃度〟のきめ細かい変化、そして、間接話法から、自由間接話法、自由直接話法、直接話法に至るまでに、何段階ものグラデーションが存在している。(3)

これが、ヴァージニア・ウルフやマルセル・プルーストのような純文学であれば、人はその作品が特別な「書かれ方」をしていることを無意識に期待するだろう。ところが、GWTWという、当世流行りのモダニズムや、南部の伝統芸や、名文美文、あらゆる文学的な表現の型にはまらないエンターテインメント小説を前にすると、読み手は身構えず、その魅力にひたって一気に読んでしまい、「技法」や「文体」のことなど考えもしない。前述したとおり、それこそが、ミッチエルが望んだことなのだ。アンチＧＷＴＷの学者たちがときおり指摘する「この小説には文体がない」という貶し文句すら、ミッチェルにとっては褒め言葉に他ならなかったのである。

３　最大の謎――ビッチ型ヒロインはなぜ嫌われないのか？

容姿も性格もアウト⁉

ＧＷＴＷ最大の謎の一つは、スカーレット・オハラの魅力ということになるだろう。第一章でもふれたように、原作では、冒頭から「美人ではない」と書かれており、彼女の虜になる男性たちは、ひとえにその美貌に惹かれるのではない。「好きになってしまうと、彼女が不美人であることに気がまわらなくなる」そうなのだ。

なら、気立てが良いのかというと、性格もかなりわるい。とくに物語の出だしは、なにもこんなマイナス地点から始めなくてもいいのではと思うぐらい、良いところがない。読者の反感は必定だろう。

利己主義、傲慢、甘ったれ、すぐに他人のものを欲しがる〝略奪気質〟、欲しくなったら容赦しない〝肉食気質〟（predatory nature と表現されている）、つねに自分が話の中心にいないと気が済まない〝センター気質〟。さらに、キリスト教徒としての信仰心も薄い。実際のところ、虚偽、不貞、略奪婚、殺人、盗み、ペテン、恐喝、〝身売り〟……と、手を染めていない悪事がないほどである。家庭でも、キッチンドリンカーで、アルコール依存症と言っていい状態になり、子どもをネグレクトする。ビルドゥングスロマンというよりピカレスクロマン（悪漢小説）に近い部分もある。

まったく、この貪欲で自己中心的であこぎで無責任で意地の悪いヒロインは、なぜ嫌われないのだろうか？　彼女のこうした性質は物語の最後まで変わらないのだが、読んでいるうちに、「意外と憎めない」という印象になり、そのうち「なかなか好感がもてる」となり、いつしか「なんだか応援したくなる」と、読み手の心情が推移していくのではないか。

一つには、時代の変化もある。これはヘレン・テイラーの *Scarlett's Women* にも出てくる有名なアンケートだが、作品の発表から約二十年後の一九五七年に高校のあるクラスで、スカーレットとメラニーなら、自分はどちらの同類だと思うかと女子に尋ねると、一人をのぞく全員がメラニーと回答した。それが一九七〇年には四分の三がスカーレットと答え、テイラーが一九八〇年代半ばに独自に行った調査で、「原作および映画のなかでお気に入りの人物」を問うと、スカーレットという答えが圧倒的多数を占めた。おそらく、性解放やウーマン・リブ運動を経て、女性の社会進出や自立が推進されるとともに、スカーレットのアンチ・センチメンタルでさばさばした実際家の性格がうけるようになったのだろう。

それにしても、大恋愛小説のヒロインでこんな性格の女性はあまりいないのではないか。なにしろ、このヒロインは作品の本題である恋愛について抽象的なことを、ふわふわ、うだうだと、まったく考えないのである。月夜にセレナーデを歌ってくれるイケメンにうっとりとするエンマ・ボヴァリーとはえらい違いだ。エンマは、夫のシャルルが美しい芸術も文学もわからない朴念仁で、知的センスや生活まわりのテイストがあまりにプアなので嫌悪感で吐きそうになっている（エンマは雑貨やインテリアにも目が利く意識高い系である）。一方、スカーレットはいくらアシュリがロマン派のポエムなどを朗誦してくれても、きっとぽかんとし、「この詩、なに？でも、わたしを愛しているっていうことよね！　詩の意味はちんぷんかんぷんだけど、情熱は伝わってくるわ。なに言っているんだか、一つもわからないけど……ZZZ」と、このあたりで居眠りを始めているだろう。彼女にとって大事なのは、相手が自分に夢中になっているか否かだけである。求めるものがはっきりしていて、地に足がついたところは、むしろ読者好感度に貢献しているかもしれない。

実際、この人はサバイバル能力と危機管理能力は抜群である。針仕事は大雑把だが、畑仕事の腕は確かで、ビジネスセンスにも秀で、徹底したプラグマティストだ。自らの恋愛はもどかしいほど進展がないのと裏腹に、目の前の問題は次々と解決していく。彼女がおまじないのように唱える「いま考えるのはよそう。明日になったら考えよう」という台詞があるが（これが有名なラストの一行につながっている）、これはスカーレットの場合、「逃避」ではなく、次なる困難にぶつかっていくための「退避」にすぎない。

こんな実際家の性格なので、いわゆる〝ボヴァリスム〟（手に入らないロマンティックなものを追い求めすぎて自滅する生き方）の入る余地がない。そのため、延々と片思いの男を追いかけ続けても、じめじめと鬱陶しくならず、鈍感ではた迷惑ではあるがたくましいヒロインの生き方に、読者はだんだん共感するようになるのではないか。

トーン・チェンジで空気の入れ替え

このヒロインが嫌われないのは、こうした人物造形の良さもあるだろうが、いちばんは作者の文体と話法のなせる業なのだと思う。

小説の主人公に反感を抱いてそのまま作品まで嫌いになってしまう場合がある。書き手と作中人物に距離感がない、あるいはその距離が一定すぎると、このパターンに陥りやすいのではないか。

主人公にはあまり良い感情が持てないが、その反感自体を楽しめる場合もある。「なんだ、こいつ」とツッコミながら、完全な拒否感にはつながらない。GWTWがこのケースだとすると、その理由は第一に、書き手の作中人物との距離のとりかたが絶妙で、じつに伸縮自在であること。第二に、語りのトーンの切り替えが巧みであることが挙げられる。第二の点から先に見ていこう。

ミッチェルの手紙から、文体に関する女性読者の質問と応答部分を少し抜粋してみる。

> では、貴女のご質問にがんばってお答えしてみます。第一の質問、「あの戦争〔南北戦争〕やその後の再建時代というシリアスな題材のなかに、軽い筆致を織り交ぜたのはなぜですか？」。ご質問の意図を正しく理解できているか心もとないのですが、わたしが純然たる歴史書を書か

なかったのは、わたしが歴史の専門家ではなく、ひとりのストーリー・テラーにすぎないからです。（一九三七年七月三十日付）

この読者が感じているように、GWTWにはシリアスな筆致とコミカルな筆致が交互に現れる。シリアス一辺倒、悲劇一辺倒、感傷一辺倒にならず、その後に必ず軽妙、コミカル、あるいは話の腰を折るような反転が織りこまれるのだ。

たとえば、南北戦争末期のアトランタ陥落の夜、スカーレットはレットの駆る荷馬車に乗り、〈タラ〉への道を決死の覚悟で逃げていく。ある所まで来たところで、これから捨て身の入隊をすると言うレットと別れる場面がある。ふたりの熱い抱擁、気の遠くなるような口づけ、世界は時を止めて……と来たところで、そばに停めた荷馬車から、「おかーたま！　ウェイド、こわいよう！」というスカーレットの幼子の声が響いてきて、ラブシーン中断となる。

あるいは、クー・クラックス・クランの面々が危機に瀕した緊迫の場面で、アシュリの傷口に止血のタオルを必死で押し当てるメラニーが、レットから衝撃の（色っぽい）事実を知らされると、もじもじと手を動かすうちに、傷口のタオルがあらぬほうにずれてしまう。

本作には、こうしたタッチの急転換がしばしば挟まれ、安定の〝ずっこけシーン〟となっている。マンガの驚いたり呆然としたりする描写で、シリアス・タッチの絵から、急にキャラの等身を低くしてデフォルメする描き方や、目が点になったり、顔の上半分に縦線が入ったりするといった古典的な頓降法があるが、あんな感じの〝伸縮〟と思ってもらえればいい。

その結果、アンチ・クライマックスとアンチ・センチメンタリズムが定期的に繰り出され、物語の最後には、一九三〇年代当時の読者が予想だにしなかった侘しい訣別が描かれた。これに納得しない読者たちから、ハッピー・エンディングに変更しろという意見が殺到した。

しかしこうしたトーンの卓抜な切り替えによって、空気の入れ替えがおこなわれ、文章の温度や湿度が適度に下がって、読者にカタルシスをもたらすのではないか。

人生が文体を決める――長い、長いノリツッコミ

シーンの流れを中断させるのは登場人物だけではない。本作でそれを最も頻繁におこなうのは、語り手＝作者である。ヒロインに近づいて、その心情に同調し、しばしば一体化して語りながら、次の瞬間には、唐突に距離を置き、痛烈に批判しだす。本作において、最も容赦ない批評にさらされるのは、この視点人物にしてヒロインであり、南部社会そのものなのである。

では、作中から例をとってみよう。戦争中の資金集めの慈善バザーに駆りだされたスカーレットは、愛国主義で頭に血が上り、そろって同じ表情をした女性たちと、彼女たちを包む全体主義のオーラを不気味に思い、なぜ自分はこの人たちに同化できないのかと自問する場面だ。

ああ、どうしてわたしはここにいる女性たちと同じ気持ちになれないんだろう！　みんなは戦争の大義に身も心も捧げているというのに。みんなはなにをするにも、なにを言うにも、百パーセント本気だというのに。〈中略〉

ああ、どうしてわたしだけがこの愛情深い女性たちと同じになれないの？　これまでも、あんなに自分そっちのけで、なにかを、だれかを愛せたことなど一度もない。これって、なんて寂しい気持ちだろう――しかも寂しさというものを肌でも心でも感じたのは、このときが初めてだった。初めはそうした思いを押し殺そうとしていたが、性格の奥底には自分に正直な性《さが》がしぶとくあり、それが気持ちを偽ることを許そうとしない。かくしてまわりでバザーが続行し、メラニーとならんでブースにやってくる客を待ちながら、スカーレットはいろいろなことをめまぐるしく考えて、自己正当化につとめていた――彼女の場合、この作業が難航したことはほとんどない。（第1巻第9章、379〜380頁）

語り手は初め、愛国主義者の婦人たちの中で浮いているスカーレットにぴったりと寄り添い、その気持ちをやさしく解き明かし、彼女に成り代わるようにして語っているが、最後に急に態度を変えて〝素〟にもどり、「自分が正しいと思いこむのは、この人、お手のものですから」と、ひと言刺す。

漫才で言うなら、ボケに長々と同調してきた後にいきなりツッコむ〝ノリツッコミ〟のようなことが定期的におこなわれるのだ。仮に、語り手がスカーレットに寄り添う一方であれば、どうだろう？　スカーレットのいけずと勘違いぶりに、読めたものではないはずだ。反対に、批判的な視点ばかりで書かれていたら、説教くさくなり、この天衣無縫なヒロインの魅力は輝かない。ミッチェルはこのボケてはツッコむ間合いと、ヒロインとの距離のとりかたが絶妙で、じつに小気味が良い。GWTWを一気呵成に読まされてしまうのは、やはりこうした技によるところも大きいのだろう。

あるいは、こんな場面もある。ヤンキー軍が迫ってきたアトランタの街で、アシュリに頼まれて身重のメラニーの世話をするスカーレット。メラニーさえいなければ、〈タラ〉に飛んで帰れるのに、メラニーさえ……と、思わず彼女の死を願ったりする。砲弾の音が響くなか、難産になるとわかっているお産が近づいている、という緊迫した場面だ。

スカーレットはメラニーの寝室へ向かい、薄くドアを開けて、陽のふりそそぐ部屋をのぞきこんでみた。メラニーはねまき姿でベッドに横たわり、目をつむっていたが、目のまわりには隈《くま》ができ、ハート型の顔はむくんで、きゃしゃな体はみにくく変形している。ああ、彼女のこの姿をアシュリに見せてやれたら。スカーレットは腹黒く思った。こんなにみっともない妊婦は見たことがない。（第2巻第20章、308〜309頁）

ここまで追いつめられた状況で、恋敵のみにくい妊婦姿を夫に見せたいなどと思わなくても――作者もこんな心裏まで書かなくても――いいように思うが、この期におよんでも、「うわっ、メラニー、かっこわる。こんな姿をアシュリに見せてやれたら、百年の恋もさめるだろうに」と考えているスカーレットの腹黒さがすっぱ抜かれることで、読者は苦笑いをしながら快感を覚える。

同調と批判、シンパシーとアイロニー。ＧＷＴＷの語り手は矢継ぎ早に話法や文体をスイッチし、ボケてはツッコむ。この落差が快い。この反転の快感がＧＷＴＷの強烈なドライブになっているのだろう。

こうしてスカーレットに共感し批判する語り手の二面性と分裂傾向は、前章で詳しく述べたミッチェルと両親の関係にも起因していると思われる。両親の抑圧のもとでミッチェルが抱えていた自己矛盾とジレンマは、母メイベルの代から持ち越された根深い問題だ。

言ってみれば、ミッチェルにとって、スカーレット・オハラは自分の分身であり、最もやっかいな敵でもあった。ミッチェルのなかには、社会規範からはずれた「カトリック教徒の不良娘」であれという反骨精神と、両親の期待に添う善い娘でいたかったという後悔の念が、激しくせめぎ合っており、それがＧＷＴＷの〝語り〟にも表れているのだろう。不良娘のスカーレットに同化する語り手と、はっと我に返ったかのように痛烈に批判しはじめる語り手が、作者のなかに共存しているのだ。

ＧＷＴＷは壮大な矛盾のかたまりである、と先に書いた。作者は全編にわたって、積みあげては突き崩すことを繰り返す。物語のトーンにしろ、登場人物の意見にしろ、文体にしろ、なにかが一方的に流れていくことを避ける。恐れていると言ってもいい。これはミッチェルのもつ根源的な恐れであり、ひょっとしたら、異分子の家に育った故の、全体主義的なものへの強い抵抗の表れでもあるかもしれない。とはいえ、たがいに対立し、融和し、また離反していく声と意識をそのまま取りこむミッチェルの多声的な試みは、非常に現代文学的でもある。近年で言えば、ナイジェリア出身の作家チママンダ・ンゴズィ・アディーチェが一つの声だけに耳を傾けることの危うさを「シングルストーリーに回収される危険性[4]」と表現したのにも通じるのではないか。この分裂は登場人物たちの人物造形にも寄与しており、詳しくは次章で論じる。

平易な語彙で平易に書かれ、読みやすい大衆文学の代名詞のように評されるGWTWは、このように技法を駆使した高度な文体戦略を有している。

そして、その文体を形作ったのは、ミッチェル自身の人生なのだ。

第五章　それぞれの「風」を読み解く——四人の相関図

1　パンジー・ハミルトンの奇妙な消失

ヒロインはスカーレット・オハラではない

第五章は、GWTWのテクスト批評的な読解に、著者マーガレット・ミッチェルの評伝的要素を織り交ぜて書く形になる。

まず、GWTWのヒロインは〝スカーレット・オハラ〟ではない、という話から始めようと思う。その理由は主に三つほどある。

①この小説は約十年の歳月をかけて書かれたが、出版の直前までヒロインは別の名前をもっていた。

②出版された本の中でも、ヒロインがスカーレット・オハラであるのは、全体の八分の一程度である。

③裏のヒロイン、あるいは真のヒロインがいる。

三つ目に関して言えば、この本の真の主役はある意味、メラニー・ハミルトン・ウィルクスだとわたしは思っている。ミッチェル自身も、メラニーに関する記述は編集の際に削らないでくださいという注意書きをわざわざマクミラン社の編集者に送ったことがある。なぜなら「作者にしか分からないことかと思いますが、数ある登場人物のうち、メラニーこそがこの本のヒロインだからです」（一九三五年十月十六日付、ロイス・ドワイト・コール宛[1]）。ミッチェルにとっては、メラニーこそが〝マイ・ヒロイン〟だったのだ。

これまで、おおかたの評はこのふたりを好対照の一対とし、スカーレットを激情的で不道徳で世俗的な悪女《ビッチ》で「主役」、メラニーをもの静かで清廉で俗離れした聖女で「脇役」としてとらえてきたが、はたしてそうだろうか？　ミッチェルいわく、「人は見たいものしか見ないし、信じたいものしか信じないのです」。じつは本作はスカーレットと男性たちの恋愛関係ではなく、彼女とメラニーの関係こそを主軸に読むべきなのではないだろうか？

では、一番目の項目にもどって見ていこう。

スカーレットという名は、この作品が一九三五年夏にマクミラン社に売れてから数か月もたった十月の末に、ようやく編集者宛ての手紙で提案されたもので、このとき、完全原稿をわたす締め切りは目前の十一月十五日にせまっていた。結局、「感謝祭を過ぎないうちに正式決定した」という[2]（一九三五年のアメリカの感謝祭は十一月二十八日）。とはいえ、それまでヒロインは名無しだったわけではなく（作品は題名無しだった。以下、便宜的に刊行前の原稿を小文字でｇｗｔｗと呼ぶ）、ミッチェルがこの物語を書き始めた一九二六年頃につけられた名前が継続的に使われていた。

パンジーである。

スカーレット・オハラの名に親しんだ読者には、けっこう脱力感をあたえる語感ではないか？担当編集者のハロルド・レイサムは、俗語で「ホモセクシュアルの男性、なよなよした男」といった意味を近年もつようになっていたPansyという名には乗り気でなく、初めから変更を勧めた。ミッチェルは「命名当時はそのような意味は南部には浸透していなかった」と弁明しつつも、レイサムの意向を受けいれると返答した（一九三五年七月二十七日付書簡）[3]。ともあれ、スカーレット・オハラとして知られる人物は、パンジー・オハラとして誕生し、gwtwの中で約十年間をすごしてきたのだった。

しかしパンジー・オハラには、さらに前身となるキャラクターがいる。

一九二五年、ミッチェルはかねてから愛されていたジョン・マーシュと二度目の結婚をし、その頃から、ジャズエイジを題材に短編を書きはじめた。ヒロインの〝フラッパー〟は判事の娘で、ミッチェルの分身的な存在であり、パンジー・ハミルトンと命名された。物語は、若い男女たちが密造酒を飲んでばか騒ぎをし、事故を起こす、ジャズエイジ小説にありがちな展開を見るが、ほんの三十ページほど書いたところで行きづまる。かつてミッチェルは戦死した恋人との理想化されたロマンスを心で慈しみながら（この恋人については本章第三節で詳述）、最初の夫と結婚したのだが、その元夫ベリアン・〝レッド〟・キナード・アップショーに、男主人公が似すぎてしまったせいもある。ミッチェルはこれを機に、ジャズエイジ小説はその道の達人フィッツジェラルドに任せ、自分は別の道を行くことにした。

パンジー・ハミルトンという姓と名には、それぞれ意味があった。パイロンは*Southern Daughter*の中で、この姓名をこう分析している。「ミッチェルにとって、ハミルトンという姓は伝統や安定や古き南部《オールドサウス》を意味し、パンジーはその逆のものを表していた」[4]。

ハミルトン姓はそのルーツを七世紀以前の古期英語に遡る伝統感のある姓であり、パンジーはミッチェルが生まれた一九〇〇年前後に人気のピークを迎えた女子名である。

このパンジー・ハミルトンという姓名が、南北戦争を背景にしたgwtwにも引き継がれるのだが、この名前には——先に大きな結論を書いてしまうと——「分裂と結合」「対立と融和」というGWTWの擁する主題が深く刻印されている。古いものと新しいもの、過去と現在、先行世代と若者世代、親と子、死にゆくものと生まれ出《いず》るもの、安定と波乱、依存と自立、恒常と変化、従順と反抗、同化と離反、シリアスとコミカル、ロマンティックとシニカル、シンパシーとアイロニーといった多くの対抗関係、すなわちGWTWの核心にある衝突、矛盾、葛藤、ジレンマなどをあまりにも端的に表した名称である。パンジーの方に新世界の価値観、物質主義、バイタリティなどが属し、ハミルトンの方に旧世界の美徳、アイデアリズム、繊細さなどが属していると考えられるだろう（新しい価値観や〝はねっ返り〟の含意はスカーレットにも引き継がれることになる）。パンジー・ハミルトンは*Gone with the Wind* そのものなのだ。内容と言説の両面において。

ハミルトン姓が隠れている理由

引き続き、パイロンの同書を参照しつつ考えていく。分裂であり結合の象徴として登場したパンジー・ハミルトンは、gwtwにおいては、まず二つに分割された。パンジーは大農園の令嬢パンジー・オハラの名に、ハミルトンは恋敵メラニーの姓となって、作中に存在しつづける。換言すれば、パンジー（スカーレット）とメラニーは二人で一つのキャラクター、もしくは一つのキャラクターが二つに分かれたものである。
と思いきや、パンジー・オハラはこの長大な物語が始まったほんの序盤のあたりで、早くもパンジー・オハラではなくなる。アシュリ・ウィルクスとの理想化されたロマンスに破れた腹いせに、恋敵メラニーの兄で好きでもないチャールズ・ハミルトンと結婚してしまい、パンジー・ハミルトンに戻ってしまうからだ。ミッチェルはかつての自己分身的ヒロインを一度分裂させておいて再び結合させたと、パイロンは見ている。この後、パンジー／スカーレット・ハミルトンという姓名は、一人の人物の表面と裏面——すなわち、「正義と真実と慈愛と深い叡智の化身」である母エレンのような〝りっぱな貴婦人〟になりたいと願いながら、そこからどんどん遠い生き方をせざるをえなかったパンジー／スカーレットの二面性とそのジレンマと同時に、「母の子らしくなりたかったのになれなかった」[5]と言うミッチェルのそれらをも表しているのだとわたしは思う。

次に、二番の項目だが、彼女がスカーレット・オハラという名で存在するのは、著者訳の新潮文庫版で換算すると、２３１７ページ中２８６ページ分で全体の約八分の一ぽっちだ。作中三回結婚するが、スカーレット・ハミルトンであるのは、１０６６ページ分で、全体の約半分となる。

つまり、このヒロインはｇｗｔｗの大方をパンジー・ハミルトン、ＧＷＴＷではスカーレット・ハミルトンとして生きていくわけだ。ちなみに、二番目の夫の姓はケネディで、彼女がパンジー／スカーレット・ケネディであるのは約５３０ページ、三番目の夫はレット・バトラーで、パンジー／スカーレット・バトラーであるのは約430ページである。他二人と比べても、ハミルトン姓は作中で幅をきかせ、長寿である……はずなのだが、読者にその認識はほとんどないだろう。そして、本人にはいっそう認識がない。本人にとっても読者にとっても、彼女は最初から最後までスカーレット・オハラであろう。

現に、GWTWの原文を調べてみると、Scarlett Hamilton という記述は十七章に一回（アトランタの婦人委員会会長から彼女への呼びかけ）ぐらいしかなく、Scarlett O'Hara Hamilton と生家の姓を付けた記述が九章と二十四章に一回ずつ見られる。ちなみに、Scarlett (O'Hara) Kennedy はゼロ回、Scarlett (O'Hara) Butler は五十三章に一回ほど。Mrs. Hamilton が七回、Mrs. Charles Hamilton が一回。

確固として存在するのに見えざるハミルトン姓。そして、出版を前にして消去されたパンジーという名。作者の分身パンジー・ハミルトンはなぜ消えたのか……？

スカーレットはチャールズとの結婚によって宿敵メラニーと姓を共有し、義姉妹の関係となる。メラニーとの複雑で vicarious な長い関係が始まるのである。作中に一度使われるこの vicariously はひとまず「身代わりのように」といった訳語を充てておこう。

ところが、ふたりが義姉妹になったと思いきや、ここがまたミッチェルのプレイフルなところなのだが、メラニーもスカーレットの一日後に結婚する。スカーレットは自分の結婚式をわざとメラニーの婚礼の前日に設定したため、彼女とメラニーがハミルトン姓を共有するのはたった一日だけで、翌日からメラニーはウィルクス姓となる。

とはいえ、メラニーはこの後、終生にわたって、スカーレットとの義姉妹関係に並々ならぬattachment（執着・結びつき）を見いだし、それを強調していく。チャールズが野営地であっけなく死ぬと、義姉をアトランタに呼び寄せ、同居してますます繋がりを強化し、〈タラ〉へも共に帰ることになるし、やがて義姉がフランク・ケネディと結婚しても、その後にレット・バトラーと結婚しても、メラニーは彼女をsisterと呼びつづける。物語の終盤にいたっても、社会から爪弾きにされるレット・バトラーとスカーレットを擁護する場面で、メラニーはアシュリの妹でハミルトン家の居候のインディアにこう言い放つ。


「だったら、もううちでの同居は解消したほうがおたがいのためでしょうね」メラニーは言った。彼女にしては温かみのない言葉だった。

インディアは土気色の顔をみるみる紅潮させて、勢いよく立ちあがった。

「メラニー、あなたって人は——わたしの義理のお姉さんなのに——わたしと仲違いするつもりですか。あんな身持ちのわるい女のことで——」

「スカーレットもわたしにとっては義姉《あね》です」メラニーはインディアの目を真っ向からにらんでそう応じた。まるで、赤の他人同士のようだった。「しかも、わたしには血を分けたどんな姉妹より大切な人よ……」（第5巻第49章、119〜120頁）

また、夫アシュリとスカーレットとの親密な場面を隣人やインディアに目撃されて騒動が巻き起こると、メラニーは静かに悪意のこもる声でこう言う。

「インディアとエルシング夫人には思い知っていただくわ。わたしの夫と義姉《あね》のことでデマを広められると思わないでほしいわね」（第5巻第55章、314頁）

メラニーにとって、いまやスカーレットは法律上ですらなんの類縁でもないが、彼女の方が法的な義妹のインディアより、それどころか、どんな血縁ある姉妹より大切だというのである。メラニーはひたすら「お義姉さん」と慕っていくが、スカーレットにとって、メラニーはどういう存在か。最初は、最愛の男性の妻として不倶戴天の仇と憎み、不器量で自分の考えも持てない愚かな女だと徹底して馬鹿にしているが、その気持ちは次第に変化し、自分がメラニーに依存していることに少しずつ気づいていく。

ところで、本作中、スカーレットが憧れた a great lady（りっぱな貴婦人）の称号をあたえられる女性は、母エレンとメラニーだけである。レット・バトラーはこのふたりをつねに同じカテゴリーで捉えており、また、スカーレット自身も心から自分を愛して支えてくれる女性の味方はこのふたりしかいないと認めている。さらに、第六十一章でメラニーが天に旅立つとき、とうとうスカーレットはこのような場面を幻視する。

不意に、あの閉じたドアのむこうに母が横たわり、いまにも再び死出の旅へ出ようとしている気がしてきた。不意に、〈タラ〉のあの世界がもどってきた気がし、か弱き人、たおやかな人、穏やかなる人たちの持つとてつもない力なしには、人生と向き合えないと悟って、スカーレットは打ちひしがれた。（第5巻第61章、456頁）

ここではっきりとエレンとメラニーの一体化が起きるが、このずっと前から、スカーレットの中で、メラニーは母エレンと重なっていただろう。メラニーは彼女の母だと言ってもいい。そのことに心の奥底で気づいているからこそ、スカーレットはメラニーにいっそう苛立つのだ。一つは、エレンほどの美貌と叡智を身代わりのメラニーが備えていない（と思っている）ため。二つ目は、生前母に認められなかった悲しみ、自分がなりたくてもなれなかった母のような存在への反発心、そして母の教えが戦後の新世界ではいたく無益なものとなりはてたもどかしさと怒りだ。母に感情を直接ぶつけたくてもぶつけられない鬱屈から、メラニーを代替の標的にしている。そう、彼女がメラニーの美徳や内面の美しさを全力で否定するのは、アシュリの妻として嫉妬しているからではない。それも多少はあるだろうが、スカーレットにとって、恋愛がらみの嫉妬はじつは大したものではないのである。

さて、先の疑問にもどって、パンジー／スカーレットのハミルトン姓がテクスト上から消えた理由だが、一つには、キャラクター面での解読から言えば、彼女のチャールズとの結婚に対する意識の薄さや軽視が当然あるだろう。この一番目の夫はスカーレットとメラニーを姓で結びつけ、ハミルトン家の子どもを遺す以外、なんの役割も果たしていない。しかし作者のもう少し深層の動機を惟《おもん》みるに、ハミルトン姓を隠れたアイデンティティにとどめ、先に述べたメラニーとの関係の由々しさに目隠しをする意図もあるのではないか？　なぜなら、スカーレットとメラニーとの軋轢は、自分と母との代理戦争でもあり、結局は分裂した自分と自分の闘いという最も根深い問題を意味するものだからである。おそらくそこには、ミッチェルの実母への反抗と憧憬とジレンマと闘いが反映されているのではないか。スカーレットとメラニーの物語は、ミッチェルと母メイベルの物語でもあるのだ。

燃えさかる炎と二人の母

ＧＷＴＷはひとりの女性の依存と自立を描いているとも言えるが、彼女の庇護者として、エレン、メラニーの他に、もうひとりの〝母〟が存在する。レット・バトラーこそが、そのもうひとりの母だとパイロンは捉えており、わたしもこの見解に強く同意する。筋骨たくましいマスキュリン・キャラを絵に描いたような人物だが、よく見るとじつに女性らしく、母性あふれる言動をしている。妊婦や産婦の介護、乳母代わりの食事や着替えの世話。つわりで吐きそうになったスカーレットの頭をすばやく馬車の外に出してやる手際など、きっとエレンも顔負けだろう。実の娘ボニーが生まれてからは育児にも積極的で、現代なら〝イクメン〟と持てはやされたはずだ。レットがどうして突然、銀行にデスクを構えだしたのか行員も支配人もわからないのだが、彼は同なぜかお堅い銀行に転職し、夕方になると〝時短勤務〟とばかりにそそくさと帰ってしまう。レ行の大株主だし、異様に仕事ができるので、だれも文句を言えないのである。とにかく、これが海賊同然の暴れ者だった男だろうかという豹変ぶり。しかも、赤ん坊をあやさせたらメラニーもかくやというイクメンぶり。

もう一つ、レットが〝母〟である印は、ミッチェルが実母から聞かされた重要な教えをそのまま語らせる役をレットに割り当てているからだ。作者は作中人物には一人（小間使い役のプリシー）を除いてモデルは実在しないと主張し、自分の考えや感情をキャラクターに仮託して語ることは一切ない、GWTWは「徹頭徹尾、客観的に書かれた小説である」と断言しているから、公式にモデルのある数少ない場面ということになる。以下がその台詞だ。アシュリには生き延びる術も気概もないとこきおろしている。

しかしアシュリ・ウィルクスは――ダメだね、あれは！　ひっくり返ったいまの世の中では、ああいう育ちの人間はなんの役にも立たないし、なんの価値もない。世界が逆さまになれば、決まって真っ先に滅びる人種だ。それは、そうだろう？　戦おうともしないし、戦うすべも知らないんだから、生き残るに値しない。世界がひっくり返ったのはこれが最初でも最後でもないだろう。むかしからあることだし、これからも繰り返される。そしてそうなった日には、だれもが何もかもを失い、すべての人々は平等になる。全員がふりだしにもどって、何もないところから再スタートだ。そう才智と腕っぷしだけで勝負するんだ。（第4巻第43章、368頁）

GWTWが出版されて間もないころ、ある歴史学者が、この問題の台詞を書評に丸ごと引用して意義を説くと、ミッチェルはこれに感謝の手紙を出した。転覆した社会体制の中で役立たずのアシュリをレットが酷評するこの台詞はそっくりそのまま、かつての幼い自分が母から警告されたことであり、それがこの小説の起源となったと言うのだ。[6]

一九〇七年九月、入学した小学校に行きたくないと言いだした娘を、母メイベルは馬車でジョーンズボロにつづく本道（いわば、〝タラへの道〟）へ連れていき、酷暑の道に引っ張りだして、女性が過酷な世の中で生き延びるための心構えをたたきこんだ。その戒めとは以下のようなものである。ミッチェルの書簡より引く。

母は私に示して見せました――かつてこのあたりには裕福な名家の屋敷が軒をつらねていたけど、いまは廃墟になっている。シャーマン軍に叩き壊された屋敷もあれば、住人たちの没落とともに崩れ去った家もある。でも、一方、しっかり建っている家もある。

彼らはむかし安泰の世に暮らしていたのに、ある日突然、足元の世界が吹き飛んでしまった。あなたがいまいる世界もいつか吹き飛ぶだろう。新しい世界に対処するすべを身に着けていないければ、大変なことになる。だから古典教養と同時に実学を身に着けておかなくてはいけない〔マーガレットが算術の勉強を嫌ったため実学の重要さも説いている〕。ひとつの世界が終わりを迎えたら、あとはそれぞれが持てる才智と腕前だけでやっていくしかない、と。「だから、お願いだから、学校に行って、自分の糧となることを学んでちょうだい。女性は腕力こそ弱いけれど、頭脳があれば、いざというときに然るべき身の処し方ができるんです」と母は語ったのです。

（一九三六年七月十日付、ヘンリー・スティール・コマジャー宛）

ミッチェルは第一次大戦の数年後から大恐慌の直前にかけて、パイロット版たるｇｗｔｗをいったん書き上げていた。そのすぐ後にウォール街の大暴落が起き、〝世界が吹き飛ぶ〟とは知らずに書いたと述べている（一九三七年二月六日付、ラビ、モーデカイ・Ｍ・サーマン宛）。しかし読者はＧＷＴＷの南北戦争とその後の経済危機を、大戦と大恐慌と、そこから来る混迷の時代に重ね合わせて読み、それも本作が人々の心をつかむ要因となった。

さて、〈タラ〉への道で夕日に照らされて、母の双眸は烈しい感情でぎらぎらしていた。と、ミッチェルの評伝 *Road to Tara* の作者アン・エドワーズは見てきたように描写しているが、どこまで本当かわからない。ともあれ、この〈タラ〉への道は、ＧＷＴＷでは、レットがスカーレットを大火のアトランタから救いだし、〈タラ〉へ連れていく途中で、彼女を唐突に〝捨てた〟道であるのは確かだ。

頼りきっていた母のごとき庇護者のレットは、夜半、ジョーンズボロへつづく本道に着くと、スカーレットを馬車から引きずりおろし、いきなり別れを告げて去っていく。この先、スカーレットはほぼ一日かけて、まさに地獄を見ながら故郷のわが家にたどり着くが、着いてみれば、父は呆け、頼りにしていた最愛の母は前日に亡くなっていた――。

スカーレットは人生で自分が変わったポイントを数回自覚している。一度目は軽いもので、アシュリへの愛の告白を拒まれてチャールズの求婚を受けいれた時点。二度目にして根源的な変化は、〈タラ〉で母の訃報を知った時点と考えるのが自然だが、〈タラ〉に着いた夜、彼女自身はこう感じている。

たしかにスカーレットは新たな目で世界を見ていた。〈タラ〉へむかう長い旅の途上で、娘時代というものをどこかへ置いてきたようだ。（第2巻第24章、466頁）

その大きな変化は、死にもの狂いでアトランタから〈タラ〉へ帰りつく過程ですでに起きていたという認識だ。それは、わが家に着く前夜、ジョーンズボロへの道で、レットの庇護を失った時に他ならないのではないか。さらに見逃せない符合がここにはある。前日、謎の名前を叫んで事切れたという母エレンだが、それは押し入ってきたヤンキー兵に綿花を焼かれた晩だった。召使いの女はこう説明する。

「その火であたりは昼間みたいに明るかったですが、あたしらはお屋敷まで燃えるかと震えあがったです。この〔二階の〕部屋までものすごく明るくなって、それこそ床に落ちた針まで拾えるぐらいですよ。窓にも炎がぎらぎらして、それでエレンさまは起きてしまったようで、ベッドに体を起こして大声で何度も叫んだです。『フィリップ！　フィリップ！』〈後略〉」（同、462頁）

同夜の同じころ、ジョーンズボロへむかうレット・バトラーの駆る馬車に目を移してみれば、これと似たような描写が見つかる。「高く燃えさかる猛火で、通りや家々は昼間より明々《あかあか》と照らしだされ」ており、「禍々しい赤い光に染まって、レットの浅黒い横顔が古代硬貨の頭像みたいにくっきりと浮かびあがった。〈中略〉レットの目は、猛火に負けないほど恐ろしげな光で輝いていた」。その後、レットは「手にした手綱をゆるめたまま、身じろぎもせず隊列を見送っていたが、その浅黒い顔には妙に不機嫌な表情が浮かんでいた。そのとき近くで、木材が焼け落ちるバリバリバリッという音がし、見ると、馬車を停めて火の手を避けていた倉庫の屋根までを、猛火が薄い舌で舐めとろうとしていた」（第2巻第23章、385、389頁）

猛火に照らされてぎらつくレットの目を、スカーレットは大長編の最後にも思いだすことになるが、これはもうひとりの〝母〟としてのレットが彼女を捨てていこうと決意した時であり、きっとこの瞬間に〈タラ〉でエレンも死んだのではないか。この二つのできごとは密かに同時刻に設定されているのではないか？　こうしてアトランタの街を脱出し、レットに置き去りにされた後の場面から、〈タラ〉への苦闘の道のりを経て、彼女が一家を養う重荷を背負う決意をする場面まで――すなわち第二十四章とその前後を、ミッチェルはこのとき最後に書いたと言う。なぜかずっと着手できなかったが、いったんイメージが降りてくるとひと息に書きあがり、リライト魔の彼女がほぼリライトせずに版元に渡した稀有なパートとなった（本章第二節中、「原稿の執筆順序が握るカギ」で詳述）。*Gone with the Wind* というタイトルもこの章から取られることになる。

この第二十四章に、ＧＷＴＷは芽吹き、完結したのだろう。

燃えさかる炎に包まれて、スカーレットはそのとき二人の母に去られたのだ。その彼女が自分の足で立ち、家族の重荷を引き受ける覚悟をする、「青春時代」の終焉を書くことで、ミッチェル自身の母からの自立はひとつの区切りを迎え、パンジーはいずれ消える運命を決定づけられたのである。

2　黒のヒロイン、聖愚者メラニー・ウィルクスの闇

裏の、あるいは真のヒロイン

本節ではGWTWにおける〝赤と黒のヒロイン〟について考える。つまり、スカーレットとメラニーという、この長い物語の主軸をなすふたりのことだ。とくに従来、控えめな脇役と考えられてきたメラニーについてぜひとも再考したい。

Melanieという名の起源はフランス語からラテン語の聖人名へと遡り、最終的にはギリシャ語のμελανια (melania) に行き着く。melaniaとは、その派生語に「メラニン（黒色素）」があるが、「黒い」「暗い」という意味だ。Scarlettという名はもちろん、scarlet＝緋色から来ている。そう、ScarlettとMelanieという組み合わせは「赤と黒」を暗示している。赤と黒の表象学的な意味づけは無数にあるが、一般に赤は情熱、黒は理性、赤は生、黒は死、スタンダールの『赤と

黒』でいえば、赤は軍隊（武力）、黒は聖職者（信仰）などなど。どちらも非常に強い色であり、インディアン戦士のウォー・ペインティングではどちらもパワーを表す。GWTWで〈タラ〉の風景を描写する際には、必ずといっていいほど、ジョージア内陸独特の血のような赭土と、その周りを暗くとり囲み、夜には黒々と脅威的に浮かびあがる原生林がセットで描かれている。

ちなみに、scarletという語はred, crimson, pink, pinkish, garnet, vermilion, maroonなどの多彩な語彙に混じって、タラの赭土を表現するのに使われているし、南軍の民兵隊でも精鋭たちが着る制服にとりいれられている。いずれにせよ、スカーレットという赤い名は、闘いや開拓や新しい価値観や、ときには反骨を表す。では、メラニーの理性の「黒」はどういうものだろう？

わたしのいちばんの関心は、このメラニーは一体なにを知っていたのか？　彼女の内面には、罪を知る深い闇が広がっていたのではないか？　というところにある。

GWTWを自分で翻訳することで、驚くほど印象が変わった人物の筆頭はメラニーで、翻訳中から、「この小説の本当のヒロインはメラニーではないか」と言ってきたが、訳了後に繙いたミッチェルの書簡などでもそれは裏付けられることになった。

スカーレット・オハラのプロトタイプである〝パンジー・ハミルトン〟が、GWTWでは二分割されて、スカーレットとメラニーになり、ふたりの女性はその後もハミルトンという姓を通して結合したり、分離したりしながら、片方の死まで――時にvicarious（相手に成り代わるよう）な――密に入り組んだ関係をつづけていく、ということは前節に書いた。ならば、GWTWは〝ダブル（分身）ヒロインもの〞と言ってもいいだろう。

とはいえ、この節ではあえてメラニーを裏／真のヒロインと呼ぶ。それはなにも、原作者自身がそう呼んでいるから（裏のヒロインとは言っていないが）だけではない。ミッチェルのいう「真のヒロイン」とわたしの考えるそれとは、多少意味が違うからだ。ミッチェルの考える〝メラニー＝真ヒロイン説〞を端的に表す書簡がある。

〈前略〉〝メラニー〞に関しても好意的なお言葉をいただき、感謝申し上げます。彼女に言及しようとする評者がほとんどおられないので、気になっておりました。なぜなら、エドワーズさん、本当のところ、わたしのヒロインは〝スカーレット〞ではなく彼女だからです。〝スカーレット〞の母〝エレン〞と同様、わたしは〝メラニー〞の中に、優しくて愛らしい古き南部の真の貴婦人を描こうとしました。体はひ弱でも心は気丈で、この道と信じたら決してぶれることがなく、世の理不尽な趨勢によってどんな不遇に追いやられようと、つねに貴婦人でありつづける。ところが、わたしの貴婦人たちに言及しようとなさるかたはほとんどなく、こうした怯者《きょうしゃ》（timid creatures）の良さが理解されるには、あなたのような〝昔かたぎの紳士〞のご登場が必要のようですね。わたしと同様にあなたは、普段はたおやかながら、いざとなれば山猫のように戦える淑女たちをご存じで、愛しておられるでしょう。（一九三六年六月十八日付）

これは、ＧＷＴＷが出版された一九三六年六月、作家でジャーナリストのハリー・スティルウエル・エドワーズに書かれたお礼の手紙である。当年八十一歳の彼はこの大作を刊行前のアドバンス・コピーで読み、同月の十四日、〈アトランタ・ジャーナル〉の定期コラムに絶賛評を載せた（GWTWは、宣伝のための見本を多数刷って配布したので、刊行前に書評が出ていた）。エドワーズはこの時から二十年近く前に、ご主人と生き別れになった彷徨える解放奴隷を描いた奴隷制支持の小説を発表して、一世を風靡した作家だ。ミッチェルの鮮烈なデビュー作には、第三章でふれたトマス・ディクソンら多くの大御所作家が、こうして賛辞を送り、作者本人にアプローチすることも間々あった。

くるくると変わる貌

それにしても、この礼状におけるミッチェルときたら、ふだんの気の強い当世娘はなりをひそめ、メラニーのようにしおらしい態度に出ているのがいささか不気味でもあるが、内心ではメラニーを「怯者」とまとめるこの評者の読みに少々苛立っていたかもしれない。しかしながら、メラニーの「強さ」という美点に評者が気づきにくいのは、作者の書き方のせいもあるだろう。あえて、真のメラニー像を曇らせ、混乱させるような記述や描写をしている。実際、作中のメラニーはどんなふうに表現されているか、ひととおり確認しておこう。

冒頭にあげた色でいえば、メラニーの従来のイメージカラーは黒ではなく白、それも純白だろう。その「白さ」のイメージの性質はだいたい三つのカテゴリーに分かれる。完全無欠の淑女像、小さき手弱女《たおやめ》像、どこまでも汚れなき聖女像、と仮にしておく。

たとえば、〝アンチGWTW〟の最右翼ともいえる学者のフロイド・C・ワトキンズは、「低俗小説としての『風と共に去りぬ』」(7)という論文のなかで、本作を「感傷的で、愛郷的で、メロドラマ的で、浅薄」とコテンパンに批判し、「メラニーは腰回りが狭いぐらいが難点であり、欠点がなさすぎて人間味を欠く。優れたフィクションの基盤としては脆弱である」と述べている。それぐらい人柄のうえでは申し分のない淑女とみなしているのだろう。ちなみに、作中人物のなかで「深みと高潔さを一貫してもっているのは、弱いアシュリと完璧すぎるメラニーだけ」だそうである。

次に手弱女像としては、戦地の前線にもどるアシュリがスカーレットに、「体も弱くて」「おとなしく」「臆病」な妻メラニーの面倒を見てやってくれと頼む場面などが象徴的だし、事あるごとに、「小柄」「きゃしゃ」「か弱い」「病弱」「内気」「自分の意志も意見もない」「自分からは口もきかないような」「怖がり」「〝ガチョウをわっと驚かす〟こともできない小心者」などと小ささと弱さが強調される。それに加えて、女性として未成熟であること、セクシュアリティを感じさせない点がしばしば付記される。ヘレン・テイラーは、*Scarlett's Women* でこのように書いている。

スカーレット〔緋色〕とは、血、情熱、怒り、セクシュアリティ、もの狂おしさなどを表している。〈中略〉この小説と映画をあらゆる女性性と女性の社会的役割の一覧《フル・スペクトル》として見るなら、一方の極に、無性(sexless)の聖母メラニーがおり、その対極に、熱っぽくそそる淫売宿の女将ベル・ワトリングがいるが、スカーレットの物語には振れ幅があり、この二極間を行き来している(8)。

メラニーはsexlessと表されている。一方、第一章でも述べたように、緋色は「姦通」のシンボルでもあり、赤い情熱のスカーレットの女性性が、黒い無性のメラニー極から、色気濃厚なベル・ワトリング極の間で揺れているというのは興味深い指摘だ。

そして、三つ目に、聖女像としては、以下のような記述が典型的である。

メラニーもピティ叔母さんと同じで、過保護な子どものような顔をしていた。つまり、素朴さとやさしさ、正直さと愛情しか知らない顔、むごいこと邪《よこしま》なことなど目にしたことがなく、もし目にしてもそれと認識できない人の顔である。自分がずっと幸せだったから、まわりの人々にも幸せになってほしい、少なくとも満ち足りていてほしい、と思っているのだ。そのため、どんな人間が相手でも、つねに一番良いところを見て褒めた。（第1巻第8章、343～344頁）

「ところが、そんなわけあるのよ、メリー。あなたは良いとこなしの人間にもせっせと長所を見いだそうとする人でしょう。少しはそれをやめたら、わかるでしょうに〈後略〉」（第1巻第6章、275頁）

大切に守られて生きてきたメラニーは悪というものを目にしたことがなく、その存在も信じられず、レットとチャールストン娘との良からぬ噂がささやかれても、愕然とするばかりで信じようとしなかった。そして、反感をもつどころか、この人は不当なあつかいを受けていると憤慨して、遠慮がちにますますやさしく接するようになったのだ。（第2巻第12章、35頁）

この「あまりに善良なので邪悪さを見ても認識できない」という善性の表現は、終盤にさしかかる第五十六章で、わが身の悪事をメラニーに告白するレット・バトラーのこんな台詞でも反復される。「いいや、あなたはなにも分かっちゃいない！　分かるはずがないんだ！　こんな善良な人に理解できるはずがない」。あるいは、「それに、たとえわたしがなにを言おうと、あなたはきっと信じないだろう？　どこまでも善良だから信じられないんだ」（第5巻第56章、350〜351頁）

聖女メラニーの像においては、善性と無知・無理解とがつねに結びついている。彼女が「善」であると同時に「愚」であることが、「おばかさん」「ばか娘」「まぬけ」「愚かしい」「物知らず」などの語彙でしょっちゅう強調される。

ともかくも、メラニーの無欠の淑女像、手弱女像、聖女像は、作中の老若男女の発言、ときには地の文での叙述においても、なにかと補強されるのだ。本作中、メラニーの「強さ」に気づいているのは、レット・バトラーとフォンテイン家の「祖母さま」ぐらいしかいない。スカーレットも彼女の「強さ」「頼もしさ」に気づいていくが、何度気づいても、また次には〝あの腰抜けのおばかさん〞呼ばわりに逆戻りしてしまう。このへんもひとつ、メラニー像を攪乱する所以だ。ミッチェルのなかで、自分の理想の半身であり〝反身〞でもある存在に対する肯定と否定、憧れと拒絶がないまぜになって、像が定まらない。これが、メラニーの貌がくるくると変わる理由の一つめである。

本当のメラニーは強いだけではない。「悪」がわからないどころか、人々の罪深さを人一倍鋭く見抜いているのである。場合によっては声高にそれを暴きすらするのだ。

さらに慎ましさという美徳と南部の誇りを身につけた彼女は、戦中戦後、貧しくとも気高くあることを選び、襤褸《ぼろ》をまとうことを厭わない。その身なりは、「みすぼらしい」「ぼろぼろの」「継ぎはぎだらけの」などの語句で表現される。

人々に愚か者と思われ、襤褸をまとっているが、真実を告げる聖なる人物、これはロシア文学でいったら、〝聖愚者〞または〝佯狂者《ユーロジヴィ》〞の像ではないか？　別な言い方をすれば、ロシア文学なら聖愚者にあたるような役割を、メラニーは部分的に担っている。

ロシア文学をミッチェルが意識していたかどうかはわからない。GWTWはしばしばトルストイの『戦争と平和』と比較されるが、ミッチェル本人は重厚で「退屈な」ロシア文学は、子どもの頃からどうしても読めなかった、と主張している。さらに、同世代作家コールドウェルの南部文学『タバコ・ロード』を指して、「暗いロシア文学の壮大なパロディかと思いました。〈中略〉ところが、読むうちに、正真正銘のリアリズム小説だとわかって、正直なところ面食らいました！」とまで手紙に書いている（一九三六年九月三日付、Dr.マーク・ミリキン宛）。

“ヒロイン”はつねに蚊帳の外

さて、わたしがメラニーを「裏／真のヒロイン」と呼ぶのは、そこに「真の南部婦人像」が描かれているからではない。結論から言うと、物事の全容を把握し、GWTWの物語を要所要所で動かしているひとりが、メラニーだからだ。

スカーレットはしたたかな生存本能と鋭い直観で戦略を選びとり、大胆な行動に出て目的を達成するが、事態の全容や文脈は見えていないのが常で、本人は抜け目ない駆け引きを弄しているつもりでも、世界は決まって彼女の知らないところで動いていく。この主人公はいつも、いつも、「し、知らなかった、なんですって⁉︎」と驚いているのである。そもそもこの長い、長い物語が始まったのも、スカーレットが相思相愛と思いこんでいたアシュリが、従妹筋のメラニー・ハミルトンとの婚約発表をすると、前日になって人づてに聞かされたからだ。スカーレットという主人公のあり方をよく表している場面なので引用する。

スチュアートが得意げに言った。「〔明日発表されるのは〕アシュリとチャールズの妹メラニーの婚約さ！」

スカーレットは顔色ひとつ変えなかったが、唇は血の気を失った。たとえるなら、予期せぬ強打に見舞われて呆然とし、まだショックの初期段階で何が起きたか分かっていない、という状態だった。（第1巻第1章、23頁）

GWTWでは、スカーレットを見舞う不意のショックを、突然の強打やメスの切り裂きにたとえるのが常套である。最初は呆然として痛みが湧いてこない。婚約発表を伝えたタールトン家の双子スチュアートとブレントは、スカーレットが急に元気をなくした理由にさっぱり思い当たらず、後で話しあう。

「あしたの夜に発表するってこと、アシュリが前もって知らせていなかったから、それで彼女、怒ってるんじゃないかな？〈中略〉」

「ああ、かもな。〈中略〉それにしても、アシュリがミス・メリーといずれ結婚するって、スカーレットが知らなかったのはおかしいよな。だって、そんなことはおれたちもずっと前から知ってたぜ。ウィルクス家とハミルトン家は代々いとこ同士で縁組みをしてきたんだ。アシュリがそのうちミス・メリーをもらうのは、ハニー・ウィルクスがメリーの兄さんのチャールズと結婚するって話と同じぐらい知られたことだった」（同、29〜30頁）

双子の母タールトン夫人も、ふたりの結婚は「とうの昔にみんな知っていた」と言うし、スカーレットの父ジェラルドに至っては、「あの一族はブライアン・ボルが子どものころから近親結婚をつづけているんだ」と言う。ブライアン・ボルと言ったら、十世紀生まれのアイルランド王で、日本なら「藤原道長の時代からやっとるわい」というようなおやじジョークだが、要するにふたりの結婚は郡内では既成事実のようなもの。この後、逆上するスカーレットに、アシュリも、「だって、メラニーとの婚約は周知のことだから、きみも知っていると思って……」と都合のいい逃げを打つのである。

スカーレットというヒロインは全編にわたり、「えっ、わたしに子どもがいたの？（時々忘れる）」、「えっ、税金を追徴されるですって？」「えっ、うちの夫に、そんな貸付金が？」「えっ、工場でそんな虐待が？」「えっ、男性たちの行き先は政治集会じゃないの？」「えっ、選挙やってたの？」「えっ、民主党が復権するですって？」「えっ、クランってもう無いの？」……と驚きつづけ、なにかにつけ彼女だけが知らないという事態が露呈する。さらには、ある晩、夫レットの部屋にメラニーが泊ったことは、最後まで知らないままだ。召使いたちは知っていたし、おそらくメラニーの夫アシュリも知っていたろう。スカーレットだけがいつも蚊帳の外にいる。いうなれば、スカーレットは〝ヒロインでありながら一貫して部外者〟という奇妙な立場の主人公なのだ。

レットは「すてきなイグノラムス（物知らず）さん」と呼びかけることで、彼女の物語内での立場を簡潔に表現している。「ものが見えていないヒロイン」の頭越しに、周囲の人々が、さらには語り手と読者が目を見かわすという構造は、モーパッサンの『女の一生』が典型的だが、踏みにじられっぱなしのこのジャンヌと違い、スカーレットの場合、手に入れたうち理解できたわずかな情報と狭い視野のなかで、現実的な判断をくだす捕食動物的な能力がずば抜けて高い。この物語は、彼女の無知と無理解も大きな駆動力のひとつになっているのだ。

一方、「部内者」にして物事の中心にいて人々を引き寄せ、とりまとめ、信条にもとづいて判断をくだし、必要とあらば、大勢を敵にまわして猛然と抗弁し、結局自分の意見を通してしまうのはだれかといえば、メラニーである。「部外者」であるスカーレットに引き換え、つねに共同体の中心にいて、事態を左右している。

キーポイントとなる彼女の行動を列挙してみよう。

兄チャールズの死後、その未亡人スカーレットを田舎から都会のアトランタに呼び寄せ、定住させる。社交界の鼻つまみ者レット・バトラーとの交際を彼女だけが推進する。押し入ってきたヤンキー兵をスカーレットが射殺する場に応援に駆けつけ、兵士が惨死すると、所持品をあさり食べ物や金品を奪うことを教唆し、その死体の隠蔽を指示。スカーレットの父ジェラルドへのスエレンのたくらみを知りつつ黙っていた。スカーレットからの役職のオファーを受けるようアシュリを説得。敗戦後の再建時代は彼女の家が復興のハブとなり、彼女が社交界の中核をになう。アトランタのあらゆる奉仕・慈善団体、愛好会、楽団、文化活動などのコミュニティをたばね、あらゆる幹事を兼任。クランにまつわる殺害事件で大芝居をリードして熱演……まだまだあるが、このへんにしておく。

このようにメラニーはこの物語の力強い結節点となっており、この人物なしには話が成立しない。旧来の一面的な善のイメージではとても捉えきれない、本作中、最も難解で、矛盾していて、複雑なキャラクターだと、わたしは翻訳を進めるほどにますます強く感じるようになった。

エキセントリックで激情的な「赤」のスカーレットと、理性的な世話役の「黒」のメラニー。

このコンビを見ていると、わたしは時おりG・K・チェスタトンの『詩人と狂人たち』のゲイルとハレルを思いだす。見るからに突飛な行動をとる詩人画家のゲイルはじつのところ、「常識の信奉者」で狂う余地はなく、狂っているのは彼の〝マネージャー〟だという理論的な思考力をもつハレルなのだ。

ここで、チェスタトンのよく知られたアフォリズムがこだましてくる。「狂人とはすべての理性を失った者ではなく、理性以外のすべてを失った者である」——GWTWでも、奇矯に見えるスカーレットこそ、「かねがね常識のなかに、生きる力や慰めを見いだしてきた」し、「生まれてこのかた〈中略〉常識という地にしっかり足をつけて生きてきた」人間だ。激情に駆られやすいが、「常識という名の冷静な手」に引きもどされ踏み留まる場面が何度もある。一方、メラニーは冷静だが、愛や名誉や自分の信念のためには、何をするかわからない狂気めいた側面をもつ。

聖愚者メラニーの瞳にはなにが映っていたのか。そしてそこに悪役レット・バトラーがなにを見てとったのか、次の項で考えていきたい。

バトラーがメラニーの瞳の奥に見たもの

本物の小説家は自分自身を物語のなかに描きこむものだ。こちらにちょっと、あちらにちょっとという具合に、登場人物群のなかに作者が描きこまれている。ときにはそのうちの一人に、作者の全体像が露呈することもある。『風と共に去りぬ』でいえば、真のヒロインはメラニーであり〈中略〉ペギー〔マーガレット〕・ミッチェルはメラニーの生まれ変わりなのだ。（ハリー・

スティルウェル・エドワーズ〈アトランタ・ジャーナル〉一九三六年七月七日)

右派作家エドワーズのこのコラムを読んだとたん、ミッチェルはいきなりアトランタを出たという。本当の理由はわからないが、七十八ページにも引いたチャタヌーガ大学のギルバート・ゴヴァン宛ての皮肉っぽい手紙に、ひとまず彼女からの回答がある。多少重複するが再掲する。

メラニーの人物造形にあてはまる人は、それこそ幾らでもいるでしょうけど、わたし自身〔がモデル〕ということだけはあり得ません。ハリー・スティルウェル・エドワーズが〈アトランタ・ジャーナル〉にそんなことを書いていましたけれどね。それもあって、わたしは急きょ街を出たんです。メラニーの生まれ変わりだなどと書いてくれて、お優しくありがたい限りですが、やはりこういう世代の人間〔ミッチェルは一九〇〇年生まれ〕としては、聞き流せないものがあります。ジャズエイジの申し子であり、ショートカットにミニスカートを穿いたハードボイルド娘であり、牧師さまに言わせれば、三十になる前に地獄へ落ちるか、縛り首になるというわたしがですよ、古き良き南部の化身のような女性に準えられたら、いささかバツが悪くなるのも当然でしょう！　ですから、この小説のキャラクターはリアルではない〔架空のものである〕と言ってくださった貴殿にはお礼を申し上げます。(一九三六年七月八日付)

先に取り上げたエドワーズ本人への書簡では、ずいぶんしおらしい態度をとっていたミッチェルだが、こちらの手紙には、「あの人、何を勘違いしているんだか……」という歯がゆさが見てとれる。しかし、そのじつ際どい指摘をされ、慌てて打ち消しの弁明をしているようにも感じられる。

さて、ミッチェルがいちばん重要視し、相矛盾する要素を抱えたキャラクターであるメラニーだが、この人の「したたかさ」や「複雑さ」から読み手の目をそらし、真のメラニー像を曇らせる描き方とは具体的にどんなものだろうか？　これには、作者の故意の部分と無意識の部分があると思われる。

メラニー初登場の場面から見てみよう。ウィルクス邸でバーベキューの開かれる第六章でお目見えする彼女は、おちついたグレイのオーガンジー・ドレスを着ているが、「おびえたような」瞳と未熟な体つきのせいで、「子どもがお母さんの大きすぎるフープスカートをはいて仮装しているみたい」に見えるという。しかしその瞳には、「冬の森の水たまりにも似た静かな輝きがあり、さながら穏やかな水面で茶色い枯葉がきらめくようだった」（第1巻第6章、226、227頁）とも書かれている。

前者と後者の記述では印象が食い違うようだが、前者の「おびえたような」「子どもみたい」というのはスカーレットの目線で表現したものだろう。成熟したセクシュアリティの欠如感も表現されている。しかし、「冬の森の水たまり……」のくだりは、メラニーを憎むスカーレットの視点にしては好意的すぎるし、彼女にはこんな詩的な比喩表現力はないから、作者／語り手の視線および言葉と解釈すべきだろう。

そう、初登場の場面からして、メラニーに対する語り手の見方および〝客観的〟描写と、作中人物の見解には、明らかな食い違いが見られ、こうした齟齬はこの後も執拗に繰り返される。地の文での語り手の声および〝客観的〟描写と、登場人物たちの所感と、実際に人々が示す言動との分裂は、この小説の顕著な本質的特徴でもある。

メラニーの瞳への印象的な言及は、第九章の後半にも再びある。病院への寄付金をあつめるバザーで、レット・バトラーがメラニーと再会し、おそらく挨拶以外で初めて言葉を交わすシーンだ。これ以降、なぜかメラニーは、徹底した冷笑家のレット・バトラーが唯一、心から敬い、真摯な態度で接する人物となる。

「お察しいたします」バトラーはことさら重々しく答えたが、メラニーのほうをむいて、気遣わしげな彼女の目の奥の奥まで探るような顔になると、にわかに表情が一変し、本人の意に反して敬いとやさしさがその顔に広がった。「なんて気丈なかたなんだ、あなたは」（第1巻第9章、400頁）

わたしは旧訳や原文で読んだだけの時にはとくになにも思わなかったが、いざ訳してみると、いわく言い難い引っかかりを感じるようになった。ほとんど初めて言葉を交わす淑女の「目の奥の奥 the bottom of her（sweet worried）eyes」までいきなり覗きこむというのは、無作法なレット・バトラーのなせる業かもしれないが、いささか唐突ではないか。それに、彼はメラニーの瞳の最奥になにを見てとって、表情を一変させたのか？　かぎりない善性だけだろうか？　また、瞳の奥を覗いた後に「気丈 courageous なかた」だと言ったのはなぜか。

メラニーは「気丈」という語を「兄チャールズ（スカーレットの夫）の喪中なのにバザーに奉仕すべく人前に出てきたこと」だと解釈し、「わたくしたち、病院委員会にどうしてもと言われてこのブースを担当しただけなんです」と答える。そこへ、枕カバーを買いたいという客たちがたまたま来て、ふたりの会話は急に途中で打ち切られる。

ここでのレットの態度には、健気な女性に対する敬意というに留まらない、なにか畏怖めいたものが感じられる。わたしは最初、「メラニーが夫と義姉スカーレットの関係をすべて知りつつ気丈に振る舞っている」のをレットが一瞬にして見抜いたのではないか、と考えた。知りながら両者を深く愛せる彼女の内面の深みと強さ、そしてその心の聖性に畏敬の念を覚えたのではないか、と。

ところが、そう考えると、この大作の終盤にさしかかる第五十六章でのメラニーの内面描写との整合性がどうもとれなくなる。本作の大半はスカーレットの視点で書かれているが、メラニーの視点と声を、自由間接話法を用いて長く導入している箇所がいくつかあり、そのうちの一つがこの第五十六章のくだりだ。メラニーの「本音」が垣間見える数少ないパートのはずだが……。

そこでは、レットがおよそ彼らしくない態度を見せる。スカーレットを「傷つけた」ことで自分を責めて酒に溺れ、メラニーの膝に突っ伏して泣きながら、それまでの悪事の数々をしどろもどろに告解するのである。告白のなかには、女がらみの悪行もあったろう、人殺しの罪もあったろう、妻への不貞や非道も含まれていたろう。もしメラニーが聖愚者のごとく「悪を知る聖人」であるなら、「この人〔レット〕がスカーレットとアシュリにまつわるとんでもないデマを信じこんで、嫉妬したなんていうことがあり得るだろうか？〈中略〉あんなゴシップを信じたはずがない。この人にはもっと大人の分別があるはずよ。それに、もし問題の原因があれだとしたら、この人ならアシュリを撃ち殺そうとしているんじゃなくて？」（第5巻第56章、348〜349頁、傍点筆者）などというナイーヴな考察が、本音として語られるのは不自然ではないか。

だとすると、やはり彼女は本当に最初から最後まで、なにも知らずにいたのだろうか？

悪を知らずしてこの弁はなるか？

前項で、〝小心者でどこまでも善良な〟メラニー像として繰り返される「自分の意志も意見もない」「〝ガチョウをわっと驚かす〟度胸もない」「むごいこと邪なことなど目にしたことがなく」「あまりに善良なので邪悪さを見ても認識できない」といった言い回しを挙げた。しかしこれらはすべて作中人物（ときには語り手）によるメラニー評にすぎず、実際に描かれている彼女の言動はこれらと正反対と言っていい。

メラニーが初めて声を発するシーンから見てみよう。バーベキューパーティの場でスカーレットの耳に届いたのは、彼女がアシュリに返したこんな言葉だった。

「残念ながら、サッカレーの小説についてはあなたと意見が分かれるようね。あの作家はなんだか皮肉っぽくて。ディケンズのような紳士とは違うと思うの」（第1巻第6章、241頁）のっけから、自分の意見をきっぱりと述べている。もっとも、これを聞いたスカーレットは、男性相手にこんな小賢しい反論をするとは、頭でっかちのインテリ女にすぎない（すなわち、彼女の結婚戦略においては「無知で愚かな女」という意味である）と考え、大いに安堵する。

これを皮切りに、メラニーは周りの人々になにかと反論し、歯に衣着せぬ物言いをする。バザーの場面では、正規軍ではなく民兵隊としてアトランタに留まっている若者たちの披露する教練に、スカーレットが「りっぱだったわね？」と心にもないお世辞を言うと、若者の母親にも聞こえよがしに、「ええ、彼らもグレイの軍服を着て（正規軍として）ヴァージニアで戦ったら、もっともっとりっぱでしょうね」（第1巻第9章、390頁）と言ってのける。また、「南部英霊の墓を美化する会」では、ヤンキー兵士の墓にも花を手向けるべきだと、全員を敵に回して泣きながら論陣を張り、みごと主張を通す。

ヤンキーと手を組むバトラー夫妻を嫌った隣人たちが、彼らとの付き合いを拒もうとすれば、「そんな人たちにはわが家の敷居もまたがせない」と宣言して、結局は周りを折れさせる。スカーレットと敵対する女性たちには、「昔、スカーレットに恋人を取られた嫉妬心に駆られて嫌がらせをしているんでしょう」「（製材所オーナーの）スカーレットに自分の息子を降格させられたから根にもっているのね」などと、一番痛いところを人前でずばり突いてやる。挙句には、街を真っ二つにする問題が起きると、自分たちの側につかない婦人たちには「アトランタではまともに顔をあげて歩けないようにきちっとけじめをつけてやりましょう」と、やくざもどきの恐ろしい啖呵を切ったり、(意見が合わないようなら)同居を解消してハミルトンの家から出ていけと仄めかしたりする。実際、そうとうな政治手腕の持ち主でもあるのだ。

ともあれ、先入観なしに読むと、メラニーという人はだれかに食って掛かったり、説き伏せたり、脅したりしている姿のほうが印象的なぐらいだ。「善良すぎて悪を理解できない」などということは間違ってもなく、さらには、彼女の心にもちゃんと〝意地悪〟や〝妬み〟や〝駆け引き〟の黒い鬼は棲んでいる。これだけ鋭い眼力と世間知をもった人間が、最愛の友人と夫の関係に長年まるで気づかないというのは人物造形として不自然ではないだろうか?

メラニーは知っていたのか?

「メラニーは真相を知っていたか否か」については、彼女がとうとう天に召される第六十一章に、一つの回答があると見ていい。ここでは、またもや彼女の瞳が探られる。

臨終の床でメラニーはスカーレットに自分の幼い息子を託し、その後にこう言う。

「アシュリのことも」と、メラニーはつづけた。「だって、アシュリとあなたは――」そう消え入るように言って静かになった。

アシュリの名を聞いたとたん、〔スカーレットは〕心臓が止まって、石のように冷たくなった。メラニーはずっと知っていたんだ。〈中略〉メラニーは知っている――スカーレットは恥もどんな感情も通り越し、このか弱い人を長年苦しめてきたのかと思うと、ひたすら烈しい自責の念に襲われた。メラニーは最初から知っていながら——それでも、ずっと友人として尽くしてくれたのだ。（第5巻第61章、449〜450頁）

スカーレットは烈しい罪の意識と後悔に駆られ、もう一度人生をやり直せたら、アシュリとは「目すら会わせない」だの「二度と口をききません」だのと神さまに語りかける。きっとここで読者も、やはりメラニーはすべてお見通しだったのだ！と思い、「最後の審判」を受けるような思いでスカーレットとともにメラニーの顔を見返すだろう。すると、なんと、そこには、「いつもの愛情深い黒い瞳」と「やさしげな口元」だけがあり、「なんの咎めもなく、非難も恐れもなかった」というのだ。その顔を見て、スカーレットは「メラニーに〔真相を〕知らせないでいてくださり感謝します」と、生まれて初めて真摯な祈りを神に捧げる。

メラニーはなにも知らない——もしこれがスカーレットお得意の「都合のいい曲解」であるとしたら、速攻で、あるいはおもむろに、作者のツッコミが入るはずだし、メラニーの今生最後の名演技だとすれば、やはりなにかそれを仄めかすサインがあるはずだ。それがないということは、メラニーは本当に「なにも知らなかった」という結論になるのだろうが、なんだかにわかには信じがたい。ここまで読んでくると、メラニーという鋭敏な洞察力と知恵と外交手腕をもつ人物が「なにも気づいていない」というのは、テクストの指向性からは考えにくいからだ。やはり、このキャラクターはどこか分裂している。

死に際のメラニーは本当になにも知らなかったのか。それは、むしろ「そうあってほしい」という作者の願望の表れなのかもしれないが、いや、あるいは――?

原稿の執筆順序が握るカギ

ここで、作者の原稿の書き方が重要になるので、少々細かく確認しておきたい。ミッチェル本人はこの大長編を「終わりから冒頭に遡るようにして書いた。つまり、最終章を最初に、第一章を最後に書いた」と述べている。正確に逆の順序で書いたとは思えないが、終盤を最初に、現在の第一章を最後の最後に書いたというのは事実のようだ。

執筆開始から三年を経た一九二九年には、パイロット版のgwtwは作品としてひとまず完成しており、そのとき最後に書いたのは、母エレンの死に直面する第二十四章(とその前後)である。この件については、一九三六年十一月十一日に〈アトランタ・コンスティテューション〉紙に掲載された、ラマー・Q・ボールという同紙社会部長による五段抜きのインタビュー記事(9)や、一九三七年一月十九日付けの著者書簡でも繰り返し語られており、それなりの信憑性がある。

以下がインタビューの抜粋である。

〈前略〉ここ〔第二十四章とその前後〕が悩みどころでした。頭の中でいじりまわしてはいたのですが。長いことうだうだと考え、あらゆる角度から眺めてみても、さっぱりだめでした。いわんや、文字にはまるで書けず、書こうと試みたこともありません。杉の木の香りを、沼地の匂いを、納屋の庭の臭いをとらえて、あの章に詰めこむなんて出来そうになかった。ところがアトランタ市のリッツホテルにいるとき、突如として訪れたのです。わけがわかりません。リッツは〈タラ〉とは似ても似つかない。この物語のことを考えてもいないときに、なにもかもがあっさりと、くっきりと見えてきた。九月のジョージアの赤土の道がどんなふうにほこりっぽくて蒸し暑いか、そよとも風が吹かないなか、木々の葉は乾いて、内陸の森がどんなに森閑としているか、手にとるように感じられました。〈中略〉わたしは急いで家に帰り、書きました。〈中略〉そうして帰るなり書いた章が、唯一わたしがリライトを——少なくとも二十回にも及ぶリライトをしなかった章です。

また、厳密にいうと最初に書いたのも、刊行版の最終章にあたる第六十三章ではなく、メラニーが亡くなる第六十一章あたりからだと思われる。ちなみに、有名な Tomorrow is another day. を含むラストの数ページは当初は存在せず、アドバイザーとなった英文学教授の助言に従った〝後付け〟だという衝撃的な説が、ダーデン・アズベリー・パイロンによって提起されているが、これには非合理的な疑問点がある（この件については、本章の第四節で触れる）。

いずれにしろ、ミッチェルが一九三五年にマクミラン社の担当編集者レイサムに、初めて渡した原稿はかなり未整理のものだった。この初稿版は、章の数もノンブルも順番も刊行版とは大きく異なっており、現在の第一章にあたるものは存在せず、そのシノプシスのみが付けられ、後から最後に書き足された。また、序盤はとくに未完成の観があり、出だしの五章ぶんのストーリーは刊行版と違う順序で構成されていたようだ。

gwtwの各章が書かれた正確な順序は、いまとなっては把握不可能だ。ミッチェルは子どもの頃からプライバシーにひどく拘るところがあり、「今、なにしてるの？」「今日はどうしていたの？」と訊かれるのも嫌がった。この性向は小説の執筆に関してとみに強まり、執筆していた十年間、親しい友人にも一行たりとも見せなかった。このため、gwtwがどのように着想を得て、どのように執筆されていったのか、その過程は謎に包まれたままである。この進行中の作品は仲間内で「ザ・グレート・アメリカン・ノベル」と、冗談半分に呼ばれていたという[10]。ミッチェルはどこかのパートを書くと、それをマニラ封筒に入れ、時には「家具の段差を調整する」ために、封筒ごと下に敷いたりしていた。

しかし細かい順序はともあれ、おおむね終盤が最初に書かれ、序盤が後になって書かれたとなると、メラニーの臨終場面と、レットが「あなたはなにも分かっちゃいない！……」と言う告解場面はわりあい早いうちに書かれ、レットがメラニーの瞳の奥を覗きこんで、「なんて気丈なかたなんだ、あなたは」と言う場面は比較的後に書かれたと推測できる。これは意外に重要な意味をもつだろう。

メラニーという茫漠たる闇

作者はどのような状況で一九二六年に執筆を開始したのか。当時のミッチェルはスカーレットと同様、精神的にも、社会的にも、自分のアイデンティティに矛盾と葛藤を抱えていた。一つには、一九二〇年代の南部女性に求められた規範になじめない。それはすなわち、スカーレットの母エレン・オハラのモデルである実母メイベル・ミッチェルの期待を裏切ることでもあった。

さらには、第三章第三節でもふれた、一九一五年に始まる第二次クー・クラックス・クラン活動期に、WASP至上主義が急速に盛りあがったことも、ミッチェルを社会的部外者に追いやった。ヘレン・テイラーは、ミッチェルはスカーレットという人物の中に、「WASPが支配する社会で生き延びるために、ルールやタブーをあえて破るカトリックの悪い娘」を描いたのだと評している(11)。

とはいえ、ヒロインは一人では足りなかった。本章第一節にも書いたとおり、ミッチェルは過去の未完の作から連れてきた「パンジー・ハミルトン」というヒロインの祖型を二分割し、パンジー（後のスカーレット）とメラニーを創りだした。つまり、ミッチェルのもうひとりの分身である黒のヒロイン、メラニー・ハミルトン・ウィルクスは、この作者自身が生き延びるために生みだした赤のヒロイン、スカーレット・オハラがその時々で抱えきれなかったもの、投げ出さざるを得なかったものを、すべて引き受けるために遣わされたのではないか。

思いだしてみよう。あるとき、スカーレットはレットに、「舟が沈むほうがよほど恐ろしいから、どうでもいいものはどんどん船端に放りだしたのよ」と激白した。彼女にとって「どうでもいいもの」とは、誇りだの名誉だの美徳だの優しさだのといったものだ。一方、これらはスカーレットの母エレンと、ミッチェルの母メイベルが大切にしたものでもある。スカーレットという表のヒロインにはかなぐり捨てさせながら、ミッチェルはそれらを諦めきれず、つねにジレンマを抱え、帳尻のあわない部分や割り切れないものは、ひとまずメラニーという茫漠たる闇にどんどん放りこんで、書き進めていったのではないか。結果的にメラニーとスカーレットは補完しあうような関係をときに帯びるようになった。これが、メラニー像がしばしば反転する第二の理由だ。

スカーレットが荒れて暴力的になれば、メラニーは柔和になだめ、弱腰になれば、強気で鼓舞することもある。その時々で、途方もない無知な馬鹿者にもなれば、このうえない賢者にもなり、臆病者であると同時にまれに見る勇者でもあり、どこまでも善良であるかと思えば、しごく底意地の悪い面も見せるといった、矛盾と多面性を擁することになったのだ。メラニーというキャラクターは描かれるほどに複雑化していった。逆に言えば、スカーレットの人物造形がすっきりとシンプルでいられるのは、メラニーという受け皿のおかげなのである。ミッチェルはメラニーという温かな——ときに冷ややかな——闇を敬い、恐れもすれば、嘲笑いもし、時にはその包容力にすがり、愛おしみもする。

このあたりで、いったん結論を出そう。

GWTWの執筆開始時には、メラニーは確かに「なにも知らない」設定にあった。それは、悪を理解できないほど無垢な女性像に憧れる作者の願望が生みだした設定であるかもしれない。しかし、この白いカンバスのような分身はその後、長い年月をかけて、紆余曲折の長い物語が書かれるうちに、作者とともに多くのことを知ってしまったに違いない。そうしてあの序盤のバザーの場面にたどりついたとき、思わず、初対面に近いメラニーの瞳の奥の奥まで覗きこんでしまったのは、レット・バトラーではなく、作者マーガレット・ミッチェル自身なのではないか？　メラニーという内なる虚空の底知れなさと、その渺々たる闇に自らが放りこんできたものの膨大さに慄き、茫然としたのではないだろうか——。

メラニーはなにも知らないと同時に、やはりすべてを知り、すべてを呑みこむ黒のヒロインなのである。

3 アシュリ・ウィルクスの名誉と性欲

固定化された「白馬の王子」像

第三章第一節にも書いたようにレット・バトラー目線でGWTWを語りなおす物語はいくつか構想され、実際に発表されているのだが、アシュリ・ウィルクス目線のオルタナティヴ版や続編はあるのだろうか？ パーソナリティの考察やキャラクター分析も豊富になされているレットに比して、アシュリは「高貴な白馬の王子」または「煮え切らないへなちょこ男」という両極端の記号的なイメージで語られるぐらいで、あまり論じられていない感がある。

しかしながら、実際、第二章にも引用した、絵に描いたような「白馬の王子」像を体現した初登場シーンなどは、その後の日本の少女マンガにずいぶん影響を与えたのではないか？ いま見ると逆に、こちらの方が「日本の少女マンガの模倣」のように感じるぐらいだ。再び引いてみよう。

その日、スカーレットが玄関ポーチにいると、グレイの上質な羅紗の乗馬服に身を包み、フリル付きのシャツをすばらしく引き立てる黒い幅広のクラヴァットを締めたアシュリが、敷地内の長い並木道を馬でやってきた。〈中略〉あの長靴《ちょうか》がどんなにまぶしかったことか。タイピンのカメオにはメドゥーサの頭が象られ、こちらに目を留めるや、鍔広のパナマ帽をさっと取ったっけ。馬から降り立った彼は手綱を黒人の子《ピカニニー》に放ると、ポーチに立つスカーレットを見あげたのだった。もの憂いグレイの目は笑みをたたえて瞠られ、ブロンドの髪に明るい陽が射して、銀の帽子のように輝いていた。〈中略〉「きみもすっかり大人になったんだね、スカーレット」それだけ言うと、軽やかに石段をあがってきて、手に口づけをした。（第1巻第2章、57～58頁）

二年後のいまも、彼のようすはその出で立ちに至るまで、「隅々まで思いだせる」とスカーレットは言うが、それは実在のアシュリではない。恋に落ちたこの瞬間を心のなかで反芻するうち、彼の像は美化されて記憶の中に結晶し、「高貴な白馬の王子」像として不活性化、固定化してしまった。

端的に言って、本作において準主役であるべき「人間アシュリ・ウィルクス」は、ヒロインによって予め殺されている。それどころか、南部の敗戦後はスカーレットのある意味、奴隷のようになっていく。彼女はお気に入りの王子の像を自分の近くに置いておくために、ありとあらゆることをする。レット・バトラーの資金援助を引きだし、製材所を買って、アシュリをアトランタに呼び寄せ、自分は〝産休〟が必要だと言って、彼を製材所の〝管理職〟に就けることまでやってのけるのだ。アシュリはこの申し出に抵抗するが、ほかならぬ妻のメラニーに説得されて折れる。この顚末をレットはこんなふうに皮肉っぽくまとめている。

「出産を口実に使うとは、なかなかの妙技だな！　なるほど、そうやって彼をとりこんだのか。ほほう、この小悪魔め、自分の好きなところに彼を据えて、囚人を鎖で縛るみたいに、恩を売って縛りつけるとは」（第4巻第43章、372頁）

時代の流れに打ちのめされ、〝恋人〟の囚われ人のようになって、じっと耐える貴公子——いや、アシュリにだって、本当はもっと人間味があるはずだ。もっと生々しい、人としての苦悩や、男性としての葛藤があるはずだ。わたしはその弱さゆえにアシュリに共感を覚える。この人物には、若い頃は魅力を感じなかった。自分が年をとってからのほうが引かれていることに気づく。

GWTWはその大半が、彼を〝殺した〟張本人スカーレットの視点で書かれ、バイアスが掛かっているため、彼の胸中を知るヒントはわずかしかない。以下では、アシュリの性的欲求というタブー領域にも踏みこんでみたい。アシュリの人間性を奪回せよ！

「きみの身体も……」という強調

実のところ、アシュリはスカーレットのことをどう思っているのか？　彼に関しても、本作を全訳してみて初めて気づいたことが、少なからずある。複数の人物たちの声を追ってみよう。

まず、地の文によれば、「たしかにスカーレットに愛を語ることはなかった」が、「哀しげな憧憬の眼差しで見つめてくるのにふと気づいてしまい、〔スカーレットが〕どぎまぎすることも再三あった」という。もっとも、これは多分にスカーレットの願望も反映しているだろう。また、スカーレットに告白された直後には、彼女に自分への気持ちを問い質されると、Yes, I care. とぼんやり答えている。

彼がスカーレットを思いながら求婚しなかったのは、なぜかと言えば——ウィルクス家に代々「いとこ婚」をする慣習があるからだし、メラニーとは似た者同士だから結婚してもうまく行くが、スカーレットは異類なので夫婦になるのは無理だし、彼女は独占欲も強いのできっと耐えられないだろうし、その炎のような情熱とバイタリティが羨ましいと同時に恐ろしくもある——ごく乱暴にまとめれば、このようになるだろう。

しかし結婚を拒まれても、スカーレットは「アシュリが本当に愛しているのはわたし」と思いつづける。レット・バトラーに、「アシュリはきみの心、きみの魂、きみの気高い人柄を愛しているわけだろう？」などとからかわれると、真に受けて、「そう、アシュリが愛しているのは、まさにわたしのそういう部分。そうだと分かっているからこそ、辛い毎日にも耐えてこられた」と思う。夫婦のような肉体関係はなくても、アシュリが自分の内面を愛してくれることを「人生でただひとつ美しく神聖なもの」とし、それを支えに生きていく（第4巻第36章、54〜55、56頁）。ところが、「ぼくが愛しているのはきみの心だ」と、アシュリ自身から言われたことは、作中一度もないのだ。たとえば、戦争の賜暇からふたたび旅立つ別れ際、彼はスカーレットに妻メラニーの面倒をみてくれと頼み、「両手でスカーレットの顔をはさみ、ひたいに軽くキスをし」て、こんな罪作りなことを言う。

「スカーレット、スカーレット！　なんて優雅で強くてやさしい人なんだろう。そしてこんなに美しい。そのきれいな顔立ちだけではないよ、なにもかもがだ。きみの身体も、心も、魂も」（第2巻第15章、152頁）

確かに「心も、魂も」とは言っているが、それらの前に your body と明言されている。body and soul ＝「身も心も」のようなセットフレーズではないし、この慎み深い時代に、妻以外の危うい関係の女性に対して、face のみならず body という語を使って褒めるというのは、大胆でもあり、不用意でもあるだろう。アシュリ、脇が甘いと言わざるを得ない。

そんな彼の眼差しには、スカーレットの身体への恋着が表れている。玄関のドアノブに手をかけてから振り向くと、その顔には、「彼女の顔だちから体つきの細部（every detail of her face and figure）にいたるまで記憶に刻みつけていこうとするかのような、狂おしい表情があった」。この眼差しに触発されるようにスカーレットは彼に駆け寄り、一瞬の熱烈な口づけと抱擁という事態が起きる。

マーガレット・ミッチェルの〝生涯の恋人〟

さて、この時期のスカーレットと同じ十七歳のころ、マーガレット・ミッチェルに愛する恋人がいたことは記しておいてもいいだろう。

彼、クリフォード・ヘンリー中尉はヤンキー（北部人）であり、出会った時にはハーヴァード大学を卒業したばかりだった。細身で、色が白く、どこか退廃的な雰囲気（ゲイではないかと噂する者もいた）。教養にあふれ、シェイクスピアの詩や戯曲のくだりをすらすらと引用するところも、ミッチェルは気に入っていた。自分に使いこなせない語彙を駆使し、自分にない芸術の知識を備え、戦場からは熱烈なラブレターではなく、まさにアシュリのように一兵士として、戦争への幻滅を書き送ってきた。ミッチェルは彼の両親にも大切にされていた……こうした逸話からして、この人物がアシュリ・ウィルクスのモデルの一人と考えるのは、さほど見当違いではないのだろう。

ミッチェルの父は娘の逆上《のぼ》せぶりを心配したようだが、ふたりは公式に結婚の約束をしたわけではなく、性的関係もなかった。思春期のミッチェルは自らのセクシュアリティや異性とのセックスについて複雑な感情を抱いていたが、クリフォードが相手であれば、そんなことで悩む必要はなかった。というのも、彼との関係を「〔肉体関係を超えた〕もっと高次のもの[12]」と考えていたからだ。やがて、クリフォードは第一次世界大戦で出征し、フランス北東部サン＝ミエルでのドイツ軍との戦闘で白兵戦を指揮し、その最中に爆弾の破片で重傷を負い、若くして戦死する。ミッチェルの兄スティーヴンズによれば、クリフォード・ヘンリーは彼女にとって「大切な生涯の恋人」だったという。もっとも、彼その人を深く愛するというより、ロマンティックな夢想に恋していた部分が大きかったようだ。いうなれば、彼は死をもって理想化されたのだ。スカーレットに人間性を抹殺されることで永遠の理想と化したアシュリ・ウィルクスは、このプロセスをなぞっている。

クリフォードの俤《おもかげ》を慈しみつつも、GWTWを書いた時のミッチェルは結婚も離婚も再婚も経験し、かつての恋に恋する幼い自分を冷静に見る目も併せ持っていただろう。最終章から書いたというGWTWは、アシュリへの幻想が解ける結末から始まるしかなかったのだ。アシュリは最初に人間性を〝殺され〟、錯覚の愛を抱きつづけられたあげく、最後にも人間性を否定される。理不尽だが、彼はスカーレットとのこのような結末を始めから予見していたのだろう。

二重の欲求不満に苛まれて

ここで作中の各人の〝証言〟にもどるが、鋭い洞察力をもつレットはアシュリのスカーレットへの思いをどのようにとらえていたか？　スカーレットとアシュリの間には一度の「間違い」もなかったはずだと看破する場面が、後半の第三十六章にある。それを聞いてスカーレットが顔を赤らめていると、「なるほど。彼はひたすらきみの心《マインド》に惚れているらしいな」と嫌味を言うが、言った傍から、「いや、彼はきみに心があることすら知らないのではないかな。いいか、もし心に惚れているなら、きみの魅力に必死で抗う必要もないだろう。〈中略〉ところが、いまのアシュリはウィルクス家の名誉ときみへの肉欲との折り合いに苦労しているようじゃないか」とつっこむ。（第4巻第36章、56頁、傍点筆者）

また、終盤で、妻の〝浮気場面〟が街の話題になったときには、深酒をしながら、こんなことをずけずけ言う。

「きみ〔スカーレット〕が貞操を守れたのは、アシュリが抱いてくれようとしなかったからだ。だがな、ふん、わたしはきみの体などあいつにくれてやってもよかったんだ。〈中略〉しかし、きみの心と、そのしぶとくて不届きで強情な精神《マインド》は、やつには持っていかれたくない。なのに、あのばかはきみの精神は要らないと言い、わたしはきみの肉体は要らないと言う」（第5巻第54章、289頁）

もはや、アシュリにスカーレットへの肉欲があるかどうかの問題ではなく、むしろ内面などどうでもよく肉欲しかないような言い草である。レットがマタイ福音書を引きながら、スカーレットに言う「きみ自身は心でアシュリ・ウィルクスに欲情している」という言葉は、そのままアシュリにも投げつけたいものだろう。

スカーレットの側が情熱的に迫り、アシュリに健全な肉欲があるのであればこれは男性の側にとってどういうことになるか、レットはずばりひと言で、「アシュリにとってきみはすてきな生き地獄だよ！」と表現している。

では、その「生き地獄」ぶりをアシュリ本人の側から見てみよう。本作中、アシュリの理性が崩れて欲望がむきだしになりかける場面が、二度ほどある。一度は先に引いた賜暇の別れ際であり、二度目は戦争から帰還した後、〈タラ〉農園に居候する形で身を寄せている間のことだ。後者は果樹園での有名なひと幕で、一緒に駆け落ちをしようと必死で口説くスカーレットは、「わたしたちを引き留めるものなんてなにもないでしょう」と訴える。すると、アシュリは「そうだな。〈中略〉なにもなくとも、名誉の問題がある」と静かに答えるのである。しかしこの後に、激しい抱擁シーンが展開する。農園に重税をかけられて涙を流すスカーレットを、アシュリが自分からやさしく抱きしめ、あやしていると……。

アシュリがそうして触れていると、腕のなかのスカーレットに変化が起き、抱きしめているほっそりした体になにか狂おしい魔力が生じ、見あげてくる翠色の瞳には、熱くやわらかな光が灯りはじめた。突如として、荒涼たる冬は終わりを告げた。アシュリのもとに春がもどってきた。忘れかけていた、緑葉がふれあいざわめく風薫る春。安逸と懶惰《らんだ》の春。彼の肉体に若者の欲望が熱く燃えていた屈託のない日々。その後の苦い歳月は剝がれおち、彼はこちらにむけられた紅い唇がふるえているのを見た。そしてその唇に口づけた。（第3巻第31章、248頁）

いやはや、「緑葉がふれあいざわめく風薫る春」である。思わずスカーレットの唇に口づけてしまうと、当然、ブレーキが利かなくなって「貪欲」な接吻へと発展し、「ふたりはひとつに溶けあった」のである。勝利に燃える目でさらに熱く迫ってくるスカーレットをアシュリは、「いけない！」「近寄らないでくれ。さもないと、いまこの場で、あなたを抱いてしまう」と、遠ざけようとする。なにしろ、その愛欲は、「どんな男も羨む最良の伴侶を忘れそうにな」るほど、さらには「いまこの泥土《どろつち》にまみれてきみを抱いてしまえるほど」強いと言うのである。じつに生々しい。

しかもこのくだりには、もっと若いころのアシュリには、健全な性欲が燃えていたことが明記されている。下卑たいっさいの言動から距離をおく紅顔の美青年にも、〝劣情〟が存在したことをはっきりと認める数少ない箇所である。

激情が過ぎ去ったとき、アシュリはもう二度とこんなことが起こらないよう、妻と子を連れて〈タラ〉を出ていくと宣言する。ちなみに、その後のスカーレットの対応がつくづく格好いいので、ちょっとお読みいただきたい。

「でも、出て行く必要はないでしょ」スカーレットはきっぱりと言った。「わたしが一度は必死で追いかけた人だもの、家族共々ひもじい思いをさせるわけには行かないわ。もうこんなことは二度と起こらないし」

スカーレットは踵を返すと、荒れた畑の土を踏んで、髪の毛をくるくると結いあげながら、屋敷への道をもどりはじめた。ほっそりとした小さな肩をいからせながら遠ざかっていくその姿をアシュリは見送った。スカーレットのそんな姿は、それまでに聞いた彼女のどんな言葉より胸にこたえた。（同、254頁）

物語の終盤に向かうにつれ、スカーレットの彼に対する感情は「同志」や「幼なじみ」のそれに近づき、意外とさばさばしてくるのだが、アシュリの側は、やはり「ぼくはそんな（果樹園での）約束を守れるかどうか心もとない」と、なんだか弱気である。全編によく目を凝らしてみると、アシュリは相当つらかったようだ。彼の欲求不満のストレスはごくごく控えめながら、幾つかの箇所で表現されている。印象的なのが、メラニーが臨終の床にある部屋の隣室でスカーレットに不満をぶつけるこの箇所だ。

「ぼくがどんな思いをしてきたと思っているんだ、医者に止められてから――」（第5巻第61章、459頁）

原文では the doctor―で終わっており、「止める」という動詞も入っていない婉曲表現なのだが、それではあまりにわかりにくいので、やや言葉を補って訳した。ミード医師が止めたのは、体の弱いメラニーとの性生活である。一度目の妊娠、出産でかなり体力を消耗しており、次に妊娠したら命の保証はないと厳重に戒められていた。夫婦生活に禁令が出ているところに、捕食動物のようなスカーレットが隙あらば秋波を送ってくるのだから、レットでなくても「お気の毒」と言いたくなる。

交わり得ない妻と恋人――要するに、アシュリ・ウィルクスは二重の欲求不満に苛まれていた。ところで、この時代、夫婦間の性に関する意識とは、どのようなものだったろう。GWTWには、働く女性の意識や労働問題などについて、舞台となる十九世紀中葉より、二十世紀の執筆当時の感覚が無意識のうちに反映されていることがあるが、性に関してもそうなのではないか。

ミッチェルが本作を執筆中の一九二六年にイギリスで刊行されベストセラーになった夫婦生活の指南書 *Ideal Marriage: Its Physiology and Technique*（『理想の結婚　その生理学と技巧』[13]）を見てみよう。夫たちに、性交渉を通じた夫婦の絆の大切さを訴え、精神のみならず肉体の充足をも追求する真摯な書物であり、夫婦の諸状態に応じて推奨／禁忌の体位をことこまかに解説したりする。「配偶者が病気のとき」という項には、「そうした禁欲下では、病の患者本人よりもその配偶者のほうがつらい思いをするものである」と書かれている。また、「禁欲期間が続くと、結婚生活に深刻で計り知れない影響が出ることがあり、医者が出した禁令によって、結婚そのものが破綻する例も数知れない。医者は性交渉の禁止には最大限慎重になるべし」と主張している。さらに「次の妊娠の是非〔つまり性生活の持続〕をめぐって意見が対立し、夫婦仲が壊れることも枚挙に暇がない」とある。医師の禁令に耐えて、表向き円満な結婚生活を維持したのがウィルクス家であり、子作り＝セックスを妻が拒否して家庭崩壊したのがバトラー家ということになる。

二組のセックスレス夫婦と色宿

このへんで、まったく社会的立場の違う人物にも、登場願おう。レットのくだんの愛人であり、バーと売春宿を兼ねた高級娼館を経営するベル・ワトリングだ。生まれは賤しいが、聡明で商才があり、心根がやさしい。再建時代の物騒な時期に、スカーレットが独りで出歩いていたことから、クランの討ち入り事件が起き、レットの機転とベルの協力のおかげで、彼らは逮捕をまぬかれ、アシュリ自身も命拾いをした。その翌日、ベルが人目を忍んでウィルクス家を訪ねてくる。表向きは、お礼に伺いたいという手紙を送ってきたメラニーに、「手紙を寄越したのがヤンキーに見つかっては大変です。りっぱなご婦人が娼館に出向いてくるなんて、とんでもありません。そもそも自分のような人間と付き合ってはいけないのです」ということを言うために会いにきたのである。

メラニーがベルとレットの尽力に感謝してさんざん礼を言うと、ベルは「お役に立ててなによりです」と型どおりの受け答えをし、おもむろにこう言うのだ。

「気を悪くなさらないでほしいんですが、ウィルクスさんはうちの常連さんなんですよ。もちろん、ご主人は決して――」

「ええ、分かってますよ。ちっとも気を悪くしたりしませんわ。あなたには感謝あるのみです」（第5巻第46章、23～24頁）

なぜ急にアシュリが色宿を兼ねた店の常連だなどと言いだしたのだろうか？「決して——」の後は原文にも書かれていないが、「階下のバーは利用しているが、階上の色宿には近づいていない」と言いたいのだろう。メラニーはみなまで言わせず、「ええ、分かってますよ」とさえぎっている。野卑な話題が出ないように慌てて制したのだろう。

なんだか、この部分だけがふたりのやりとりの中で前後のつながりもなく、浮いている。もしかして、ベルにしてみればこれが隠れた「本題」だったのではないか？クランの事件の後、メンバーはベルの色宿を隠れ蓑にして、アリバイをでっちあげた。もちろん、アシュリも彼女の店に行って、酔っ払いの芝居などしたのである。ふだんは色宿がらみの話題はご婦人たちの耳には入らないが、この事件で注目されたことで、アシュリもこの店によく出入りしているという話をメラニーが耳にする可能性が出てきた。それで、メラニーが余計な気をもまないよう、女将自ら牽制したのだろう。とはいえ、本当に階下のバーだけ使っているなら、わざわざ言いにくるだろうか、という気もするのだ……。

では、いよいよアシュリの妻であるメラニーに目を向けてみよう。先ほど、アシュリは二重の欲求不満に苛まれていたと書いたが、それ以上の苦しみだったかもしれない。ウィルクス家の生活については、わずかに垣間見えるていどで、寝室のドアは当然ながら、いつもスカーレットの目の前で閉じてしまう。

しかしながら、メラニーが異様な子ども好きで、二番目の子を切望していることは、いろいろな場面から窺える。スカーレットがレットとの子どもを出産した直後、メラニーはこの子が自分の子だったらいいのにと思い、はっとして神さまに赦しを乞う。その後にこう書かれている。「メラニー本人は二人目の子を持てるなら命を懸けるつもりでも、アシュリが耳を貸そうとしなかった」（第5巻第50章、166頁）

おそらく第二子問題をめぐって、メラニーの側からは迂遠な誘いかけが折々にあったのではないか。しかし妻と関係すれば彼女の命を奪うかもしれず、一方、恋人と関係すれば周囲を巻きこんで人生の破滅につながりかねない。どちらと結ばれても無事では済まないというのに、果敢な女性ふたりはどちらもその気なのだから、アシュリの懊悩は二倍どころか四倍かもしれない。

同様にセックスレスに陥ったアシュリ＝メラニー夫婦とレット＝スカーレット夫婦だが、レットのほうは堂々と、「幸いにしてこの世にはベッドがいくらでもあるし――ベッドの多くは女性でいっぱいなんだから」と宣言して、娼館に入り浸ることになる。挙句、「肉体なんていうのはいかにもつまらないものだ」などと嘯《うそぶ》く余裕ぶり。一方のアシュリはひとえに妻への忠実と〝名誉〟を守って孤高に耐えていた（のだろうか）。

そういえば、レットから製材所買い取りの話が出たとき、お金が足りないと言うメラニーが「お金〔収入〕がどこに消えているのか、自分にはよく分からない」と胸中でつぶやいたのが、妙に気になったりする。「アシュリは家計費としては充分な額をわたしてくれるが、臨時の出費があるとやりくりが厳しくなる。自分の診察代がかさんでいるのは言うまでもないし、アシュリがニューヨークから取り寄せる書籍や家具もばかにならない」（第5巻第57章、358頁）と言う。そのわりには、貧しくみすぼらしいウィルクス家にすてきな家具が増えているようにも見えないのだが……。帳尻の合わないお金はどこに消えていたのだろう?

いかにしてアシュリは妻と再び交わったのか

もう一度、アシュリについて、レットの話を聞いてみよう。「ああいう血統の人間はどんな大きな愛より、南部で名誉と呼ばれるものを重んじるんだ」と言っているが、終盤でこんな発言が出てくる。

「きみ〔スカーレット〕が肉体的な貞操を守ってきたのは承知だ。そのことを言いたいんだろ?そんなことは最初から分かっているさ。これまでずっと。どうして分かるのかって? まあ、それは、アシュリ・ウィルクスという男とあの家系を知っているからだ。彼は誉れ高い紳士にちがいない」(第5巻第54章、288頁)

なんだか含みのある物言いだが、名誉は言いかえれば、いじましい保身ということでもある。生活のためにスカーレットがレットに身売り同然のことをするのを黙って見過ごしたのは、アシュリの苦しい「打算」だったろうか。第三十一章で、〈タラ〉の税の追徴金として三百ドルが要り用になったとき、お金の調達先を相談してきたスカーレットに、「実際にお金があるという噂を聞くのは一人だけだ」と、アシュリはレット・バトラーの名前を挙げた。資金調達のため、レットのもとへ行く準備を密かにするスカーレットのようすを見ながら、「おぞましい展開」が頭を離れず、不安に苛まれるアシュリの心理描写がつづく。しかし彼にはその「展開」が恐ろしすぎて、言葉にできない。結局、スカーレットの人生に口を出す権利は自分にはなに一つないのだと、みずから言い聞かせて、現実から無理に目を背けるアシュリ。のちに、スカーレットが金の工面のためそんな手段に出るとは、思い至らなかったと述べているが、それは保身のための自己欺瞞ではなかったろうか。

さて、最後に、メラニーがついに宿した第二子のことにふれる。医者に厳禁され、それまで死ぬ思いで禁欲してきたアシュリが、なぜ急に妻との交わりをもったのか。妻の懇願にとうとう屈したのか？

一つの説として、この子はアシュリとの子ではなく、レットとの子だというものがある。愛娘を亡くしたレットを慰めるために、メラニーが彼の寝室でひと晩過ごした次の次の章で、彼女の妊娠が発覚する（しかもアシュリ以外ではレットだけがそのことに気づいていた）ため、そのような憶測が生まれるのも無理はない。問い合わせの手紙が殺到すると、ミッチェルはこの説をやんわり否定した。もちろん、作者の言うとおりに読む必要はないが、身に覚えがないのに妻が妊娠したとすれば、夫の動揺がまったく描かれていないことは不自然だし、妻のメラニーが自責も懊悩もなくただ懐妊の幸福にひたっている記述しかないことも、また、レットが平然としていることも、人物造形や人間関係からして辻褄があわない。レットが自暴自棄から、唯一敬愛するメラニーと関係してしまったなら、自分を責めるあまり、平穏には済まないだろう。

レットとメラニーが寝室で共に過ごす夜、乳母のマミーはこのことを敢えてスカーレットには伏せておく。しかしメラニーは疚《やま》しいところがないだけに、翌日の帰宅後、夫アシュリに事情を隠し立てなく話したのではないだろうか。かつてアシュリはスカーレットに、「あなたがあの男〔レット〕に触れられることを思うだけで――」と苦しい胸中を漏らしたものだが、自分の妻に対しては冷静でいられただろうか。

思えば、レットとの夫婦生活が途絶えていたスカーレットに、どうして四番目の子ができたのだったか。アシュリとスカーレットの抱擁場面が街の噂になり、嫉妬で深酔いをしたレットが妻を強引に寝室へ抱き去った結果である。もっと穏やかな形にせよ、それと同様の図がアシュリとメラニーの間にも起きたとは考えられないだろうか。

アシュリが色宿で婚外交渉を行っていたと読むのは、いささか想像の行きすぎかもしれない。しかし仮にそんなことがあったとしても、小説のキャラクターとして陰影が深まりこそすれ、魅力が減じることはないとわたしは思う。ヒロインに予め〝殺され〟、被せられた名誉の鎧の下に、嫉妬や情欲の微かな戦《そよ》ぎを見るとき、わたしはこの不遇の貴公子に、やっかいな人間の性というものを見て、共鳴りを覚える。

ちなみに、先述の書「理想の結婚」は性交の技術を散々つまびらかにしたため、どうしてもポルノ本のように読まれがちであった。それを牽制するため、著者は最後にこう読者に呼びかけている。「夫諸君が、名誉と良心にかけて本書を卑猥な読み物として読まないよう願う」。

やれやれ、紳士諸君、どこまでも名誉だ！

4　仮面道化師レット・バトラーの悲哀

身を窶《やつ》す批評者

主役の四人目レット・バトラーについて考察する前に、いささかの脱線をお許しいただきたい。二〇一四年に世間を騒がせた「小学四年生になりすまし事件」をご記憶だろうか。総選挙前にネット上に、小四の男子が作ったというあるサイトが登場し、「なぜ総選挙をするのですか？」などの素朴な質問を発しつつ高度な政治批評を行ったため、話題になった。実は大学生がサイトを制作していることが露見し、激しい非難にさらされた。

この大学生の行為が公職選挙法違反にあたるかどうか、法に抵触しないまでも卑劣な匿名批評であるかどうかは、ここでは措く。わたしがいたく関心をそそられたのは、impersonated critic すなわち「身を窶す批評者」としての存在である。

文学史的に見れば、ペンネームというのは一種の偽名であるし、また、性別を偽って作品を発表した例は枚挙にいとまがない。女性の書き手にまだ風当りの強かった十九世紀にジョージ・エリオットも、（当初は）ブロンテ三姉妹も男性名義を使った。逆に、同世紀末のケルティック・

リバイバルの詩人として名高いフィオナ・マクラウドは、実は男性作家で評論家のウィリアム・シャープだった。マクラウドのアイデンティティとその活動は、男性性、女性性の双方を他者として批評的に捉えるために必要な〝なりすまし〟だったのだ。また、現代作家でいえば、アルジェリア出身のヤスミナ・カドラは軍の検閲を逃れるために、女性名義で書き始めた男性作家である。

あるいは、古今東西には、実際に仮面をかぶり、大人なのか子どもなのか年寄りなのか、男なのか女なのかわからない存在に身を窶す批評者がいる。各言語でそれぞれの呼称があるが、日本語でいえば、「道化」である。

シェイクスピア劇にも頻繁に出てくる。『夏の夜の夢』のニック・ボトム、『から騒ぎ』のドッグベリーなどは人の好いおどけ者だが、もっと批評意識が明確なのは、鋭いウィットや辛辣な風刺をくりだす〝ジェスター〟と呼ばれる宮廷道化師たちだ。『十二夜』のフェステ、『お気に召すまま』のタッチストーン、『リア王』の無名の道化師など、〝ワイズ・フール〟(賢い愚者)である彼らは歯に衣着せぬ王様批判をして笑いをとり、ますます気に入られる。

奇矯な服装や被り物、滑稽なメイク。ジェスターは年齢も正体も不明だが、ひと目で道化とわかる恰好をしている。あるいは、おおかたの人間と違う身体特徴があり、変わった喋り方をしたりする。彼らがふつうの服装、ふつうの話し方で、王その人に王政批判をぶつけたりしたら、即刻死刑だろう。為政者の抑圧を避けられるのは、彼らが「身を窶す批評者」でいる間だけなのである。逆に考えれば、身を窶す批評者が現れるところには、弾圧があることを疑ってみるべきなのだ。

おどけ者の悪党キャラ

レット・バトラーというのも、一種の「身を窶す批評者」ではないか。横暴な女王スカーレットに数々の気づきや改悛を与えようとする役柄だが、もし彼がまともな南部紳士の姿で正面から批判すれば、切って捨てられるだけだったろう。

世の中からはみ出したおどけ者の悪党キャラ（トリックスター）として登場し、その姿を貫いたゆえに長年、暴君スカーレットの傍にいられたのだ。

スカーレットと初めてふたりで話す場面からして、第二章でも引用したとおり、ほとんどコミックリリーフのような描かれ方である。アシュリにふられた彼女が怒りにまかせて投げつけた陶器が、ソファに寝ていたレットの頭をかすめて飛んでいき、アシュリとスカーレットの情話を盗み聞きしていたレットが、むくりと起きあがる……。

あるいは、戦時下のアトランタの街でスカーレットを馬車で拾い、深刻な状況にも拘わらずこんな戯言をいう。

「ところで、わたしがもっと言い寄ろうとしない理由だが〈中略〉きみがもう少し成長してくれるのを待っているんだよ。つまり、今のきみにキスをしても、わたしとしてはあまり面白みがない。おのれの愉しみにかけてはきわめて自分本位なたちでね。お子ちゃまとキスする趣味

はないんだ」（第2巻第17章、225頁）

レットの自己抑制は確かなもので、「夫婦がいたって親密なことにおよんだときでさえ、そつのない泰然とした態度をくずさなかった」（第5巻第50章、158頁）という。つまり、夫婦のベッドにおいても、という意味だろう。

道化師の仮面をかぶり、複雑な感情や深い愛情を読みとられないようにするのは、ひとりの女性を愛するという月並みな側面を見られたとたん、暴君スカーレットに飽きられ、あるいは激怒され、たちまち捨てられてしまうからだ。レットはこう言っている。

「何年も何年も愛しつづけて、ようやく結婚にこぎつけた。戦時中には街を離れて、きみを忘れようとしてみたが、とても忘れられず、つねに舞いもどる羽目になった。戦後は、ここに帰ってくれば危険なのに、きみに会いたさにもどってきて逮捕された。なにしろ愛していたから、フランク・ケネディがあのとき死んでいなかったら、自分で殺していたんじゃないかと思うね。わたしはきみを愛していたが、それを悟られるわけにはいかなかった。きみは自分を愛する男どもをいたぶるからね、スカーレット。男の愛をとりあげて、鞭みたいに相手の頭の上にふりあげる」（第5巻第63章、493〜494頁）

「とはいえ、この愛をきみに知られるわけにはいかなかった。そうと知ったら、きみはわたし

を弱者とみなし、この愛を逆手にとってわたしをいたぶるだろうからね」(同、496頁)

こうしておどけた悪党の仮面の後ろにナイーヴな素顔と真心を隠しつづければ、この道化師は暴君のそばにはいられなかった。そのために、自分の本心にいつまでも気づかれないというジレンマに陥った。仮面道化師の悲哀というほかない。

議論を呼ぶオープンエンディング――レットとの別れは決定的か?

ミッチェルによれば終盤から書いたというGWTWのエンディング・パートに関してはさまざまな解釈と研究がなされてきた。スカーレットとレットは本当に別れてしまうのか? ふたりの関係の復活はあり得ないのか? 読者たちは気をもんだ。当時のエンターテインメント文学では、このような多義的なオープンエンディングというのは、まだあまり馴染みがなかったのだ。

一九三五年四月、ミッチェルから原稿の束を受けとったマクミラン社の編集者ハロルド・レイサムは、手応えを感じ、コロンビア大学英文学教授のチャールズ・W・エヴェレットにそれを送って意見を仰いだ。全編を通読してサマリーとアドバイスを綴ったこの教授の返信が、のちに「エヴェレット・レポート」と呼ばれるものである。なお、この書簡の原本については、エドワーズが註に所蔵元として記しているニューヨーク公共図書館の稀覯本・原稿保管部他、ジョージア大学ハーグレット図書館の〝ミッチェル・ペーパーズ〟および〝GWTWペーパーズ〟にも現在、存在が確認できなかった。(14) アトランタ歴史センターの〝アン・エドワーズ・ペーパーズ〟、

〝GWTWコレクション〟にも、現時点では見つけられていない。そのため評伝や研究書を複数つきあわせて「レポート」の内容を推し測るしかない部分も出てくる。さらにそれらの著者も「レポート」に対するミッチェルの応答の手紙から「レポート」の文言を探りだしており、少々ややこしい事態を招いている。

おそらく同レポートを原形に近い形で読める書籍は、ミッチェルの最初の評伝であるフィニス・ファーの *Margaret Mitchell of Atlanta*（一九六五年）だろう。同書によれば、エヴェレットはのっけからこの新人の大作を褒めちぎっている。

改善点〔loose ends と表現されている〕は驚くほど少なく、いくたびも読者の心を揺さぶることにかけては驚異的です。これはちょっとした良書ではなく、間違いなくベストセラーになる作品だと確信します。スターク・ヤング[15]などよりはるかに優れている。しかも〝共感しないヒロイン〟を用いて読者の共感を喚起するという小説技法をみごとに思う[16]。

この後、レポートは「これはひとりの女性の人格形成の物語である」と続き、長く秀逸なサマリーが始まる。千六百ワード余りもあるサマリーだが、本編の長さからすれば驚くべき圧縮技だろう。そして、このサマリーの最後に付されている提言の部分が要注意である。引用しよう。

なんとしてもこの本〔の版権〕はお取りなさい。悪い結果にはなりようがない。原稿を整理すれば、現在一ダースほど見られる欠落（gaps）は埋めることができるでしょう…エンディングには少々がっかりです。というのも、関係修復を拒むレットの態度がいささか決定的すぎるように思えるから…ちなみに、タイトルは『またべつの一日』（Another Day）はいかがでしょう？[17]（…はファーの原書ママ）

こう書いた後に、エヴェレットは次のように結論していると言う。

この本は直ちにお取りなさい。そして、著者にはこう伝えてください。なにも修正しなくていい。明らかな欠落箇所を埋め、ラストページを強化するだけで良いと。（同右）

フィニス・ファーはこれらのアドバイスに対して、「エンディングを変更せよという提言ばかりは、教授も見誤ったようだ」と評する。「本作はオープンエンディングにすることで、ストーリーテリングの絶妙な一撃となった。なにしろ、主役のふたりが再び相まみえるかどうかをめぐり、国中で話題沸騰したのである。これほどの騒ぎは、一八八〇年代のフランク・R・ストックトンの短編『淑女か虎か』の両義的なラストをめぐる議論以来であった。エヴェレットはレットの訣別の意志が決定的すぎるので書き直すべきだと考えたが、マーガレットがやってのけたのは、物語が終わってなお虚構人物が生きていける世界に主役ふたりを解き放つという偉業だった。事実、レットと腹の立つ妻に後日談を付け足したい気持ちに駆られ、数々のアマチュア作家が本編の続編執筆にとりかかり、長らく面倒の種となったのである」[18]

さて、編集者から一九三五年七月二十二日付けの郵便で転送されてきたこれらの提言に対して、ミッチェルはどのように応えたか。ここが問題である。評伝作者・研究者によってその解釈が異なるからだ。ミッチェルはこの充実した膨大なレポートに圧倒され、恐縮し、感激したらしく、七月二十七日には、編集者レイサムに返信し、その中でエヴェレットの提言に逐一応答している。

ここで、ファーの後にミッチェルの評伝を出版したアン・エドワーズの *Road to Tara*（一九八三年）から引用しよう。ファーのようにレポートだけを独立して引用するスタイルではなく、教授の提言にミッチェルの手紙での応答を織り交ぜながら引いている点に注意していただきたい。まず、エヴェレット教授が黒人に関するミッチェルの表現をやや問題視しているのがわかる。

「黒人に関する記述に作者の私情が混じっている箇所が一つ二つあるので、それは排除したほうがいいでしょう」という提言に対して、ペギー〔ミッチェル〕はまったくその通りですと同意し、悪意や偏見や敵意はできるだけ排除する努力はしたと述べている。作中の「悪意、偏見、敵意」はすべて作者の心から出たものではなく、「作中人物が見聞きし感じたものへの反応として、彼らの目と頭と口を通して出てきたものです」と述べている。「マミーの猿顔」と「黒い手」〔動物に使うpaw（前足）という語が使われている〕という表現に注意を喚起してきたエヴェレットに対し、ペギーは変更をまったく厭わないと言い、ただし、「マミーを侮辱する意図はありませんでした。というのも、じつに多くの黒人が自分の手をblack pawsと呼ぶのを聞いてきましたし、実際、皺くちゃの黒人のおばあさんが悲しそうにしている姿は、大きなお猿さんとしか言いようがありません。とはいえ、活字になってみると、まるきり違った印象を与えることに無自覚でした」と言っている。[19]

次に、レットの訣別に関する問題へのエドワーズの分析がつづく。

レットの訣別が決定的すぎるのではないかというエヴェレットの提言に、彼女〔ミッチェル〕はこのとき同意しているが、こう付け足してもいる。「最終的に彼女はレットをとりもどすと思うのです」。手紙にしろ、インタビューにしろ、ペギーが〔エンディングに関して〕このような声明を出したのはこれが唯一と思われる。彼女は「たしかにもう少し強くそのことを仄めかしても悪くないかもしれません」と認めてから、こう付け足している。「わたしがそのラストを書いたときの意図は、ひとつの結論を出さず、あくまで読者の解釈にゆだねるということでした。（ええ、あまり上手くいかなかったのは自覚しています！）」。ペギーは手稿のその部分は二年前に読んだきりになっており、写しもとっていないと言う。その「あいまいな記憶」によれば、最終章はシノプシスていどの書き方しかしていないので、リライトすることで、エヴェレット氏が望むようなもっと明確なエンディングに近づけられるだろうと、レイサムに提案している。[20]

少し長い引用になったが、エヴェレットの提言とミッチェルの応答が直接話法で引用されている箇所と、間接話法で要約されている箇所が、（GWTWよろしく）微妙に織り交ざっていて、なかなか読みにくいのである。ミッチェルはスカーレットとレットの復縁を断言しているように読める。

こんな発言は唯一だとエドワーズは言うが、しかしながら、その直後で「あくまで読者の解釈にゆだねる」と書いているのがどうも腑に落ちない。全編にわたり、アンビバレントな感情や関係を描いてきたミッチェルが、物語が終わった後の展開をこんなに明確に断言することにも、違和感があった。実際、複数の文献を読み比べてみると、ミッチェルの返信の解釈にだいぶ違いがあること、違いをめぐり議論の余地があることがわかってきた。

そこでニューヨーク公共図書館の稀覯本・原稿保管部から、「マクミラン・カンパニー・レコーズ　1889-1960」をマイクロフィルムで借りだし、一九三五年七月二十七日付けの、ミッチェルの返信の原本を調べてみたところ、タイプライターでこのように書かれていた。

"As it is there may be a bit too much finality in Rhett's refusal to go on.....I think she gets him in the end.....And it might not hurt to hint as much a little more strongly than the last lines."

As to this criticism --- I havent《ママ》 reread that part of book in over two years. Due to my unfortunate habit of writing things backwards, last chapter first and first last, it's, been a long time since I even looked at it and hardly recall what's in it.

出だしのAs it isからthe last linesまでが、引用符で括られている。本選書で引用してきたミッチェルの手紙にも見られるが、彼女はこのように相手の質問や批評をパラグラフごとそのまま書き写し、その間に答えを挟みこんで順番に答えていくスタイルをしばしばとる。今のeメールでいう〝インライン〟に近い形である。

エドワーズはこの引用符に気づかなかったのか、エヴェレットの提言の部分もミッチェルの応答と誤読したように見える。「最終的に彼女〔スカーレット〕はレットをとりもどすと思うのです」「たしかにもう少し強くそのことを仄めかしても悪くないかもしれません」この部分はミッチェルがエヴェレットの提言を写しただけであり、彼女自身の考えではない。ミッチェルはあくまで読者に解釈をゆだねるオープンエンディングを意図していた。

ちなみに、評伝*Road to Tara*を執筆する以前の一九七〇年代後期、エドワーズはGWTWの映画続編の企画で、〝スクリーン・ストーリー〟（映画脚本の土台とする物語）の書き手に抜擢され、六百五十ページもの作品を仕上げている。スカーレットとレットは再会するという筋書きだった。[21]

さまざまな〝続編〟を計画する人々にとっては、ふたりが再会し和解するという原作者のヴィジョンは心強い構想材料になっただろう。〝読み違い〟によって裏打ちされた「復縁」説は真実味をもつようになり、同評伝が出た一九八〇年代以降の一時期、続編の出版への期待をますます高めたのではないか。ミッチェルの書簡スタイルを読み慣れたエドワーズがどうして誤読したの

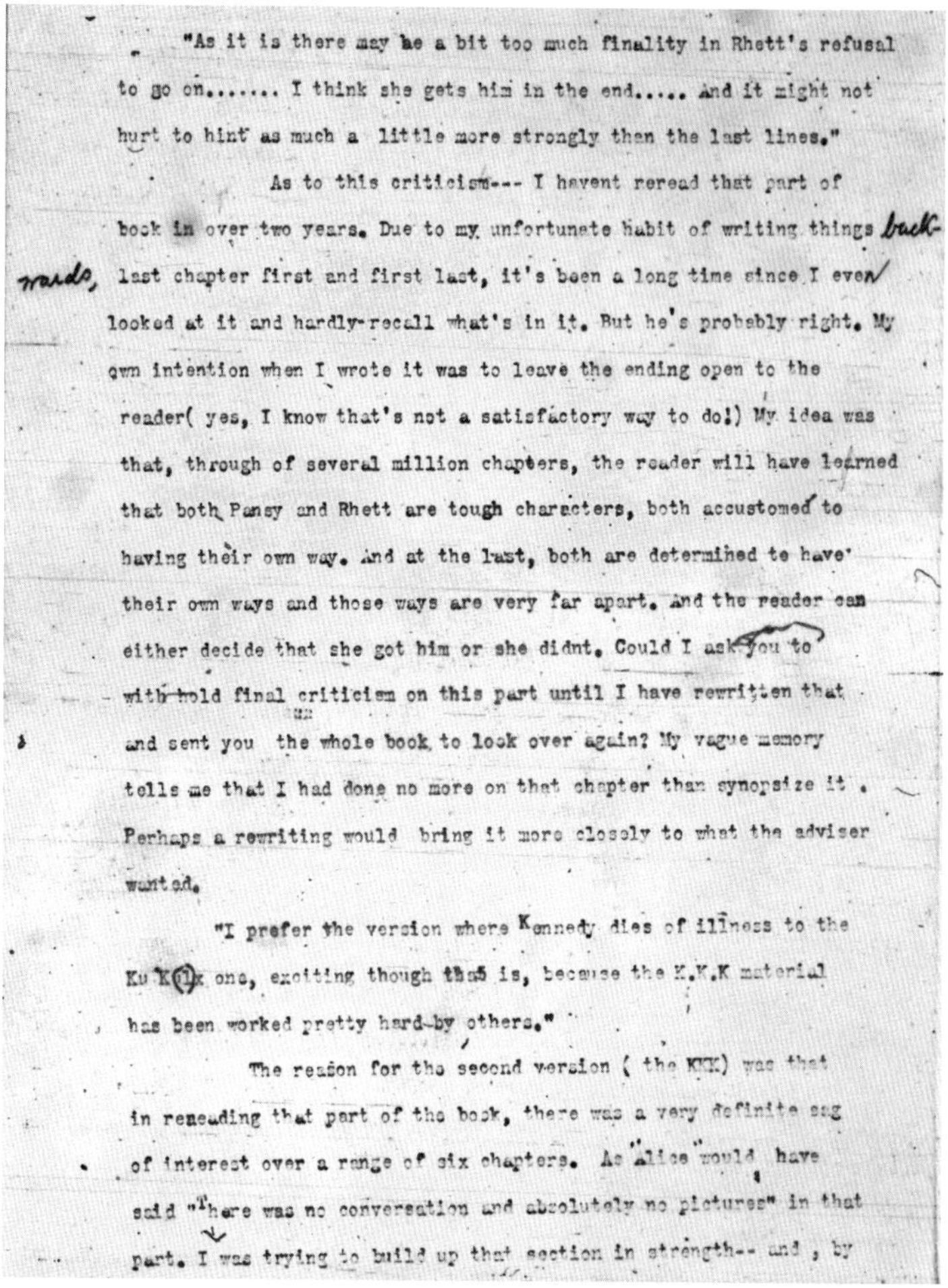

"As it is there may be a bit too much finality in Rhett's refusal to go on....... I think she gets him in the end..... And it might not hurt to hint as much a little more strongly than the last lines."

As to this criticism--- I havent reread that part of book in over two years. Due to my unfortunate habit of writing things backwards, last chapter first and first last, it's been a long time since I even looked at it and hardly recall what's in it. But he's probably right. My own intention when I wrote it was to leave the ending open to the reader(yes, I know that's not a satisfactory way to do!) My idea was that, through of several million chapters, the reader will have learned that both Pansy and Rhett are tough characters, both accustomed to having their own way. And at the last, both are determined to have their own ways and those ways are very far apart. And the reader can either decide that she got him or she didnt. Could I ask you to with hold final criticism on this part until I have rewritten that and sent you the whole book to look over again? My vague memory tells me that I had done no more on that chapter than synopsize it. Perhaps a rewriting would bring it more closely to what the adviser wanted.

"I prefer the version where Kennedy dies of illness to the Ku Klux one, exciting though that is, because the K.K.K material has been worked pretty hard by others."

The reason for the second version (the KKK) was that in rereading that part of the book, there was a very definite sag of interest over a range of six chapters. As Alice would have said "There was no conversation and absolutely no pictures" in that part. I was trying to build up that section in strength-- and , by

1935年7月27日付、ミッチェルからレイサムへの返信。エヴェレットの指摘や提案に一つ一つ応答している。
Macmillan Company records. Manuscripts and Archives Division. The New York Public Library. Astor, Lenox, and Tilden Foundations.

だろう。ふたりの復縁を願う気持ちから見間違えたのか、もう少し能動的な誤読なのか……（続編としてミッチェルの遺族から公式に認められているのは、アレクサンドラ・リプリーの『スカーレット』と、ドナルド・マッケイグの『レット・バトラー』のみ）。

では、エドワーズの次のミッチェル評伝著者ダーデン・アズベリー・パイロンは、この件について、*Southern Daughter*（一九九一年）でどう書いているだろう？　パイロンはエドワーズと違い、「最終的に彼女はレットをとりもどすと思うのです」「たしかに〔ラストで〕もう少し強くそのことを仄めかしても悪くないかもしれません」の部分は、エヴェレットの提言と解釈している。パイロンによれば、この提言に対してミッチェルは前出の手紙でこう応答している。パイロンは少しずつ省略しながら引いているので、（　）で復元して引用する。

しかしエヴェレット氏の言うとおりかもしれませんね。わたしがそのラストを書いたときの意図は、ひとつの結論を出さず、あくまで読者の解釈にゆだねるということでした。（ええ、あまり上手くいかなかったのは自覚しています！）数多の章を読んできた読者はパンジー〔スカーレット〕とレットはどちらもタフで、つねに我を通す人物であり、最後にふたりはわが道を行くと決めたこと、そのふたつの道はかけ離れたものであることをわかっているでしょう。その後、彼女がレットをとりもどすか否か、読者はどちらに解釈することもできる。エンディングに関するご批評は、わたしがこの部分をリライトしてお送りし、完成作を再度ごらんいただくまでお控え頂けませんか？〔ここにクランのパートに関するエヴェレットの提言と、それに対するミッチェルの長い応答が入る〕……（上記のエンディングに関しても同じことが言えます。）あなた方が最終稿を読んでみて、気に入らなければ言ってください。書き換えますから。あなたのご希望どおりにいかようにも書き換えますよ。ただし、ハッピーエンドにだけは出来ません。(22)

パイロンは、結末に関するミッチェルの姿勢が、二つの点でどっちつかずであることを指摘する。一つに、もともと「オープンエンディング」を意図して書いたと言いつつ、語りの重みからして、ふたりの和解はあり得ないとほのめかし、自らの主張をそぐ。二つに、ハッピーエンドを断固拒否しながら、至らない点は書き直すなどと言う。アンハッピーなエンディングをもっとハッピーにする気はないにせよ、少なくとも、もう少し訣別の決定性をぼやかしてもいいと考えていた、とパイロンは解釈している。

パイロンはつづけてこのように推理する。ミッチェルはいかにも希望のあるラストは拒否しているが、テクストの文体と内容を分析し、そこにエヴェレットの助言を加味した結果、ミッチェルは実際、アドバイザーの提言に従ってリライトを行ったのではないかという説を大胆に掲げるのだ。いわく、「出版されたバージョンを読むと、レットが去っていく一〇三五ページまでは自然に展開している。『レットは短く息をつき、軽く、ソフトな声でつづけた。／『ダーリン、こっちの知ったことじゃないからさ』』もちろん、レットの捨て台詞がアメリカで流行語の一部になったのは偶然ではない」と。また、こうも書いている。

ミッチェルは新聞記者時代から、こういうドラマチックな瞬間と、鮮烈な表現をいたく好んでおり、このレットの台詞はその点、まさに申し分ない。非の打ちどころのないエンディングを演出する。ところが、本はここでは終わっていないのだ。ここから一ページ半もつづく。この〝コーダ〟の部分（原稿では星印で区切られている）は、スカーレットが結婚生活をとりもどす可能性を開くことで、この自然なエンディングのパワーをそいでしまっている。的外れと言っていい。いちばん問題なのは、これさえなければ力強く際立つはずの最終章の印象が薄れてしまうことだ――ヒロインが究極の危機に瀕してついに脱皮して大人になり、前向きの変化を遂げるこの章の。その前のレットとの対峙で、彼女は地団太を踏み、怒り狂い、思い通りにしようとするいつもの幼稚な衝動に抗った。レット、メラニー、アシュリ、そして自分自身を初めて正直な開けた心で受け入れることができた。生まれて初めて、はっきりとものが見えたのだ。そうして彼女は自身の人間性と威厳を確立した。人間性と威厳があってこそ、数々の喪失と生きる枷と、レットに捨てられることすら、見あげた潔さで受けいれることができたのだ。〈中略〉スカーレットは変わった。それなのに、このコーダ部分は彼女の成長を否む。最後の二ページで、スカーレットはまたぞろ例の役に立たない戦術に立ち戻ってしまう。いまとなっては不自然な形であのまじないを唱え、未来に逃げることで、いつものように目下の痛みを避けようとする。『明日は今日とはべつの日だから』と。[23]

パイロンはこのコーダの「付加」により、エンディングはふたりの和解説に少し傾いたのではないかと考えている。

手稿の書き方やナラティヴの流れから、レットが去った後の一ページ半は不自然でとってつけたようだと感じ、この部分を後付けだとパイロンは推論した。説得力のある仮説だが、この点にはいたってシンプルな理由をもって、読者から疑問が呈された。[24] フィニス・ファーの評伝に引用されている「エヴェレット・レポート」のサマリーには、「スカーレットはタラへ帰ることにする。明日になれば、どうすればいいか、どうすればレットをとりもどせるか、思いつくだろう。明日は今日とはべつの日なのだから」と現行のラストそのままの要約が載っている。サマリーにあるのなら、原稿にもあったのだろう、というのがその推察である。

さらに後の研究書 *Frankly, My Dear.*（二〇〇九年）の著者モリー・ハスケルは同書で、このコーダ後付け説に対してこう述べている。

パイロンは、もともとレットの「ダーリン、こっちの知ったことじゃないからさ」で終わっていた作品にミッチェルが加筆したと考えている。〈中略〉この追加部分はドラマを弱めるばかりか、もっと深い問題としては、スカーレットの成長と進歩、「究極の危機において、前向きに変化した」という印象を台無しにしてしまうという。しかし、これこそがミッチェルのヴィジョンの特異で譲れない点であったろう。つまり、土壇場でのエピファニー〔啓示〕などあり得ない。二流ドラマで好まれるお決まりの心変わりなどない。スカーレットは変わらなかったし、これからも変わらず、永遠の現在を生きていくのだ、ということだ(25)。

スカーレットとレットのその後をミッチェルがどう考えていたか、それぞれの研究者によって異なる分析と見解がある。結末を読者に自由に解釈させるという立場をミッチェル自身が堅持したのだから、多様な解釈が引きだされるのは自然なことだ。

とはいえ、GWTW全編を翻訳したわたしとしては、ミッチェルのなかでは、スカーレットとレットの別れはきっと最初から決まっていたという説をとりたい。最初にメラニーの死と、レットとの別れを書くことで、この物語は起動した。それが、作者自身の半身および母からの自立であり和解のサインであったことはすでに書いた。

デビュー前の新人作家ミッチェルはエヴェレットの鋭い数々の指摘に動揺した様子を見せつつも、レイサムへの同書簡のなかで、気丈にこう述べている。

〔拙作がお粗末であるなら遠慮なくそう言ってください〕ただ、どうしてお粗末だと思うのか、その理由だけは教えてほしいのです。わたしは傷つきやすい草花みたいな人間ではありません。批判は受け入れられます。そうでなければ、屈辱感からとっくの昔に死ぬか、離婚していたでしょう。わたしの夫は第一線の広告ライターであるばかりか、以前は、あの珍奇な人種、"holocaust"〔ホロコースト〕と"shambles"〔大惨事〕の違いをわかっている新聞記者という生き物でもありました。すぐれた言語感覚、なにかを意味するのにずばり適切な一語を充てられるセンスの持ち主です。さらにそれ以前は、ケンタッキー大学で英文学の教授もやっていました。あなたとアドバイザーの方がどうおっしゃろうと、これまで夫に言われてきたことほど辛辣ではないはずです。ですから、どうぞ忌憚ない意見を聞かせてください。

クランの場面に関する読み間違い

付記すれば、エヴェレット・レポートに関して、アン・エドワーズはフランク・ケネディの死に方をめぐる以下のやりとりも読み違えているようだ。[26] ミッチェルがなぜクランを作中に描いたのかをうかがわせるやりとりなので、紹介しておきたい。パイロンはミッチェルの書簡を引きながら、このように分析している。

このときミッチェルは「フランクがクランに殺される展開はたしかにエキサイティングだけれど、クランの題材は散々書かれて手垢がついているので、病死するバージョンのほうがわたしは好きです」とも明言している。このあたりを読み直してみた際に、「六章ほどにわたって明らかな中だるみ」があると感じたので、クランのバージョンを書いてみたのだ、と。「〔かといって〕メロドラマチックな出来事をどんどん盛りこむ」ことなく、そのセクションを強化する試みとして、クランを投入したのだ。ペギーはレイサムに、クランの登場しないバージョンで書きあげさせてほしいと頼み、もしレイサムと版元のアドバイザーが気に入らなければ、喜んでまた第一《マ》の版《マ》にもどす、と。

ここも、ニューヨーク公共図書館のマイクロフィルム資料で手紙の原本を確認したところ、傍点の部分はミッチェルの考えではなく、エヴェレットの提言と思われる。先の例と同様、引用符で括り、行頭は数字分インデントで下げられている（二百三十七頁写真、第三段落参照）。

次にエドワーズは、「まずはクランの登場しない版を書きあげさせてほしい」とミッチェルが書いたと解釈している。完成版ではクランが出てくるのだから、彼女はいったんクラン抜きの版を書いた後に、またまたリライトしたのだろうか？　どうも不自然である。

ふたたびパイロンに登場願うと、「エヴェレット・レポート」のこの部分はどう解釈されているだろう？

パイロンの著では、ここの引用は、「第二の版（クランの登場する版）で書きあげさせてください。それを送ってみて、あなたとアドバイザーが気に入らなければ、喜んで第一の版にもどします」となっている。もともと「中だるみが気になるのでクランを登場させて書き直した」とミッチェルが言っているならば、「クランの登場しない病死バージョン」が第一版、「クランが登場するバージョン」が第二版だと考えるのが妥当だろう。とすると、パイロンの説のほうが、筋が通っている。

この箇所も手紙の原本では、Will you let me complete the book with the second version（the KKK one）and send it to you...「第二の版（クランが出てくる方）で書きあげて、送らせてもらえませんか」と、意味の明瞭な文章がタイピングされていた。

ちなみに、エドワーズもパイロンもなぜか引用していないが、「六章ほどにわたって明らかな中だるみがあると感じたので」という文章の後、おどけ気味にこう記されている。

〝アリス〟であれば、そのパートに「会話も絵もぜんぜんないなんて」と不満を言ったことでしょう。

読者を退屈させないプロット強化のためにクランのシーンを入れただけだ、というのは、現在から見ると、政治的に浅慮の誹りをまぬかれない戦法ではあるが、この組織を称揚する意図などまるでないことが、ここからもわかる。

5　切断された相関図

五通りの分身関係

GWTWに登場する主要な四人のキャラクター、スカーレット・オハラ、メラニー・（ハミルトン・）ウィルクス、アシュリ・ウィルクス、レット・バトラーの関係を、これまでの節で個々に論じてきた。最後に、四人の関係図を俯瞰的かつ包括的にとらえることを目指したい。

いま四人の名前を羅列するときに、スカーレットとメラニーを最初に挙げた。すでに何度も触れてきたが、本作中の関係の要はヒロインとアシュリ、ヒロインとレットという男女の恋愛部分にあるのではないと、わたしは考えている。この小説のいちばん太い絆は、スカーレットとメラニーにある。スカーレットの「半身」として最大の味方であり、「反身」として最大の敵であり、また母であり、人生において最も複雑にして強い結びつきの女友だちであるメラニー。

しかし本作には、スカーレットとメラニーの他にも分身／半身的な関係が存在する。スカーレットとレット、メラニーとアシュリ、メラニーとレット、アシュリとレット。四人の主要人物はある一つの組み合わせを除いて、どれも分身／半身的関係にあると言えるのだ。

この相関図のなかで一つだけ切断されたライン、それがスカーレットとアシュリの関係だ。これについて論じる前に、先に挙げた四通りの組み合わせも少し詳しく見ておこう。

スカーレットとレット

スカーレットにとってメラニーが自分の分身、半身であることは述べてきたが、スカーレットとレット・バトラーもある意味、双子のように似ている。スカーレットは否定するが、入隊するために別れていくレットのこんな言葉がふたりの相似を凝縮して表しているだろう。

長閑《のどか》な口調は愛《いと》しみにあふれ、温かく力強い両手がスカーレットのむきだしの腕を撫であげた。「愛しているよ、スカーレット。わたしたちは似た者同士だからね。おたがい裏切り者だ

GWTW 四人の相関図

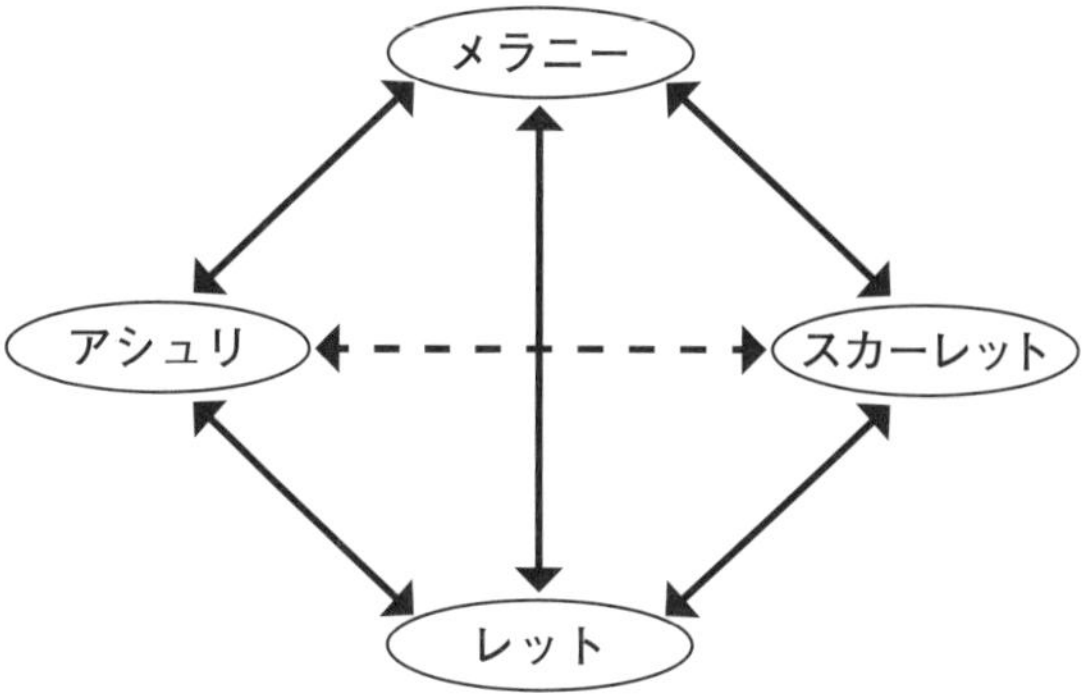

し、身勝手でどうしようもないやつだ。自分の身さえ安泰安楽であれば、全世界が滅びても屁とも思わない」
（第2巻第23章、398頁）

あるいは、スカーレットに「愛人」になってくれと口説くレットのこんな台詞。

「繰り返すが、きみのことは愛していない。ただ、大好きなのはたしかだ——その都合のいい良心とか、隠そうともしない身勝手さとか、したたかな現実主義ゆえにね。〈中略〉きみのことが好きなのは、自分にも似たような性質があるからなんだ。類は友を呼ぶというだろう」
（第2巻第19章、289頁）

さらに最終章で、去っていく直前のレットの台詞。

「わたしたちは間違いなく似合いのカップルだった。きみの知る男のなかで、きみの正体を知ってなお愛せたのはわたしだけだというぐらいにね。そう、貪欲で、容赦がなくて、不届きな本当のきみは、わたしにそっくりだ」（第5巻第63章、496頁）

レットはスカーレットに自分と似た「はみだし者」気質を見出し、陰に日向に支えていく。戦後のすさんだ再建期、窮地にあるアシュリは助けたくないと撥ねつけるが、スカーレットのことは助けた理由をこう説明する。「〔きみは〕昔を思って泣いたりもしなかったからだ。きみは立ちあがって奮起し、死んだ兵士の財布から盗んだ金と、南部政府からちょろまかした金を元手に、いまやしっかりと財産を築いている。あっぱれな殺人、略奪婚、身売り未遂、数々の嘘、あこぎな取引、よく調べられたらぼろが出るさまざまなごまかし。いや、どれも見あげたものだ」と（第4巻第43章、367頁）。これらの悪行はまさにレットも実行してきたことだろう（身売りはわからないが、色仕掛けのビジネスぐらいお手の物のはずだ。略奪婚については、たまたまフランクが殺されなければ自分で殺していたかもしれない、と言っている）。

レットもスカーレットも南部の名誉としきたりなど不都合であれば船端へ放りだし、世間から〝スキャラワグ〟と呼ばれても意に介さず、さらに挑発的で派手なことをやってのける。もっとも、実の娘のボニーが生まれたことで、レットは娘のために南部社会の旧習にふたたび回帰しようとする。そこからスカーレットとの溝が深まっていくのである。

アシュリとメラニー

次に、アシュリとメラニーはといえば、アシュリが序盤から何度も述べているとおり、見たところ同質関係である。メラニーとの婚約発表の当日、スカーレットに愛の告白をされたアシュリはこう言って、撥ねつけようとする。

「彼女〔メラニー〕はぼくと似た人間だ。血のつながりもあるし、たがいに理解しあっている。スカーレット、いいから、聴いてくれ！　結婚というのは、ふたりが似た者同士でないと丸くおさまらないものなんだよ。解ってもらえないか？」（第１巻第６章、２６２頁）

戦争からもどってからは、戦後の過酷な暮らしに打ちひしがれながら、こんなふうに言うこともある。

「スカーレット、戦前には美しい暮らしがあったろう。〈中略〉生活に真の美しさがあった。ぼくはあの世界に属していたし、その一部だったから。そんな世界はいまや消え去り、この新生活のなかでぼくは余り者でしかなく、不安で仕方ない。そう、あの頃、自分が見ていたのは影絵芝居だと分かったんだ。当時のぼくは影絵的でないもの、つまりあまりにリアルで精気あふれる人や状況とむきあうのをことごとく避けていた〈中略〉」

「でも、だったら、メリー〔メラニー〕は？」

「メラニーほどやさしい夢はないよ。ぼくの夢想の一部のようなものだ。この戦争がなかったら、一生、〈トウェルヴ・オークス〉に埋もれていて幸せだったろう〈後略〉」（第3巻第31章、238~239頁）

メラニーとは同じ夢を見て、同じ世界観を持っているだけでなく、自分の夢想の一部だとすら言っている。このあたりの無意識の傲慢さが、現代の女性読者にアシュリ・ウィルクスが不興を買いがちな所以でもあるだろう。さらに、メラニーが逝去する直前の場面から引く。

「ねえ、アシュリ」と、（スカーレットは）ゆっくり切りだした。「ほら、やっぱり、あなた、あの人を愛しているじゃないの？」

アシュリは話すのもつらそうだった。

「彼女はぼくにとって、息をしてこの世にある唯一の夢、酷《むご》い現実を前にしても死ぬことのなかったたった一つの夢だからね」

また夢ですって！　スカーレットはいつものいらだちを覚えた。この人は夢ばかり追いかけている！　地に足のつかない人なのよ！

気持ちは重く、少しばかり刺々しくなり、スカーレットはこう言った。「あなたはとんだおばかさんよ、アシュリ。彼女はわたしなんかより百万倍もすばらしい人だってこと、どうして気づかなかったの？」（第5巻第61章、459頁）

メラニーの超人的な意志と魂の特質を知り抜いていたのは、彼女を自分の「夢想の一部」だと言ったアシュリではなく、スカーレットのほうだった。彼女は創造物として、メラニーの分身／半身でもあるのだから、このように描かれることになるのは、当然と言えば当然の帰結かもしれない。

メラニーとレット、レットとアシュリ

本章の第一節でも指摘したとおり、メラニーとレットはスカーレットの守護者、母の代理という共通した側面をもつ。レットが〝母〟である印としては、ミッチェルが実母から聞かされた重要な教えをそのままレットに語らせている点などを挙げた。

また、メラニーがスカーレットの母エレンの再来あるいは写し身であることは、最後にメラニーが天に召される場面で、亡きエレンが現れ、ふたりが完全に重なる点なども挙げて、充分に論じたと思う。

さて、いちばん遠そうなのはレットとアシュリのふたりだが、正反対のように見えて、同じ南部の上流階級出身の「紳士」として、よく似た面をもつ。レットもアシュリと表現方法は違うが、名誉と品格を重んじる人間であり、戦争や武力闘争に対する考えにも共通点がある。アシュリ本人も、「レットとぼくが根本的に似た者同士だと思ってみたことはないのかい？」とスカーレットに問うている。彼女が否定すると、

「けど、じつは似ているんだよ。同種の人たちから生まれ、同じ型にはめられて育ち、同じことを考えるようになった。道程《みちのり》のどこかで、別々の方向へ歩きだしたがね。いまも考え方は似ているが、対応のしかたが違う。たとえば、どちらも戦争は信奉していなかったが、ぼくは入隊して戦場へ行ったのに対し、彼は最後の最後まで入隊は避けていたろう。どちらもこの戦争はすべきではないと思っていた。負け戦だと、どちらも知っていたからだ。ぼくは負け戦でも進んで戦った。しかし彼は違った。ときどき彼のほうが正しかったように思えて、するとまた――」（第5巻第53章、251～252頁）

レットとアシュリはそもそも戦争反対、反戦という点で完全に意見を一にしているのである。もちろん理由は異なり、レットは負けるに決まっている非合理的な戦いをすべきでない（どうしてもやるというなら、その機に乗じて儲けさせてもらう）という考えであり、アシュリは前述したとおり、影絵芝居のような南部の貴族的暮しを失うことを極度に恐れているからである。それを言えば、スカーレットも、先の戦争で従軍を経験している老復員軍人らも、猛烈に戦争に反対していた。それでも開戦への流れは止めようがなく、南部は負け戦に突入していく。開戦すればもう引き返せない。戦場から帰還したアシュリが「戦うことの勇気」について語る場面がある。

「それは勇気とは違う」アシュリは疲れた声で答えた。「戦争というのはシャンパンみたいなものなんだ。勇者だけではなく意気地なしの頭にもあっという間に酔いがまわる。戦地では、勇猛果敢になるか殺されるかだからね、どんな阿呆でも勇敢になれるさ。ぼくが言いたいのはもっと別のことなんだ。ぼくの臆病さというのは、初めて砲撃の音を聞いたとたんに逃げだすよりも、はるかに質《たち》のわるいことだ」（第3巻第31章、237頁）

つまり、戦争の流れに抗い武力で戦わないことの方がはるかに勇気を要すると言っているのではないか。

あるいは、ふたりは必要があれば手を結ぶ同志であることも、クー・クラックス・クランの解散に関する箇所で、今度はレットの側から述べられている。

「そう、陳腐なことではあるが、事実、政治というのは意外な者同士をくっつける。アシュリもわたしもおたがい友だちになりたい相手じゃないが――しかしアシュリもいかなる暴力も是としない主義だから、クランを信奉していたわけではなかった。わたしはわたしで、あんなものは愚の骨頂で、欲しいものなんか手に入らないんだから、信奉していなかった。〈中略〉あの頭に血の上った連中をアシュリとわたしで説得したんだ」（第5巻第58章、387頁）

ミッチェルのクラン賛美説の根拠として、「物語の主要人物（アシュリ、フランク、レットら白人男性）がみんなクランに属していたり協力したりしている」という理由がしばしば挙がるが、クランを解散させた中心人物ふたりは、レットとアシュリなのだ。このときのアシュリは武力闘争を逸早く止める勇気を見せた。

さて、なにもかもが正反対に見えるレットとアシュリは、物語の終盤でついに一体化する。レットがスカーレットに別れを告げる場面だ。南部の昔日の美を説くレットの姿に、彼女はこんなふうに感じる。


スカーレットはふたたび〈タラ〉の風吹きすさぶ果樹園に引き戻された。レットはあの日のアシュリと同じ目をしている。まるでレットではなくアシュリが話しているかのように、アシュリの声が耳朶《じだ》にはっきりと響いた。彼の言葉がきれぎれに思いだされ、スカーレットはおうむ返しにつぶやいた。「人を虜にする魅力――ギリシャ美術のように欠くところがない完成度と乱れのない調和」

レットは鋭く尋ねた。「どうしてそんなことを？　まさにそれを言いたかったんだ」（第5巻第63章、506頁）

風と共に去りし南部をめぐり、両極は一致した。

主役の四人はこのようにたがいに vicarious（身代わり的）な、分身／半身的な関係にある。そして一つだけつながらないスカーレットとアシュリのライン。最後に、この切断されたラインを見ていこう。

切断されたライン――スカーレットとアシュリ

スカーレットは自分とアシュリを同じ世界の人間とみなしているが、とんでもないとレットに一喝される場面がある。戦後、フランクと結婚して娘を産んだスカーレットのもとにレットが訪ねてくるくだりだ。

「自分をアシュリと同類にするんじゃない。きみは落ちぶれてなどいないさ。なにがあっても、落ちぶれない人だ。しかし彼は落ちぶれてしまったし、だれか精力的な人物が後ろ盾になって、生涯守ったり道をつけたりしてくれないかぎり、ずっといまのままだろう」（第4巻第43章、366頁）

スカーレットに愛されたアシュリはといえば、最初にスカーレットに愛を打ち明けられ、「『結婚のなんたるかは分からなくても』あなたを愛してることだけは分かってるわ」と言い張られると、こう答えている。

「きみとぼくほどかけ離れた人間同士だと、やはり愛だけでは結婚生活はうまく行かないんだよ」（第1巻第6章、261頁）

一方、戦後、果樹園でふたりきりで会った際には、アシュリはこうも言う。

「スカーレット、あなたは世の中の角《つの》をつかんで、自分の思うようにねじ伏せてしまえる人だ。でも、ぼくはこの先、世界のどこに居場所があると言うのだろう？　だから、怖いと言っているんだよ」（第3巻第31章、２４０頁）

「こんなことを言うぼくを赦してくれ、スカーレット。でも、恐れの意味を知らないあなたには、理解させられないんだよ。あなたはライオンの心臓を持ち、想像力というものをみじんも持たない。ぼくはこのふたつの特質が羨ましいよ。現実に直面することを厭わず、ぼくのようにそこから逃げようとしない」（同、２４３頁）

怯懦《きょうだ》であるかないか、実際家であるかないかだけでなく、アシュリがスカーレットと自分の本質的な違いを語るくだりがある。先に引用した「影絵芝居」の比喩の続きだ。

「当時のぼくは影絵的でないもの、つまりあまりにリアルで精気あふれる人や状況とむきあうのをことごとく避けていた。そういうものが這入《はい》りこんでくるのを嫌がった。だからあなたのことも避けたんだよ、スカーレット。あなたがあまりにも生き生きとして現実的だったから、

ぼくは怖気づいて影絵と夢の世界を選んだんだ」（同、239頁）

アシュリにとってスカーレットはあまりに「現実」だったのである。影絵と夢の入りこむ余地がなく、それを彼は暗澹たる未来の予兆（奴隷制に依存した南部の上流社会が風と共に去る現実）として恐れたのではないか。アシュリにとって、スカーレットは未来だった。メラニーは過去だった。スカーレットは未来の実像であり、メラニーは過去の影絵だった。だから、メラニーにすがったのだ。

スカーレットとアシュリ、このラインが切断されたことで相関図は調和を欠き、その不調和による軋みから、スカーレットの怒り、苛立ち、焦燥が発動し、これがドライブとなって物語は動いていくのである。

これは恋愛小説ではない

この大長編を〝恋愛小説〟ではなく、女性同士の複雑な友情とその関係を描いたものとして見ると、新たな作品世界が立ち現れてくるはずだ。たとえば、スカーレットとアシュリに関することんなシーンも見なおしてみよう。アシュリ・ウィルクスにとくに非難が集まる場面である。彼は戦地に戻る間際に、妻の面倒を〝恋人〟のスカーレットに押しつけていく。スカーレットが自分のショールを細長く裁断してアシュリのサッシュに仕立て、彼にプレゼントする場面から引く。

〔スカーレットは〕こう言おうとしたのだった。「もしあなたが身に着けるのに入用ならこの心臓だって裁断するつもりよ」でも、実際はこう締めくくった。「あなたのためなら、なんだってするわ」

「本当かい？」そう尋ねたアシュリの顔から少し曇りが晴れたようだった。「だったら、きみに頼みがあるんだ、スカーレット。聞いてもらえると、家を離れていても少しは安心できる」

「あら、なにかしら？」スカーレットは頼みを引き受けるつもりで、喜び勇んで訊いた。

「スカーレット、ぼくに代わってメラニーの面倒を見てくれないか？」

「メラニーの面倒を？」

ひどくがっかりして気持ちが沈んだ。こちらはなにか美しくドラマチックな約束をしようと身を乗り出しているというのに、これが別れ際の約束だなんて。〈中略〉

スカーレットの落胆の表情に、アシュリは気づかなかった。いつもながらその目は彼女を見通し、そのむこうにあるなにかを見ていた。スカーレットのことなどまったく見ずに。

「そう、メラニーから目を離さず、面倒をみてやってくれ。〈中略〉メラニーはきみをたいそう慕っているんだ。チャールズの奥さんだからというだけじゃなく、そうだな、なんというか——きみがきみだから、本物の姉のように慕っている。もしぼくが戦死して彼女に頼る相手がいなくなったらと思うと、悪夢にうなされそうだ。約束してくれるね？」（第２巻第15章、146〜148頁）

スカーレットは落胆しつつも、最愛の人のたっての願いを断れず、実際、律儀にこの約束を遂行していく。そのため〈タラ〉に早めに帰れず、命を危うくしたりする。スカーレットが断れないのを承知で妻の世話をさせるとは、なんたる卑劣、なんたる無神経！　と、たいへんな批判を受けがちだ。

しかしアシュリには最初から、スカーレットの自分への恋心が壮大な勘違いであり、根っこのない表面的なもので、白馬の王子的な虚像を追い求めているに過ぎず、実像としての自分は〝殺されて〟いることを知っていたのだろう。ようやく終盤になって、スカーレットがこのようにつぶやいて目を覚ます場面がある。

「アシュリという人は実は存在していなかったんだ。わたしの想像のなかにしか……〈中略〉自分で造りだしたものを愛していたのよ。いまのメリーのように命のないものを。そう、すてきな衣裳を造りだして、それに恋をしていたようなものだわ。昔々、抜群にハンサムで格別のアシュリが馬で乗りつけてきたあの日、わたしはその衣裳を彼に着せて、彼の身に合っていようがいまいが着せつづけたのよ。彼が本当はどんな人か見ようともしないで。そう、すてきな衣裳を愛しつづけていたんだ――肝心の彼ではなく」（第5巻第61章、465頁）

いつかスカーレットがこんな気づきに至ることをアシュリは初めから正確に予想していたのだ。そればかりか、自分との疑似恋愛の関係に引き換え、メラニーはスカーレットにとってはるかに深いつながりをもつ、表裏一体の存在となることも直感していたかもしれない。

アシュリが見つめていたというスカーレットの「むこうにあるなにか」とは、妻のメラニーではない。戦いと死と名誉に関する思弁的なヴィジョンかもしれない。あるいは、来たる過酷な世の中を思い描き、役立たずの未来の自分を思って絶望していたのかもしれない。


実際、スカーレットとアシュリほど水と油のように相容れない組み合わせはないだろう。

エロティシズムという点でも、スカーレットとアシュリの関係はそれを磁力にできなかった。本章第三節で詳述したとおり、アシュリのほうはスカーレットにエロティシズムを十二分に感じていたが、スカーレットのほうは男を片っ端からものにしようとする〝肉食女子〟に見えながら、エロス方面にはまったく鈍い、エロス音痴なのである。官能的な面では十六歳の未熟な乙女のまま、ビジネスパーソンとして、実社会のサバイバーとしては、著しく成長し、お金や実権を手に入れるがゆえ、そのアンバランスからさまざまなこじれや悲劇が起きたとも言える。

スカーレットはアシュリとの友人同士の抱擁を目撃され、嫉妬に狂って泥酔した夫のレットが強引にベッドに連れ去り、初めて荒々しく交わるまで、いわゆる性の悦びなるものとは無縁だった。そのため、エロスに根差した嫉妬や情欲に深く苛まれることもない。軍の賜暇で帰宅したアシュリがその夜、メラニーと寝室に向かい、自分の目の前でドアが閉められて初めて、このふたりの夫婦生活の存在を突きつけられ、呆然となるものの、嫉妬の焔《ほむら》に心身を焼かれるほどではない。少なくともそのような描写はない。

レットとの夫婦関係が決定的に悪化し、レットが「きみがわたしの腕に抱かれながら、アシュリ・ウィルクスに抱かれたつもりになっていたのを、知らなかったとでも思うのか？〈中略〉幽霊譚というべきか。二人しかいないはずのベッドに三人いるんだからな」（第5巻第54章、289頁）と罵る場面がある。しかしこの時点でのスカーレットは、妄想のなかで相手をすり替えてセックスに耽るという倒錯的趣味がもてるほどエロスが成熟していたとは、どうも思えない。

性的動物として未成熟あるいは無関心な彼女が目の色を変えてチェックするのは、たとえば、アシュリがメラニーに送ってくる手紙である。自分はラブレターにかけては百戦錬磨だから、綴られている文言を見れば、書き手が本気で愛しているかどうか、ひと目でわかると言うのだ。盗み読みしたアシュリの手紙には、スカーレットが「真の愛情の証左」と感じる言葉はひとつも書かれておらず、それですっかり安心したりする。もちろん、アシュリとメラニーの間には、男女間の愛情と同時に、男女を越えた同胞の強い結びつきがあるのだが、それには見向きもしない。

ある意味、ミッチェルは若き日の恋人、クリフォード・ヘンリーへの中絶してしまった恋情をフィクション化してそれと戯れ、思う存分〝萌え〟ながら、GWTWの中に嬉々として描いていたのかもしれない。深刻な追慕や未練ではないが、さぞ書き甲斐のある〝素材〟であっただろう。

この物語の人間関係の要がスカーレットとアシュリではなく、スカーレットとメラニーにあること。それをミッチェルはアシュリというキャラクターを通じて、さり気なく読者に、そしてスカーレットに折々知らせようとするのだが、なかなか気づかれない（当然、スカーレットは全く気づかない）。さらに、スカーレットとメラニーの物語は、スカーレットと母エレンの物語でもあり、ミッチェルと母メイベルの物語であること、スカーレットにとって、「恋愛がらみ」の嫉妬はたいしたものではないことは、第三章や本章第一節でも述べた。作者ミッチェルにとっても、GWTWという作品にとっても、ヘテロセクシュアルなロマンスの要素は、物語を推進するドライブ（駆動力）にこそなれど、ダイナモ（発電機）ではない。

ダイナモとなっているのは、スカーレットとその半身／反身であるメラニーとの関係である。

ミッチェルにとってのダイナモとは？

先の項でdynamoという語を出したが、これはマーガレット・ミッチェルの創作人生を語るうえで重要な語である。本書も終わりに近づいたいま、この語について触れておきたい。

彼女が十八歳から二十一歳の時期（一九一九年夏〜一九二一年十二月）に、男友だちのアレン・エディに書き送った書簡にこのようなくだりがある。アレンはニューヨークで転職して精糖会社に勤務している頃であり、ミッチェルは母の死によってスミス大学を中退し、実家にもどって家の切り盛りに従事していた頃だ。ふたりの関係を端的に示す箇所から訳出しておく。ちなみに、恋人のクリフォードと死に別れた後のことである。

アル、わたしたちっておかしな関係よね？　実際会いもせずにこんなにひっきりなしに手紙を書き送り、離れていてもちっとも興味が失せない男性って他にいません。もちろん、いつぞやの〝陸軍時代〟はずいぶん手紙を書き送ったものだけど[27]、あれは戦時下の〝ロマン〟という刺激があったからよ。いまの泰平の世とはわけが違います。わたしたち、相性が良いというか、いっときの気まぐれとは違う強い絆があると思う。でも、それってわたしの思い込みかな。あなたがいまのわたしを見たら、好きになれないかもしれない――大人になってしまったから。

アル、このところ頭の中が混乱しているの。復学するかどうかという例の問題。実家に引きこもって以来、考えに考えてきたんだけど、いつにも増して学業を求める気持ち、自分がひとかどの人間になれるのか知りたいという欲求が、強くなってきています。目下、毎晩デートをしたり、その日その日のことにかまけたりで、なにかに絞って建設的なことをしたいのにぜんぜんできていません。もうまるで集中できない。弱っていく発動機《ダイナモ》みたいな気分よ。エネルギーを注ぐまともな回路さえ見つかれば、わたしにだって可能性はあるはずなのに。いたずらに日々が過ぎ、女学生たちが新学期で学校にもどるのを見ていると、心が引き裂かれそう。（一九二〇年七月三十一日付）

結局、ミッチェルはスミス大学にもどることなく、ベリアン・〝レッド〟・アップショーと一度目の結婚をし、離婚をし、新聞社に就職し、ジョン・マーシュと二度目の結婚をした後、創作活動に本腰を入れ、南北戦争を題材にしたｇｗｔｗを書き始めた。その執筆を通して、ミッチェルはようやく自分の内なる矛盾と対峙するに至った。自分自身との、父母との、そして社会との衝突、歩み寄り、和解、赦し、融和、そしてまた分裂、対立……というプロセスを際限なく繰り返しながら書かれたのが、ｇｗｔｗおよびＧＷＴＷなのである。

その執筆活動は彼女の言う「エネルギーを注ぐまともな回路」になり得ただろうか？　GWTWという小説およびそれにまつわる破格の大成功から見れば、マーガレット・ミッチェルという書き手のエネルギーと才能は最適の回路を得て、最良の結果を残したと言うよりない。

しかしこの傑作のテクストの下に、発動機の危うい喘ぎや細かい震えを、いまのわたしは感じざるを得ない。それは、全編を通して翻訳しなければ、決して感じとれないものだったろう。

おわりに

翻訳とは工程の八割、いや、九割は読む作業であり、書く部分の占める割合は残りの一、二割ていどだと、わたしは常々言ってきた。この信条を自らこれほど思い知らされたこともない。*Gone with the Wind* は精密に読む＝翻訳することにより、わたしの中で書き換えられた。どんな点が大きく転換したか、最後に整理してみる。

・『風と共に去りぬ』のヒロインは〝スカーレット・オハラ〟だけではなく、ダブル（分身）ヒロインものである。
・『風と共に去りぬ』は本質において、たんなる恋愛小説ではない。
・『風と共に去りぬ』は白人富裕層の物語ではない。
・『風と共に去りぬ』のテクストは巧緻な文体戦略と現代的なキャラクター造形から成る。
・黒のヒロイン、メラニーは純心無垢なだけの聖女ではない。
・赤のヒロイン、スカーレットは差別主義の保守的愛郷者ではない。彼女が嫌い抗うのは、同調圧力、全体主義、狂信的ナショナリズム、戦争、排他主義、管理・監視社会——断裂と右傾化の不安な時代を生きるわたしたちにとって、なかなか頼もしいキャラクターではないか。

そして、きわめて重要なことだが、

・『風と共に去りぬ』は過去をなつかしむ時代小説ではない。

本作は、つねに「今」を映しだすものである。

本作の執筆期間および発表時は、一八九〇年代の景気後退から長らく続く大不況の最中でもあり、さまざまな社会不安と鬱憤から、アメリカでは南北および階層と人種の断裂が再び深まっていた。第三章でふれたが、クー・クラックス・クランが再結成されて以前より勢力を拡大し、人種差別運動やそれに伴う暴動が活発化するなど、混乱の様相を呈していた。

本作発表当時の人々は、自分たちの生きる時代にGWTWの世界を重ね合わせて読んだ。多くの読者が、南北戦争と再建時代《リコンストラクション》の物語を自分たちの物語として読んだのである。

現代のわたしたちにも、本作のそのような読みは可能だろう。再建時代のパートは一種のディストピア（反ユートピア近未来）小説のようにも読めるはずだ。ただし、真正のディストピア・ワールドはむしろ恐ろしいほどの秩序と調和《ハーモニー》を保っているので、本作のそれは〝出来そこないのディストピア〟であるが。

そこに描かれる当局は正義を掲げ、ある者たちには一種のユートピアである。しかしユートピアには必ず暗部がある。ユートピアとディストピアは表裏一体でもあるのだ。ディストピアの管理・監視社会は、支配者の都合でルールがころころ変わる。GWTWでいえば、このような記述がある。「解放奴隷局はバックに連邦軍の兵士たちがついており、軍は占領地を統治する指令をつぎつぎと出したが一貫性がなく混乱を招いた。局の役人を邪険にしたというだけで、すぐに逮捕される。軍の指令は学校教育、衛生管理から、スーツに付けるボタンの種類や、日用品の販売にまで及び、なにもかもを網羅していると言ってよかった。ウィルカーソンとヒルトンはスカーレットが関わりそうないかなる商取引にも干渉し、スカーレットが売ったり交換したりするあらゆる物品に値付けをする権限をもっている」(第3巻第31章、223頁)。

かつて富んだ層には選挙権がなく、不正選挙が行われ、政治汚職が横行する。不当逮捕、略式裁判や私刑。一方、「誓約書」にサインをして体制に忠心を誓えば優遇され、ユートピアが待っている……。

再建時代を描く本作のこうした記述には異論の出るところもあるだろう。当時の南部社会の実態を的確に映しだしていない部分も、不公正な描写もあると思う。しかし現代の読者としてわれわれが読むべきは、この架空世界に書かれたような社会機構に陥る危険性はどんな国にもある、という警告ではないか。事実、現在も、国の公文書が見えないところで改ざんされたり、国のトップが説明義務も果たさず、国民の合意を蔑ろにして法案が強行採決されるような国もある。「フェイク・ニュース」「オルタナ・ファクト」などの新しい語を生みだして国民を操ろうとする政権もある。まさしくジョージ・オーウェルの『1984年』や、オルダス・ハクスリーの『すばらしい新世界』といったディストピア小説のそれを髣髴する状況が目の前に展開している。

アメリカでは二年前のトランプ政権樹立後、『1984年』はもとより、知を抑圧し焚書を行う管理社会を描くレイ・ブラッドベリの『華氏451度』や、女性の性奴隷制度を描くマーガレット・アトウッドの『侍女の物語』といったディストピア文学の古典や名作がリバイバルヒットし、現在も英語圏ではそうした傾向の小説が新たに続々と書かれ、高い支持を得ている。

Gone with the Wind は過ぎ去った昔日を回顧するテクストではない。わたしたちの現在と未来を照射するテクストだ。過去を礼賛する後ろ向きで感傷的な物語ではない。今を生き抜こうと足掻く人々のしたたかな物語なのである。

註

第一章

（1）Box Office Mojo, All Time Box Office, "Domestic Grosses Adjusted for Ticket Price Inflation". ベストセラーの原作を数年後に映画化してヒットしたその他の例としては、同ランキング9位「エクソシスト」（原作71年／映画73年）、25位「ゴッドファーザー」（同69年／72年）などがある。

（2）櫻井雅人「「ヴァージニア・リール」探索の記」「言語文化」第三十七巻、二〇〇〇年。

（3）Greil Marcus and Werner Sollors (eds.), *A New Literary History of America*, p.706.

（4）急激で本質的な変化のこと。GWTWでも以下のように、レットがスカーレットに、この言葉をシェイクスピアの『テンペスト』から引用して、人生の取り返しのつかなさを説く印象的な場面がある。

「一度海に投げ捨てた積み荷を引き揚げるのは大変だ。もし回収できたとしても、たいてい取り返しがつかないほど破損してしまっている。もし将来余裕ができて、一度船端に捨てた名誉や美徳や優しさをふたたび釣りあげたとしても、波に洗われて姿を変えてはいるが、貴くして異なるものには、残念ながらなり得ないだろう」（第4巻第43章、375頁）

出典元の『テンペスト』の該当箇所第一幕第二場はこのようになっている（筆者訳）。

「しかし波に洗われ、なにか貴くて異なものに変ずる。海のニンフは王のため、一時間ごとに弔鐘を鳴らす」（ナポリ王の亡骸が sea change のために、骨は珊瑚、目は真珠に変えられたことを指す）。

But doth suffer a sea-change Into something rich and strange. Sea-nymphs hourly ring his knell.

（5）原題のGone with the Windは、作中でも一度さらりと使われているが、ミッチェルはこれをイギリスの詩人アーネスト・ダウスンの「シナラ」という詩から引用した。とはいえ、「シナラ」中のこのフレーズ自体が、アイルランドの詩人ジェイムズ・クラレンス・マンガンの詩から採ったものだろうという指摘がアイルランドの批評家からあった。ミッチェルは「マンガンの詩には親しんできましたが、'Gone in the Wind' からとったのかと多くの人に訊かれるまで、読んだことがありませんでした」と、元ネタの元ネタを知らなかったことを恥じ入る調子で手紙に書いている（一九三七年一月二十七日付）。

（6）「ぬ」という完了を表す古雅な助動詞を最初に邦題に使ったのは、阿部知二か、大久保康雄ということになる。『風と共に去りぬ』は、この「ぬ」の効果的な使い方もあって、日本語読者のなかに不動の地位を確立したのだろう。

（7）旧著作法の定める規約。「著作物が最初に発行された年から十年以内に翻訳物が発行されなかった場合、翻訳権が消滅し、自由に翻訳することができる制度（翻訳権不行使による十年消滅制度）」を指す。しかし一九七〇年、現行法制度を制定した際に、同宣言を撤回したことから、現在では、それ以前に発行された著作物（つまり一九七〇年以前の刊行物）についてのみ適用される（著作権法附則第八条）。

（8）鴻巣友季子「スカーレットと江戸ことば」、「yom yom」vol.15、二〇一〇年、新潮社。

第二章

（1）「エキサイトレビュー」二〇一五年七月一〇日配信。

（2）尾崎紅葉の『金色夜叉』の種本がクレイの *Weaker than a Woman* であることは、二〇〇〇年に国文学者堀啓子によって特定されている。クレイの本作は前述したロマンス小説の超ベストセラーであり、ミッチェルが読んでいてもおかしくない。また、ミッチェルだけでなくクレイも、歴史ロマン作家ウォルター・スコットやブロンテ姉妹らヴィクトリア朝文学の影響は受けているだろう。つまり、GWTWも『金色夜叉』もご先祖筋はヴィクトリア朝文学であり、たがいに叔母と姪か、いとこ同士の関係ぐらいではあるかもしれない。ちなみに、バーサ・M・クレイ（本名シャーロット・メアリ・ブレイム）が一八八四年に没すると、その娘がバーサ・M・クレイの名で書き継ぎ、同時に出版社ストリート&スミス社はこの筆名を〝共同名義〟として、多数の作家がこの名前でダイムノベルを発表した。類型のキャラ小説は増幅・拡散する。Ezra Greenspan and Jonathan Rose (eds.), *Book History*, Vol.6, Penn State University Press, 2003.

（3）Darden Asbury Pyron, *Southern Daughter*, p.242.

（4）一九三六年七月九日付、スティーヴン・ヴィンセント・ベネー宛書簡。

第三章

（1）Martin Arnold, "Rhett (and Pat Conroy) Aim to Have the Last Word", *The New York Times*, November 5, 1998.

（2）*Ibid.*

（3）Helen Taylor, *Scarlett's Women*, Introduction, p.xii.

（4）Pyron, *op. cit.*, p.243.

（5）W. J. Cash, *The Mind of the South*, p.83.

（6）アメリカ文学者の小谷耕二は、ベトナム戦争以降、「正義と進歩」を標榜するアメリカのありかたに幻滅が広がり、国全体が「『南部』化」した、あるいは国の「『南部』的要素の顕在化」が見られると重要な指摘をしている。「失業や低賃金といった南部的な経済状況がアメリカ全土に蔓延し、政治家たちは不満を人種間の対立に解消するという〈原始ドーリス式因習〉的政治手法に訴えるようになってきた」と、歴史学者ジェイムズ・C・コブの“Does *Mind* No Longer Matter? The South, the Nation, and *The Mind of the South*, 1941-1991”から引いている（小谷耕二「W・J・キャッシュと南部の神話」『言語文化論究』八、一九九七年、九州大学言語文化部、77－88頁）。

　貧困と先行き不安へのやり場のない白人の怒りが、黒人、異人種、移民に向かう。まさに、現トランプ政権を生みだした精神メカニズムにほかならない。

（7）Finis Farr, *Margaret Mitchell of Atlanta*, p.32.
（8）Pyron, *op. cit.*, p.10.
（9）*Ibid.*, p.15.
（10）*Ibid.*, p.16.
（11）*Ibid.*, p.18.
（12）*Ibid.*, p.24.
（13）*Ibid.*, p.21.
（14）*Ibid.*, p.23.
（15）*Ibid.*, p.22.
（16）Anne Edwards, *Road to Tara*, p.73.
（17）Pyron, *op. cit.*, p.38.
（18）*Ibid.*, p.47.
（19）*Ibid.*, p.29.

（20）*Ibid*., p.32.
（21）Taylor, *op. cit*., pp.56-57.
（22）Farr, *op. cit*., pp.31-32.
（23）私立の名門校「ワシントン女学院」に入学したミッチェルが、高校のソロリティー〔女子学生社交クラブ〕。どのソロリティーに所属するかで、その後の社交界でのポジションやランクが決まりがち〕に入る段になった時のことを、ミッチェルと「シャム双生児のように」仲良しだったという同級生コートニーがこのように記している。「わたしは三歳年上のきれいな姉が〈パイ・ファイ・ソロリティー〉に所属していたので、〈中略〉投票で入会が認められた。次の投票時に、わたしはおずおずとペギー〔マーガレット〕を推薦してみたけれど、却下されてしまった。これを受けて、わたしも退会した」。Jane Bonner Peacock (ed.), *A Dynamo Going to Waste*, p.16.
（24）Taylor, *op. cit*., p.62.
（25）Pyron, *op. cit*., pp.51–52.
（26）*Ibid*., p.55. この南北戦争ロマンスの原稿はアトランタ歴史センターのアーカイヴでパイロンによって発見され、ミッチェルの原稿と鑑定された。
（27）同劇作の舞台でミッチェルは黒人役、前出の親友コートニーが悪役を演じたという記述もある。彼女によれば、「ペグ〔マーガレット〕は困ったことになった。ご両親が顔の黒塗りに反対したため、ハロウィン用のブラックマスクを被るはめになってしまった。上演にはご両親も招待された。大きな拍手が鳴りやまなかったものの、笑いを押し殺すことはできなかった……」。Peacock, *op. cit*., pp.15-16.
（28）ディクソン作「裏切り者」で新たなクランを発足させる人物はスティーヴ・ホイルといい、後に作家自身によるリライト版（一九二四年）では、彼はジョージ・ウィルクスと改名された。彼の敵役の共和党員でクランに殺害される判事は、ヒュー・バトラーという名前である。ミッチェルがこれらを意識して名前を拝借したとすると、こんなところにもちょっとしたパロディ精神が感じられる。

(29) ミッチェルの研究者により出版された書簡のなかで唯一、クランに言及した手紙は以下のようなものである。

「七番めのご質問『クー・クラックス・クランはひとえに、南部女性を守るために結成されたものだったのでしょうか?』にお答えします。歴史的にその起源を説き起こす諸説は山ほどあり、そのすべて、あるいは一部にしろ、引用するとしたら、とてつもない時間がかかってしまいます。クランの最初期の役割は、ひとつに女性と子供たちを守ることでした。のちには、選挙のたびに黒人たちが八回も十回も不法投票するのを防ぐために利用されるようになりました。とはいえ、選挙となると、カーペットバッガー〔南北戦争後、混乱に乗じて金儲けや出世を狙って北部から南部に移り住んできた白人たちを指す蔑称〕にも同様の悪習がありましたので、それを防ぐ目的にも使われました。相応の節度や知識のない者が役職につくのを許されたら、南部の人たちの財産や生活の先行きが危ぶまれると、クランにはわかっていたのです。現に、再建時代のサウス・カロライナ州はとりわけ政治汚職がひどく、サウス・カロライナの歴史書か、ウェイド・ハンプトン将軍の評伝などを繙けば、なぜクランが判事や知事の地位に黒人がつくのに反対したのか、おわかりいただけると思います。」(一九三七年七月三十日付)

次々と質問を並べてきた読者にこう応答してはいるが、ミッチェルはクランの件に限っては祖父母からの聞き伝えのみで、厳密な調査は行っていないと言う。やはり、この場面は実態をリアルに描くというより、風刺戯画的な意味合いが強いと思われる。

第四章

（1）当時のハリウッドでは、「南部もの」はもはや当たらなくなっており、一種の鬼門とされていた。ロスト・ジェネレーション、ジャズエイジ、モダニズム、南部文学の伝統――あらゆる「潮流」に逆らって泳いでいたミッチェルだが、映画に関しても、「南部ものは当たらない」というジンクスを覆したことになる。

（2）Carolyn Porter, "1936: *Gone with the Wind* and *Absalom, Absalom!*", Marcus and Sollors, *op. cit.*, pp.705-707.

（3）話法のバリエーションを段階的にざっと並べておく。

・通常の間接話法を用いた地の文。

・地の文で、間接話法の途中から自由間接話法になる、または間に自由間接話法が挟まれる。

・地の文で、間接話法と自由間接話法と直接話法が一文の中に混在する。

・地の文の自由間接話法の途中から自由直接話法（内的独白）の形になる、または間に内的独白が挟まれる。

・通常の地の文のなかに、いきなり内的独白があらわれる。

・引用符で括って台詞のように表した心の声。

・引用符で括った通常の会話文。

（4）Chimamanda Ngozi Adichie, "The Danger of a Single Story", TEDGlobal 2009.

第五章

（1）ニューヨーク公共図書館所蔵 "Macmillan Company records 1889-1960".

（2）Edwards, *op. cit.*, pp.180-183.

(3) ニューヨーク公共図書館所蔵同右資料。

(4) Pyron, *op. cit.*, p.261. ちなみにこの節のタイトルは、同書へのオマージュとしてその章題より借りた。

(5) ミッチェルから歴史学者ヘンリー・スティール・コマジャーへの手紙。一九三六年七月十日付。

(6) Richard Harwell (ed.), *Margaret Mitchell's "Gone with the Wind" Letters, 1936–1949*, p.38.

(7) Floyd C. Watkins, "'Gone with the Wind' as Vulgar Literature", *The Southern Literary Journal*, Vol.2, No.2 (Spring 1970), University of North Carolina Press, pp.86–103.

(8) Taylor, *op. cit.*, p.79.

(9) Marianne Walker, *Margaret Mitchell and John Marsh*, pp.332-333.

(10) ミッチェルの身の回りの世話をしていた家政婦のベッシー・ベリーも、「しょっちゅう手紙を書いているな」としか思っていなかった (Pyron, *op. cit.*, p.274)。親友であるマクミラン社のロイス・ドワイト・コールも原稿の中身はまったく知らなかったが、アパートメントを訪ねた折、タイプライターをせっせと打つミッチェルの姿を目撃したことがある。ミッチェルは友人の来訪にはっとし、慌てて原稿にタオルをかけて隠した (Ellen F. Brown and John Wiley, Jr., *Margaret Mitchell's Gone with the Wind*, p.13)。「ザ・グレート・アメリカン・ノベルの調子はどう?」と訊くと、ミッチェルは苦笑いをしながら、「ひどいもんよ。わたし、どうしてわざわざこんなことをしているんだろう」と答えたという。

(11) Taylor, *op. cit.*, p.62.

(12) Edwards, *op. cit.*, p.54.

(13) 阿部公彦『善意と悪意の英文学史　語り手は読者をどのように愛してきたか』(東京大学出版会) 第8章に紹介されている。

(14) レポートがいつレイサムの元に送られたかについても記述にばらつきが見られる。エドワーズは一九三五年七月二日付の郵便とし、パイロンは七月十五日に「提出した」とし、ブラウン&ワイリーは十五日の週にレイサムが受けとったと記している。

(15) GWTWより少し前に出版された年長の作家スターク・ヤングの『薔薇はなぜ紅い』を指している。

(16) Farr, *op. cit.*, p.120.

(17) *Ibid.*, p.124.

(18) Farr, *op. cit.*, pp.124-125.

(19) Edwards, *op. cit.*, p.168.

(20) *Ibid.*, p.168.

(21) Brown and Wiley, *op. cit.*, pp.300–301.

(22) Pyron, *op. cit.*, p.312.

(23) *Ibid.*, pp.313-314.

(24) Shaninalux, *Margaret Mitchell, Her Biographers, and the Conclusion to Gone with the Wind*, How We Do Run On (August 4, 2010)

(25) Molly Haskell, *Frankly, My Dear.*, p.140.

(26) この点についても(24)の著者に示唆を得た。

(27) スミス大学の友人によれば、当時、ミッチェルの陸軍のボーイフレンド・リストは錚々たるもので、恋人のヘンリー・クリフォードの他にも、大勢と手紙をやりとりしていたという。Peacock, *op. cit.*, p.103.

主要参考文献

Myrta Lockett Avary, *A Virginia Girl in the Civil War, 1861-1865*, D. Appleton and Company, 1903.

——, *Dixie After the War*, Doubleday, 1906.

Sacvan Bercovitch(ed.), *The Cambridge History of American Literature*, Vol.6, Cambridge University Press, 2003.

Ellen F. Brown and John Wiley, Jr., *Margaret Mitchell's Gone with the Wind: A Bestseller's Odyssey from Atlanta to Hollywood*, Taylor Trade Publishing, 2011; 2012. （邦訳にはエレン・F・ブラウン、ジョン・ワイリー二世『世紀の名作はこうしてつくられた:「風と共に去りぬ」の原稿発掘から空前の大ベストセラーへ、著者による著作権保護のための孤軍奮闘』近江美佐訳、２０１３年、一灯舎がある）

W. J. Cash, *The Mind of the South*, A. A. Knopf, 1941; Vintage, 1991. ［Bertram Wyatt-Brown による "Introduction" を含む１９９１年版］

Bruce Clayton, "No Ordinary History: W. J. Cash's *The Mind of the South*", Charles W. Eagles(ed.), *The Mind of the South: Fifty Years Later*, University Press of Mississippi, 1992; 2014.

Jeffrey J. Crow, Paul D. Escott and Charles L. Flynn, Jr.(eds.), *Race, Class, & Politics in Southern History: Essays in Honor of Robert F. Durden*, Louisiana State University Press, 1989.

Anita Price Davis, *The Margaret Mitchell Encyclopedia*, McFarland, 2013.

Anne Edwards, *Road to Tara: The Life of Margaret Mitchell*, Hodder and Stoughton, 1983; Taylor Trade Publishing, 2014. （邦

訳にはアン・エドワーズ『タラへの道：マーガレット・ミッチェルの生涯』大久保康雄訳、１９８６年、文藝春秋／１９９２年、文春文庫がある）
Finis Farr, *Margaret Mitchell of Atlanta: The Author of Gone with the Wind*, Morrow, 1965; Avon Books, 1974.（邦訳にはフィニス・ファー『マーガレット・ミッチェル物語』大久保康雄訳、１９６７年、河出書房がある）
Richard Harwell(ed.), *Margaret Mitchell's "Gone with the Wind" Letters, 1936-1949*, Macmillan Publishing Company, 1976.（抄訳にはリチャード・ハーウェル編『『風と共に去りぬ』の故郷アトランタに抱かれて：マーガレット・ミッチェルの手紙』大久保康雄訳、１９８３年、三笠書房がある）
Molly Haskell, *Frankly, My Dear: "Gone with the Wind" Revisited*, Yale University Press, 2009; 2010.
Sidney Howard, *Gone with the Wind: The Illustrated Screenplay*, Lorrimer Publishing, 1981; Faber and Faber, 1990.
Greil Marcus and Werner Sollors(eds.), *A New Literary History of America*, Belknap Press of Harverd University Press, 2012.
Jane Bonner Peacock(ed.), *A Dynamo Going to Waste: Letters to Allen Edee, 1919-1921*, Peachtree Publishers, 1989.（邦訳にはジェーン・ボナー・ピーコック編『マーガレット・ミッチェル　十九通の手紙』羽田詩津子訳、１９９４年、潮出版社がある）
Darden Asbury Pyron, *Southern Daughter: The Life of Margaret Mitchell*, Oxford University Press, 1991.
Helen Taylor, *Scarlett's Women: Gone with the Wind and Its Female Fans*, Rutgers University Press, 1989; Virago, 2014.［著者自身による新たな序章を含む２０１４年版］（邦訳にはヘレン・テイラー『わが青春のスカーレット：『風と共に去りぬ』と女たち』池田比佐子・前田啓子訳、１９９２年、朝日新聞社がある）
Marianne Walker, *Margaret Mitchell and John Marsh: The Love Story Behind Gone with the Wind*, Peachtree Publishers, 1993; 2011.（邦訳にはマリアン・ウォーカー『マーガレット　ラブ・ストーリー』林真理子訳、１９９６年、講談社／改題『マーガレット　ラブ・ストーリー：『風と共に去りぬ』に秘められた真実』１９９９年、講談社

文庫がある）
Margaret Mitchell Collection, Kenan Research Center, Atlanta History Center.
Macmillan & Co., Macmillan Company records 1889–1960, Manuscripts and Archives Division. The New York Public Library. Astor, Lenox, and Tilden Foundations.

謝辞

Gone with the Wind の新訳を引き受けてから約十年、実際の翻訳に四年半を費した後、わたしはもう一度そのテクストとまっさらな気持ちで向きあい、本書の執筆にとりかかった。この大作は自ら翻訳にかかる前と後では、その相貌をまったく変えていた。それまで手がけてきた古典新訳でもそうした経験はあったが、翻訳の前後でこれほど印象や解釈が変わった作品はない。

本書を執筆するにあたっては、ミッチェルの声とじかに向き合うため、優れた既訳書がある文献もすべて原書にあたり、引用部分は全文訳しおろした。とくにミッチェルの書簡の訳出には力を注いだ。ミッチェル自身は、作家はパーソナルな要素で評価されるべきではない、作家が私信で書くことは当てにならないと警告しているが、そうした油断ならない書き手の韜晦も含めて作者の「声」として、読み解きに取り組んだ。

リサーチに力を貸してくれたニューヨーク公共図書館の稀覯本・原稿保管部、アトランタ歴史センター内ケナン・リサーチ・センター、ジョージア大学ハーグレット図書館に感謝を申し上げたい。また、この本を書く機会を与えてくれた上、辛抱強く支えてくれた新潮選書編集部の方々、貴重な資料や情報を寄せてくださった方々にも、心よりお礼を申し述べたい。ありがとうございました。

二〇一八年十二月

鴻巣友季子

初出

・第二〜四章「yomyom」vol.49-51（二〇一八年四月号、六月号、八月号）
・第五章第一〜三節「新潮」二〇一五年八月号、十月号、十二月号、二〇一六年二月号
・他は書き下ろし。

新潮選書

謎《なぞ》とき『風《かぜ》と共《とも》に去《さ》りぬ』――矛《む》盾《じゅん》と葛藤《かっとう》にみちた世界文学《せかいぶんがく》

著　者……………… 鴻巣《こうのす》友《ゆ》季《き》子《こ》

発　行………………2018年12月25日
3　刷………………2019年4月25日

発行者………………佐藤隆信
発行所………………株式会社新潮社
〒162-8711 東京都新宿区矢来町71
電話　編集部 03-3266-5411
　　　読者係 03-3266-5111
https://www.shinchosha.co.jp
印刷所………………錦明印刷株式会社
製本所………………株式会社大進堂

ISBN978-4-10-603835-8 C0395

教養としてのゲーテ入門
「ウェルテルの悩み」から「ファウスト」まで
仲正昌樹

ゲーテはなぜ教養の代名詞とされているのか。「近代の悪魔」の正体を誰よりも早く、的確に描いたゲーテ作品の〈教養のツボ〉がよく分かる完全ガイド。《新潮選書》

エッダとサガ
北欧古典への案内
谷口幸男

神々と英雄の躍動、ヴァイキングの冒険、氷の島アイスランドでの人々の生活。ワーグナー楽劇の源泉ともなった豊饒な世界への扉を開く名著、待望の復刊!《新潮選書》

世界文学を読みほどく
スタンダールからピンチョンまで【増補新版】
池澤夏樹

「世界が変われば小説は変わる」——稀代の読み手にして実作者が語る十大傑作。京大講義にメルヴィル会議の講演録を付した決定版。池澤版文学全集の原点。《新潮選書》

文学のレッスン
丸谷才一
聞き手 湯川豊

小説から詩、エッセイ、伝記、歴史、批評、戯曲まで——稀代の文学者が古今東西の作品を次々に繰り出しながら、ジャンル別に語りつくす決定版文学講義!《新潮選書》

アメリカン・コミュニティ
国家と個人が交差する場所
渡辺靖

ロス郊外の超高級住宅街、保守を支えるアリゾナの巨大教会など、コミュニティこそがアメリカ社会を映す鏡である。変化し続けるこの国の力の源泉に迫る。《新潮選書》

奇妙なアメリカ
神と正義のミュージアム
矢口祐人

やっぱりアメリカはちょっとヘン!? 進化論否定博物館など、八つの奇妙なミュージアムを東大教授が徹底調査、超大国の複雑な葛藤を浮き彫りにする。《新潮選書》